林格伦作品选集·美绘版

亲爱的所有中国孩子:
　　我多么想给你们每一个人都直接写信,表达对你们阅读我的书的喜悦。但是此时此刻,我只能说:祝你们阅读愉快。继续读吧,直到把我的书全部读完。
致热烈的问候!

阿斯特丽德·林格伦

LINGELUN
JIEMEIHUA
MeiHuiBan

姐妹花

〔瑞典〕阿斯特丽德·林格伦 ◆ 著
〔瑞典〕玛卡列达·克林斯波尔 ◆ 画（封面）
李之义 ◆ 译

中国少年儿童新闻出版总社
中国少年儿童出版社
北京

LINGELUN
JIEMEIHUA
MeiHuiBan

姐妹花

林格伦作品选集【美绘版】
〔瑞典〕阿斯特丽德·林格伦 ◆ 著
〔瑞典〕玛卡列达·克林斯波尔 ◆ 封面绘画
李之义 ◆ 译

原版书名：Britt-Mari lättar sitt hjärta; Kerstin och jag
原出版人：Rabén & Sjögren Bokförlag AB, Stockholm, Sweden；
ⓒ Saltkrakan AB / Astrid Lindgren 1944, 1945
All foreign rights are handled by Saltkrakan AB, Sweden, info@saltkrakan.se
For information about Astrid Lindgren's books, see www.astridlindgren.com

图书在版编目（CIP）数据

姐妹花 /（瑞典）林格伦（Lindgren,A.）著；李之义译. —
北京：中国少年儿童出版社，2012.8（2019.11 重印）
（林格伦作品选集）
ISBN 978-7-5148-0769-1

Ⅰ.①姐… Ⅱ.①林…②李… Ⅲ.①儿童文学-小说集-瑞典-现代 Ⅳ.① I532.84

中国版本图书馆 CIP 数据核字 (2012) 第 164584 号
著作权合同登记　图字：01-2012-4829

JIE MEI HUA
（林格伦作品选集）

出版发行：	中国少年儿童新闻出版总社 中国少年儿童出版社		
出 版 人：孙　柱			
执行出版人：郝向宏			
策　　划：缪　惟　高秀华	版权引进：孟令媛	责任校对：赵聪兰
责任编辑：高秀华　史　钰	装帧设计：缪　惟	责任印务：厉　静
美术编辑：缪　惟		
社　　址：北京市朝阳区建国门外大街丙 12 号		邮政编码：100022
总 编 室：010-57526070		传　　真：010-57526075
编 辑 部：010-57526320		发 行 部：010-57526568
网　　址：www.ccppg.cn		
电子邮箱：zbs@ccppg.com.cn		
印刷：中青印刷厂		
开本：880mm×1230mm　1/32		印张：9.5
2012 年 8 月第 1 版		2019 年 11 月北京第 13 次印刷
字数：180 千字		印数：94001—99000 册
ISBN 978-7-5148-0769-1		定价：25.00 元

图书若有印装问题，请随时向印务部退换。（010-57526718）

序

在当今世界上,有两项文学大奖是全球儿童文学作家的梦想:一项是国际安徒生文学奖,由国际儿童读物联盟(IBBY)设立,两年颁发一次;另一项则是由瑞典王国设立的林格伦文学奖,每年评选一次,奖金500万瑞典克朗,是全球奖金额最高的奖项。

瑞典儿童文学大师阿斯特丽德·林格伦女士(1907—2002),是一位著作等身的国际世纪名人,被誉为"童话外婆"。林格伦童话用讲故事的笔法、通俗的风格和神秘的想象,使作品充满童心童趣和人性的真善美,在儿童文学界独树一帜。1994年,中国少年儿童出版社把引进《林格伦作品集》列入了"地球村"图书工程出版规划,由资深编辑徐寒梅做责任编辑,由新锐画家缪惟做美编,并诚邀中国最著名的瑞典文学翻译家李之义做翻译。在瑞典驻华大使馆的全力支持下,经过5年多的努力,1999年6月9日,首批4册《林格伦作品集》(《长袜子皮皮》《小飞人卡尔松》《狮心兄弟》《米欧,我的米欧》)在瑞典驻华大使馆举行了首发式,时年92岁高龄的林格伦女士还给中国小读者亲切致函。中国图书市场对《林格伦作品集》表现了应有的热情,首版5个月就销售一空。在再版的同时,中国少年儿童出版社又开始了《林格伦作品集》第二批作品(《大侦探小卡莱》《吵闹村的孩子》《疯丫头马迪根》《淘气包埃米尔》)的翻译出版。可是,就在后4册图书即将出版前夕,2002年1月28日,94岁高龄的阿斯特丽德·林格伦女士

在斯德哥尔摩家中,在睡梦中平静去世。2002年5月,中少版《林格伦作品集》第二批4册图书正式出版。至此,中国少年儿童出版社以整整8年的时间,完成了150万字之巨的《林格伦作品集》8册的出版规划,为广大中国少年儿童读者奉献了一套相对完整、系统的世界儿童文学精品巨著,奉献了一个美丽神奇的林格伦童话星空。

由地球作为载体的人类世界是千姿百态、丰富多彩的。可以是物质的,也可以是精神的;可以是科学的,也可以是文学的。少年儿童作为人类的未来和希望,从小就应该用世界文明的一流成果来启蒙,来熏陶,来滋润。让中国的少年儿童从小就拥有一个多彩的"文学地球",与国外的小朋友站在阅读的同一起跑线上,是我们中国少年儿童出版社的神圣职责。在人类进入多媒体时代的今天,中国少年儿童出版社倾力打造了高格调、高品质的皇冠书系,该书系的图书均以"美绘版"形式呈献。皇冠书系"美绘版"图书自上市以来迅速得到了广大青少年读者的认可,取得了良好的社会效益和经济效益。今天,中国少年儿童出版社将《林格伦作品选集》纳入皇冠书系,以"美绘版"形式再次出版林格伦女士最具代表性的作品,它们分别是《长袜子皮皮》《淘气包埃米尔》《小飞人卡尔松》《大侦探小卡莱》《米欧,我的米欧》《狮心兄弟》《吵闹村的孩子》《疯了头马迪根》《绿林女儿罗妮娅》《海滨乌鸦岛》《叮当响的大街》《铁哥们儿擒贼记》《小小流浪汉》《姐妹花》。此次中国少年儿童出版社倾力打造的"美绘版"《林格伦作品选集》,就是要让世界名著以更美的现代化形式走近少年儿童读者,就是要让林格伦的童话星空更加绚丽多彩。

愿《林格伦作品选集》(美绘版)陪伴广大的少年儿童朋友快乐成长,美丽成长。

林格伦和她创造的儿童世界

——李之义——

早在世纪之初著名作家埃伦·凯伊(1849—1926)就曾预言,20世纪将成为儿童世纪。这句话是否应验,这里不去讨论,但是林格伦在1945年步入儿童文坛就标志着世纪儿童已经诞生。这就是皮皮露达·维多利亚·鲁尔加迪娅·克鲁斯蒙达·埃弗拉伊姆·长袜子。起这个名字的人是林格伦的女儿卡琳。1941年女作家七岁的女儿卡琳因肺炎住在医院,她守在床边。女儿每天晚上请妈妈讲故事。有一天她实在不知道讲什么好了,就问女儿:"我讲什么呢?"女儿顺口回答:"讲长袜子皮皮。"是女儿在这一瞬间想出了这个名字。她没有追问女儿谁是长袜子皮皮,而是按着这个奇怪的名字讲了一个奇怪的小姑娘的故事。最初是给自己的女儿讲,后来邻居的小孩也来听。1944年卡琳十岁了,林格伦把这个故事写出来作为赠给女儿的生日礼物。后来她把稿子寄给伯尼尔出版公司,但是被退了回来。此举构成了这家最大的瑞典出版公司最大的失误。1945年作者对故事做了一些修改,以它参加拉本和舍格伦出版公司举办的儿童书籍比赛,获得一等奖。《长袜子皮皮》一出版立即获得成功,此事绝非偶然。当时关于瑞典儿童的教育问题的辩论正进行得如火如荼——以昔日的权威性教育为一方,以现代自由教育思想为另一方。早在20世纪30年代,人们就开始对童年教育感兴趣,并有新的儿童教育信号出现。很多人提出,对儿童进行严厉、无条件服从的教育会使儿童产生压抑和自卑感。人们揭露和批判当局推行的类似德国纳粹主义和意大利法西斯主义的绝对

权威和盲从的教育思想。

《长袜子皮皮》这部作品讲一位小姑娘,她一个人住在一栋小房子里,生活完全自理,富得像一位财神,壮得像一匹马。她所做的一切几乎都违背成年人的意志,不去学校上学,满嘴的瞎话,与警察开玩笑,戏弄流浪汉。她花钱买一大堆糖果,分发给所有的孩子。她的爸爸有点儿不可思议,是南海一个岛上的国王。这位小姑娘自然成了孩子们的新偶像。关于皮皮的书共有三本,多次再版,成为瑞典有史以来儿童书籍中最大的畅销书。目前该书已出版90多种版本,总发行量达到1.3亿册。对全世界的儿童来说,皮皮是一个令人喜爱、近乎神秘主义的形象,可与福尔摩斯、唐老鸭、米老鼠、小红帽和白雪公主相媲美。

在2004年5月26日阿斯特丽德·林格伦儿童文学奖第二次颁奖大会上,瑞典首相约兰·佩尔松在致辞时这样评论《长袜子皮皮》这部作品:"长袜子皮皮之书的出版带有革命性的意义。林格伦用长袜子皮皮这个人物形象在某种程度上把儿童和儿童文学从传统、迷信权威和道德主义中解放出来,在皮皮身上很少有这类东西。皮皮变成了自由人类的象征。"

在儿童文学领域里,林格伦创造了两种风格:通俗和想象,两种风格以不同的方式体现她的创作特征。通俗的故事有时候接近琐碎,有时候带有喜剧色彩。比如以女作家自己的成长环境和自己的兄弟姐妹为原型的《吵闹村的孩子》《吵架人大街》和《疯丫头马迪根》。富于想象的作品是以《尼尔斯·卡尔松—小精灵》为开端。主人公是个小精灵,住在地板底下,后来成了一位孤单的小男孩的好伙伴,使阴郁、沉重的生活变成多彩的梦幻之国。《南草地》中的故事采用民间故事的创作手法,把昔日人间的残酷、疾病和忧伤变成了想象中的美

梦、善良和温暖。

但是用富于想象的手法创作的作品应首推三部伟大的小说：《米欧，我的米欧》(1954)、《狮心兄弟》(1973)和《绿林女儿罗妮娅》(1981)。第一部作品表面上非常通俗，主人公布·维尔赫尔姆·奥尔松是一位被领养的小男孩。他坐在长凳上，想着自己极不温暖的家庭生活。突然他的梦变成了现实，他搬到了童话世界——玫瑰之国，他的父亲是那里的国王，他变成了米欧王子。他用一把带魔法的宝剑把他父亲的臣民从残暴的骑士卡托的统治下解救出来。作品有着民间故事的所有特征。《狮心兄弟》也描写善与恶的矛盾。主人公是一位胆小的小男孩斯科尔班，但是在危险时刻他克服了自己的恐惧，勇敢地与邪恶进行斗争，并取得了胜利。斯科尔班身体虚弱、胆小怕事，这一点与他和哥哥一起把南极亚拉从暴君滕格尔、恶魔卡特拉手里解放出来的壮举形成鲜明对比。作品中有这样的情节：兄弟俩从悬崖上跳下去，以便从南极亚拉到另一个国家南极里马。他们去了另外一个世界以后变得强壮、勇敢和健康。一部分人把这一描写解释成儿童自杀，但多数人把这段解释成一种故事情节的升华，由一个想象的世界到另一个想象的世界。我还听到有第三种解释，即瑞典是一个福利社会，人们没有物质生活方面的困难，老人和孩子都很怕死。老人可以用基督教的来世梦想和进入天国之类的事求得安慰。孩子们怎么办？他们经常给报社或电视台写信、打电话，问"人为什么要死？"专家们用科学的方法给孩子们讲解生与死的辩证关系、新陈代谢等，说明死并不都是坏事。作家通过自己富于想象的作品不是也可以起到相同的作用，甚至效果更好吗？《绿林女儿罗妮娅》比上边提到的两部作品有更多的现实主义成分，书中所描写的问题有更多的可能性。女孩罗妮娅和男孩毕尔克分属两个世代为仇的绿林家庭。两个人对自己家庭传统进行造

反，一种真挚的友谊在他们之间迅速建立，他们拒绝再到处抢劫的绿林生活。人们称这部作品为瑞典式的《罗密欧与朱丽叶》。两个孩子在山洞里过着与世隔绝的生活，这也有点儿像《鲁滨孙漂流记》。但作品有着林格伦自己的特征：紧张的情节、通俗的现实主义和幽默风趣。罗妮娅和毕尔克生活在充满可怕和喜剧性生灵的世界里，如人面野鹰和小人熊等。他们的父亲都是魁梧、健壮、心地善良的绿林首领，但他们不知道除了劫富济贫的绿林生活外，还有其他什么选择。

林格伦的另一部分作品介于通俗与想象两种风格之间。《淘气包埃米尔》(1963)中很多故事相当粗犷和非理性，有着伟大的喜剧风格，但一切都植根于世纪之交的斯莫兰的日常生活。一部分内容有点儿像古代的英雄萨迦，如埃米尔在风雪中把病入膏肓的阿尔弗雷德送到医院，以及请穷苦的人们吃圣诞饭。

当《小飞人卡尔松》(1955)中的卡尔松飞进小弟的中产阶级家庭生活时，起初人们都把他看作是孤单儿童的虚幻中的伙伴。但卡尔松是一个极富有个性的小家伙，有着人类的各种特征——他爱说大话、自私自利、不诚实和爱翻别人的东西，还不停地给小弟制造麻烦。但是小弟和其他读过这本书的孩子都喜欢他——"不胖不瘦、风华正茂"。如果人们偶尔还把他当作虚幻的人物的话，那么在小弟把他介绍给其他家庭成员时，这种感觉马上消失了，他成了一个实实在在的人。

林格伦的作品还包括侦探小说，如《大侦探小卡莱》(1946)，专门描写女孩子的作品，如《布丽特－马利亚心情舒畅了》(1944)、《夏士婷和我》(1945)。作品幽默、大方，很少有道德说教。

林格伦1907年出生在瑞典斯莫兰省一个农民家里。20世纪20年代到斯德哥尔摩求学，毕业后做过一两年秘书工作。她有30多部作品，获得过各种荣誉和奖励。1950年获瑞典图书馆协会颁发的

"尼尔斯·豪尔耶松金匾",1957年获瑞典"高级文学标准作家"国家奖;1958年获"安徒生金质奖章";1970年获瑞典《快报》"儿童文学和促进文学事业金船奖";1971年获瑞典文学院"金质大奖章"。此外,她还获得过1959年《纽约先驱论坛报》春季奖和1957年德国青年书籍比赛的特别奖。她在1946年—1970年将近1/4世纪里担任拉本和舍格伦出版公司儿童部主编,对创造这个时期的瑞典儿童文学的黄金时代做出了很大贡献。

2002年,林格伦女士以94岁高龄辞世,瑞典为她举行了国葬,人们称她为民族英雄。在我送的花圈上写着:"你的中文译者向你致最后的敬意!"她走了,却给世界留下了宝贵的文学遗产。她的作品被译成多国文字,发行量达到1.3亿册。把她的书摞起来有175个埃菲尔铁塔那么高,把它们排成行可以绕地球三圈。

瑞典文学院院士阿托尔·隆德克维斯特在1971年瑞典文学院授予她"金质大奖章"的授奖仪式上说:

尊敬的夫人,在目前从事文艺活动的瑞典人中,大概除了英玛尔·伯格曼之外,没有一个人像您那样蜚声世界。

您在这个世界上选择了自己的世界,这个世界是属于儿童的,他们是我们当中的天外来客,而您似乎有着特殊的能力和令人惊异的方法认识他们和了解他们。瑞典文学院表彰您在一个困难的文学领域里所做的贡献,您赋予这个领域一种新的艺术风格,即充分的心理描写、幽默和叙事情趣。

目录

笔友/1

姐妹花/135

第一章/137

第二章/144

第三章/154

第四章/160

第五章/169

第六章/176

第七章/183

第八章/193

目录

第九章 / 203

第十章 / 211

第十一章 / 223

第十二章 / 228

第十三章 / 238

第十四章 / 245

第十五章 / 259

第十六章 / 266

第十七章 / 274

第十八章 / 282

译者后记 / 291

笔　友

〔瑞典〕阿斯特丽德·林格伦　著
李之义　译

姐　妹　花
Jiemeihua

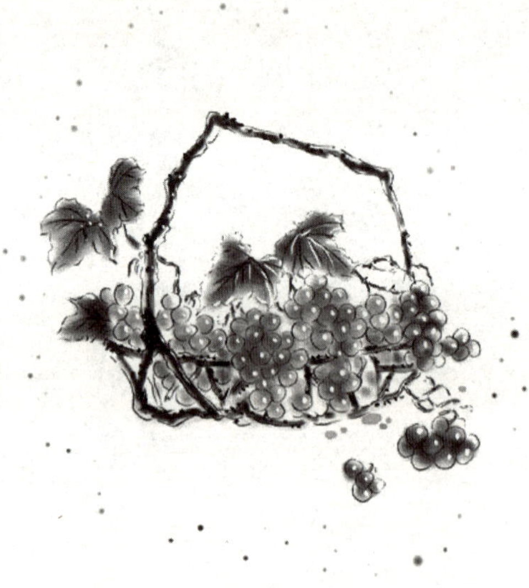

事情的起因是，妈妈把她的旧打字机给了我。一件傻大黑粗的破烂货，一看就知道它和修理打字机的人是来往密切的亲戚。它确实很不好用，打字声音非常可怕。

我弟弟这样表述他的观点："布丽特－玛丽，你想过吗，当有人突然关掉他的煤油炉，那感觉有多么舒服吗？"

"怎么回事，是什么意思？"我说。

"每次你停止敲打你那台脱粒机时，那感觉比关掉煤油炉要舒服差不多十倍。"他一边说一边鄙夷地对着那台打字机点了点头。

他忌妒了，这是事情的全部。本来他自己很想要它。倒不是想用它打字，而是想把它拆开，然后再装上，看看一共有多少颗螺丝钉。但是妈妈认为，我用打字机练习打字还是很有益的，就这样我总算得到了它。我为此感到高兴。

但是有了财产很奇怪，它们对你有很多要求。如果你有一头奶牛，就必须天天为它挤奶；你有一架钢琴，就要天天弹奏——哎呀——我有了一台打字机，就必须在上面打字。很自然，我在最初的几天里拼命练习打字，但是没打出什么正经东西，都是只言片语。最后我明白了，纯粹是浪费纸，在一整张四开的纸上只打了这些东西：

布丽特－玛丽·哈格斯特罗姆，花园别墅埃凯里顿，小城市。

布丽特-玛丽·哈格斯特罗姆，1928年7月15日生。

还有我所有兄弟姐妹的名字：

梅根·哈格斯特罗姆，斯万特·哈格斯特罗姆，耶科尔·哈格斯特罗姆，莫妮卡·哈格斯特罗姆。

然后又是几个我的名字：

布丽特-玛丽·哈格斯特罗姆，布丽特-玛丽·哈格斯特罗姆，布丽特-玛丽·哈格斯特罗姆。

斯万特趁我不注意在下面写道：

千篇一律的布丽特-玛丽·哈格斯特罗姆，多贫呀，也该来点儿变化，写一写阿曼达·芬克维斯特之类的。

说真心话，他说得有道理，但我就是不想承认，我反唇相讥：

请注意!我的打字机,我想写什么就写什么。请注意!再说了,你在我的房间里瞎弄什么?

我下一次回到写字台前时,上面放着这样的回话:

用不着为这件事脑(恼)休(羞)成努(怒)。

他写了三个错别字,我的宝贝弟弟!

我尽力克制自己的"脑(恼)休(羞)成努(怒)"。但是第二天,我放上一张新纸,开始打我特别喜欢的一首美丽动人的诗歌。我只来得及打前两行,读起来是这样的:

我漫步在繁星下

思绪万千……

随后我不得不跑着上学了,回家吃早饭的时候,斯万特已经把那首诗补齐了,现在这首诗成了这样:

我漫步在繁星下

思绪万千,

我在那里走来走去走来走去,

走得我两腿发酸。

他还补充了赤裸裸的警告:

不要想得太多!
免得你头晕目眩!

这时候我开始明白了,打字机还有更好的用法。但是怎么用呢?不能在打字机上做家庭作业,不能在打字机上写日记。顺便说一句,我也不喜欢用打字机写日记。仅靠在打字机上放一块小纸长吁短叹可不行,打字机的真正用途是什么呢?我觉得是要跟人交流。有很长时间我都在梦想,找一个能互相敞开心扉的笔友,一个非常陌生、但很有耐心听我诉说,还能给我回忆的笔友。我认识的很多同学都有笔友,一部分人甚至跟住在其他国家的人通信。我喜欢做这件事。来来往往的信像绳子一样把不同地点不同国家的人连在一起,彼此越来越亲近。

终于有一天,班上的一位女同学高声喊道:"谁给一个叫卡伊萨·赫尔丁的斯德哥尔摩姑娘写过信?"这时候我像古斯塔夫·瓦萨在布兰雪尔卡战役①中那样,站起来回答:"是我写

---

① 古斯塔夫·瓦萨(1496—1560),瑞典国王。1518 年以他为首的瑞典人在布兰雪尔卡战役中打败了统治瑞典的丹麦国王克里斯田二世(1481—1559)。

的!"

那天一放学,我就跑回家,坐在打字机旁边写信,信是这样写的:

9月1日于小城

亲爱的陌生笔友:

当然,如果你愿意的话!我的意思是你同意做我的笔友。我希望你愿意。很明显,没有一个笔友不是特别正常。我们班所有的女同学都有一个或者几个这种必不可少的笔友,只有我到目前为止还没有一个。这你就明白了,昨天上地理课之前当玛丽安·厄登站在椅子上喊你的名字,问是谁有雅兴给你写信时,我像来自丛林中的一只老虎跳了出来。她说,她是通过自己的一位笔友知道你的名字和地址的。

现在你找到我了!我首先作个自我介绍:布丽特-玛丽,15岁,在斯莫城女子学校上六年级。你一定会问"你长得怎么样?"(我弟弟斯万特说,这是一个女孩子首先要问的。)亲爱的,我简直美死了,乌黑的头发,炯炯有神的黑眼睛,桃花一样的皮肤,亲爱的,你还想知道什么?①

你信吗?如果我如实告诉你,这是我晚上躺在床上想象出

---

① 原文为德语,第二次世界大战前德语在瑞典等北欧国家使用较为广泛。

来的，你大概会很失望。事实上我一点儿也不光彩夺目，很遗憾。说真心话，我的长相很一般：普通的蓝眼睛，普通的浅色头发和一个普通的小高鼻梁。据我自己判断，我身上没有任何不寻常之处，不过用不着为此悲伤。你想想看，如果一个人真有不寻常的外表，唯一不寻常之处是鼻子上长一个大瘤子或者罗圈儿腿，该多可怕呀！

关于我的家庭……不过顺便说一句，下次再告诉你。在我还不知道你是不是真心愿意跟我通信之前，我把一切都哇啦哇啦告诉你，不是一个好主意。这样吧：我等着！带着很大的期待。你一定要知道，我患了一种可怕的写作狂症，写东西的瘾很大。妈妈出于好心，让我接收她的旧打字机，而她自己买了一台新的。我会用水平高低不等的信淹死你。和一个住在斯德哥尔摩的人通信真开心。你知道吗？我希望从你的信中听到大城市的喧嚣。像我们这样的小城市不可能有什么喧嚣，最多也就是吵吵。但是开始喧嚣吧，我一定跟着吵吵，我保证会认真拜读。

再见吧，亲爱的陌生朋友！速盼回音！

布丽特-玛丽

9月8日

亲爱的卡伊萨：

你愿意，卡伊萨，你愿意！哇！我太高兴了，我的手指在打字机的键盘上都不听使唤了。

你写了一封特别长、特别有意思的信。现在我对你的姐妹和你的爸爸妈妈有了相当多的了解。

你想知道我的家庭情况吗？我们是一个大家庭，情况相当复杂，如果都写下来，大概要用很长时间。如果你听烦了，请吭一声！

先从家长开始。我爸爸是我们这个城市里一所男校的校长。我很爱他。他是世界上最奇特的爸爸。啊，绝对！他有着银灰色的头发和一张年轻的脸。他无所不知，我认为是这样。他很沉稳，也很幽默。他几乎总是坐在自己的房间里看书。当然他也有很多时间陪我们。他不喜欢烤羊肉，哎呀，哎呀，我的意思不是说他高人一等，但不管怎么说他确实不喜欢烤羊肉。他不喜欢承诺、不喜欢传话、不喜欢参加咖啡宴。据我所知，没有人像爸爸那样糊涂，如果有的话就是妈妈。奇怪的是，有这样的父母，我们年轻一代天生就不是当教授的料，起码在思想意识方面是这样，不过令人高兴的是，我们在这种情况下似乎其他方面都很正常。

妈妈差不多终日坐在自己的房间里打字，好像她手指上有

火，必须不时地动来动去，她在翻译书。有的时候她会想起，她已经把五个孩子带到这个世界来，所以带着深沉的母爱跑出来，开始对他们进行一点儿零星的教育。她从来都不是严厉的母亲，因为她认为对地球上的一切事物都可以一笑了之。我们回家的时候，她可能正在工作，我们不免会打扰到她，但她一点儿都不生气。如果一辆火车突然开进她的屋里，她也可能注意不到。前几天我们家来了两个管道工修洗澡间的管子，声音咚咚地响个不停，女仆阿丽达用吸尘器吸尘，最小的孩子拼命喊叫，我弟弟斯万特兴致勃勃地用手风琴演奏《阿沃斯塔瀑布的涛声》[①]。这时候我姐姐梅根把头伸进妈妈的房间问："这么吵您还能工作吗？"

"当然能"，妈妈苦笑着说，"这类街头手摇风琴师根本不会打扰我。"

你可能以为，有这样一个主妇的家肯定脏乱得像猪窝。但是你错了。我们家里有一双巧手和一双明察秋毫的眼睛，这两个宝贵的身体部位都属于我姐姐梅根。此人只有19岁，但就治理这个麻烦的全家而言绝对是一个腕级的人物。我们大家都归她管，包括妈妈在内，她充满母爱。她年轻、有主见、效率高，我们对她言听计从，毫无保留，至少在具体事情方面如此。当一个家庭可爱的母亲有点儿疯，只是笑眯眯地专注于用

[①] 阿沃斯塔城位于达拉那省达尔河边。

打字机搞翻译工作时，长女可能就应该这样。梅根到学校上课的时候，妈妈就没那么多时间搞翻译工作了。这时候她必须自己担当主妇的角色，她兴致勃勃，但效果欠佳。对于烤煳的肉和难吃的面包她只是一笑了之。据说，梅根10岁时就在妈妈身边提醒她各种家务应该怎么做。读完八年级的时候，她自然而然地担当重任，接替了主妇的角色，妈妈美滋滋地奔向自己的打字机。像前边说的，梅根是家里的大拿，腕级人物。她也很可爱，非常非常可爱，因此我们一直担心，有某个小伙子追求她，把我们的宝贝抢走。目前有一位地方法院书记官跑得很勤。

"梅根现在有了一位新的酋长，"斯万特一边说一边不安地摇摇头。"梅根，你什么时候想泄露天机，敲响婚礼的钟声？"他坐在早餐桌旁边问。但是梅根大大方方地坐在那里避而不答。

"他只能踏着我的尸体把她抢到圣坛，"我说，"如果她一定要嫁人的话，至少要找一个海军上将或伯爵之类的人，而不是一个芝麻粒大的书记官。"

这时候贵人总算开口了，用稍带讽刺的口气说："诸位，我永远不结婚了！我一辈子都这么过，给你们补袜子，擦鼻涕，督促你们写作业！这回行了吧！"

这时候我们立即就伤心了，恨不得明天就把她嫁出去，尽管会骨肉分离，只能永远吃烧焦的烤肉。

"不过"，梅根说，"为了使你们放心，我声明，就是免费

让我打电话,我也不会打给那位书记官!"

我也不信她会打电话。所以我希望这次可以"把危险干掉"。

你还有耐心听有关哈格斯特罗姆这家人更多的情况吗?如果有,那我就讲一讲兄弟姐妹排行第二的人,即在下。你认为讲自己应该讲些什么呢?我喜欢书,不喜欢数学;喜欢跳舞,不喜欢早睡。我喜欢我的家庭甚至到发疯的地步(尽管有时候也让我生气),我讨厌烫发,也从来没烫过。我喜欢大自然,当我亲手在院子里养花种草的时候,不喜欢锄草。我喜欢蓝色的春天,温暖的夏天,晴空万里的秋天和可以滑雪的大雪纷飞的冬天,一句话,我热爱生活。此外,我喜欢写作,由于这个原因我要忍受来自斯万特方面没有尽头的冷嘲热讽。

"我夜不能寐,"他说,"辗转反侧睡不着,当布丽特-玛丽获得诺贝尔奖的时候,我们怎么才能把那么多钱花掉呢?答应我,到时候你一定得给我买一个冰球杆!"

"如果你不马上闭嘴,立即就会得到一个冰球杆,"我说,"不过是打在你的脑袋上。"

你可能根据以上所述已经对斯万特是怎么样一个人得出了某些结论。我想再作些补充,这个孩子14岁,就学校的功课而言,他是上帝创造的所有生灵之中最懒的,但是在拉手风琴、踢足球、读侦探小说、逗姐姐生气方面勤奋而执著。他也不愿意刷牙,但是很幽默,在我们的兄弟姐妹当中,我最想打

他也最爱他，我自己觉得是这样，因为我们俩是同龄人，一个出生在年初，一个出生在年尾。这就是说，所谓的打是言过其实。最近十年，他比我强壮多了，非常遗憾。但是你知道，人总是喜欢逞能，我们之间曾发生过无数次冲突。但是面对其他调皮捣蛋的孩子，我们还是团结一致。曾经有一伙人装扮成美国达科他印第安人著名部落里的"雕眼"和"隼眼"对我们这个区域的其他印第安人构成很大威胁时就是如此。当我们挖出战斧时，我们的敌人，比如"僭行坏家伙"和"鲱鱼奶兄弟"，被吓得直打战。我们之间的关系如前所述，我仍然很依赖斯万特，但是不能让他看出来，免得他得意忘形，这对我没什么好处。

我估计，在我们的幼年时代，斯万特和我构成了对我们父母的严重考验，他们可能认为，在同一时间内孩子太密了。所以在斯万特出生七年之后，耶科尔才来到世上，现在他已经7岁，白天开始上学了。直到最近他和斯万特还住在同一个房间，但是有一天斯万特在自己的床上找到一只死老鼠，至此，他才拒绝和耶科尔住在一起。可以说这只老鼠是拾荒者中的沧海一粟。因为你会看到，耶科尔有收藏癖，他的房间里堆满了各种奇怪的东西：石头、纸盒、钓鱼钩、青蛙卵、削树皮小船的树皮、邮票，如前边说的，甚至还有死老鼠。结果他得到的——我不愿意说他得到了自己的房间，那样太过分了——不过是一个斗室。就是说他搬进了一个很小很小的房间，过去是

堆放各种杂物的地方，可以说现在还是如此，因为耶科尔在那里装满了自己的珍宝，他为此津津乐道。到现在没有人打扫，他不喜欢打扫卫生。他在门上钉了一块牌子，上面写着："请您回避，不然我要开枪。复仇者。"（在他的门上还有另一块牌子："当心坏蛋！"）很有天赋的小耶科尔自己能读书和写字。在一个被改装成书架的旧糖箱子上摆着他的宝贝书《蓝莓森林里的波特》《猫去旅行》[①]和很多其他的书，其中有他最喜欢的《小熊温尼》[②]，顺便说一句，这本书也是哈格斯特罗姆家特有的被朗诵的书之一。

关于耶科尔再补充一点，他目前正在换牙，那样子十分可爱。如前所述，几天前他开始上学。他去的时候，你要能看到就好了。小男孩第一次上学时他们特有的那种激情、期待和勇敢，我认为那势头绝对不可阻挡。可怜的孩子们不知道，从此他们再也没有一刻的歇息，直到退休。

现在你可以喘口气了，因为现在只剩下一个多余的小不点儿要介绍。她是三年半前出生的，叫莫妮卡。作为一个小孩子，她不停地喊叫，所以斯万特认为，到了该给鹳鸟发一则告示的时候了："兄弟姐妹满员！"[③]现在她已经不再喊叫了，但是她

[①]《蓝莓森林里的波特》和《猫去旅行》是瑞典儿童文学作家、插图画家 E.毕斯科沃（1874—1953）的作品。
[②]《小熊温尼》是英国作家 A.A.米尔恩（1882—1956）的作品。
[③] 按照民间传说，有鹳鸟来预示新生儿的诞生。

童话般的受宠。你要是能看到就好了,全家人都围着这个可爱的小指头转。当然这是我的看法。但是我开始认识到,我没有资格批判性地看待我的家庭。

还有一点点要补充,我们住在一栋别墅里,不是特别新、特别好,但是很温馨。我们有一个很古老的大院子,很漂亮。如果用不着除草就好了,但是做不到。不行,真的不行!

好啦,好啦,我一定要停笔了!再见吧,卡伊萨……哎呀,哎呀,哎呀,我把最重要的事忘了。阿丽达,亲爱的,阿丽达!没有女仆阿丽达还算什么哈格斯特罗姆家?从梅根出生她就在我们家,不管怎么说,在梅根掌管家里大权之前,我们还是可以吃到可口的饭菜。每月她至少要大哭一次,说下个月1号她一定辞工[①]。她再也不忍心"住在一家巡回动物园里"。但是通常不会超过半个小时,妈妈对梅根在这半个小时当中又请求又奉承,随后又会听到她唱出的快乐的情歌:

在奥莲娜小小的坟头上
长出一朵鲜花。
那朵花意味着
奥莲娜忠贞、无瑕,
忠贞、无瑕。

---

① 旧时代瑞典的长工、女仆等人按惯例都在每月1日辞工。

阿丽达也是这样,这一点毋庸置疑。

有三个人让我觉得可怜:我自己要为这封信买邮票,邮递员要拖着这封信给你送去,还有可怜的你,要花很长时间阅读它。

不管怎么说还得活下去,写信给布丽特-玛丽。

9月20日

亲爱的卡伊萨：

　　再一次向你问好！你能猜出此时是几点钟吗？早晨六点半！一个多么好的早晨！像创世那天一样，明亮、清澈、灿烂。整栋房子都在沉睡，而我五点钟就醒了。在我们院子里的那棵菩提树底下，我坐在桌旁边给你写这封信。我周围是草本夹竹桃和正在疯长的迟开的玫瑰。当我把目光从纸上抬起来朝四周看的时候，真是美不胜收，心里简直乐开了花。你知道我觉得什么最奇妙吗？某个秋季早晨，醒来不久以后，走到院子里看夜里有几个苹果掉下来，你有过这样的经历吗？我有过，有很多次，时至今日我仍然记得那种感受。当我在一个如此美好的早晨从挂满晶莹露珠的草地上捡起一个鲜亮的阿斯特拉罕[①]苹果时，那种感受让哥伦布发现美洲大陆时的喜悦大为逊色。到现在我仍然觉得那心情跟我捡到一块价值连城的金块一样兴奋，如今可以直接从树上摘下苹果来吃，但是世界上没一个苹果有早晨掉在我那棵独特的阿斯特拉罕苹果树下的苹果那么香脆可口。

　　顺便说一句，9月是一个十分美好的月份，你不觉得吗？它有着炎热夏季消亡前的余威。9月像一位漂亮的妇人，她预感到自己将要变得人老珠黄，所以做最后的努力，拼命打扮

[①] 阿斯特拉罕为俄罗斯一城市名，位于伏尔加河下游，以产苹果闻名于世。

自己，向人展示她仍然美丽迷人，尽管她的美有别于能使世界神魂颠倒的五六月花季少女。我所以喜欢9月，还因为它是能饱口福的季节。在这个季节逛集市简直是一种历险。当我看到大大小小的摊位上摆满苹果、梨、李子、西红柿、莓子、蘑菇、瓜类、豌豆、豆角和各种叶菜的时候，我的眼珠子都要冒出来了。

上个星期天，我们进行了一年一度的越橘野外采摘。我们坐着双驾马车去的。城里边有一位马车夫，经营这种优质的马车租赁业务，当我们乘着马车咕隆咕隆地通过大长街崎岖的石子马路时，人们就知道，越橘成熟的季节到了。

"我喜欢坐得高高的，感受马的味道，知道我一整天都可以待在森林里。"斯万特说。我们大家都一致点头。

这次斯万特还带了自己的手风琴，我们刚一出城，他就拉起了《阿胡尔马①华尔兹》。不过很可能是因为马受到琴声的惊吓，它们拼命奔跑起来，车夫费了很大力气才拦住它们，《阿胡尔马华尔兹》也戛然止住。我趁机说：

"我弹钢琴的时候总有人抱怨，但是这回我可以说了，不管怎么样，我弹钢琴时总没有把马吓惊吧。"

"我怀疑，"斯万特说，"如果你在马车上弹钢琴，弹那首你经常敲的《蓝色的多瑙河》，我相信马立即会被吓惊，直

---

① 阿胡尔马是斯德哥尔摩群岛中的一座岛名。

到跑死为止。我拉手风琴的时候，马无论如何还是被拦住了，我认为这一点就可以证明，我的艺术技巧远远高于你。"

我们总是去一个老地方，那是离城 10 公里的一个庄园。爸爸原来的一个学生是那里的农民，在他的森林里，我们采了很多越橘，所有的篮子都装满了。我们的肚子和我们随身带的食品袋子也都装满了。最后提到的食品袋子，我本来不打算写了。爸爸说过，如果让学生以一次野游为题材写一篇作文，整篇作文主要就说食品袋里的三明治和怎么吃三明治怎么办。因此在写作文之前，为了防止类似的情况发生，他高声说：

"离开家之前，吃掉你们所有的三明治！"

好啦，这次我们没那样做，我敢保证，在一块长满苔藓的石头上摆了一串串红色的越橘，周围是高大的杉树，吃起来格外香。

越橘很多，用了一两个小时我们就收集到足够一冬天吃的。爸爸不肯动手帮忙。他主要四处溜达，采集植物标本，看树上的一只啄木鸟。莫妮卡寻找《精灵窝里的孩子》[1]的房子，耶科尔削树皮船，斯万特有一种奇特的爱好，躺在长满青草的土堆当中，什么也不干。我真不好意思说出真正干活儿的人，不过你自己大概算得出来，究竟是谁在采越橘。

现在我听见阿丽达在厨房干活儿的声音，我想抓紧时间，

---

[1]《精灵窝里的孩子》也是瑞典作家 E.毕斯科沃的作品。

在上学之前喝一点儿茶、烤一点儿面包吃。向我保证，你会善良听话！我们今天有生物测验。

现在已经是熄灯睡觉的时候，夜平静而明亮，对于一个可怜而疲惫的女学生来说已经到了睡眠的时间，明天八点钟她一定要起床上学。但是我觉得，睡觉之前，一定要跟你谈一下。

今天学校里相当紧张。我觉得生物测验我答得相当不错，尽管我没有记住昆虫是用气管呼吸，它们没有肺。但是随后是两节数学课，我总是在想，我多么希望自己真是一个个子矮小的说班图语的黑人的女儿，不会被要求我数数超过三。还有玛丽安·厄登，她很令人讨厌。玛丽安是我们班上的一霸，你知道吧，你肯定想知道这意味着什么。这意味着，所有的女生或者差不多所有的女生喜欢什么、做什么和说什么都要唯她命是从。从长远来看这相当烦人。每个班都会有这么一个人物定调，说真的，这个人应该很贤能才对。我认为，一年前玛丽安未出现的时候，我们有一个亲切、愉快的班集体。她的父亲是离这里不远的一个大工厂的厂长，她开始上学的头几年，一位伯爵给她上课。大概这一切决定了她过去没有什么同学。她完全没有掌握"同学"这个概念的真正含义。她也没有兄弟姐妹，因此被宠到了无以复加的地步。你大概不敢相信，当她穿着童话般的丝袜、带着搪瓷粉盒、穿着老远就能看出简洁而华

贵的衣服第一次出现在教室里时,我们大家都惊呆了。我不能不以真理的名义承认,我以相当快的速度从那股玛丽安热中恢复了理智,但是对于绝大多数人来说,她依然是高不可攀。他们整天对她顶礼膜拜,以便被划入圈内。此时你可能认为,我是出于忌妒。为了真实可靠,我坐在这里心平气和地讲出事情的原委。我敢发誓:我没有忌妒。她怎么美、怎么穿戴我都无所谓,她只是为了吸引人的眼球罢了。但是我不喜欢她利用同学挑拨离间的做法,今天跟丽萨做朋友反对格列达,第二天则反过来,从而让她们跟着自己的拍子跳舞。

今天她的心血来潮最令人厌恶。你知道,事情的起因是这样:前几天玛丽安受到我们的法语女教师赫德贝里小姐的一次轻微的斥责,因为我们大家对一次翻译课都很不认真,作为惩罚,她给我们增加一页法文课文翻译作业。但是这个时候玛丽安发出命令,谁也不许翻译这页惩罚性作业。如果我们被问起这件事就都装傻。我对玛丽安说,我认为这样做很荒谬,并说我喜欢翻译这页东西(归根到底,这点作业没什么了不起的)。我们班上有一位女同学,她叫布丽达·斯文松,你知道这类人是姥姥不疼舅舅不爱,很少接受什么邀请,也没有几个知己。每个班总会有几个这类人,你可能不信,我是多么可怜她们。法文是布丽达·斯文松的弱项,B、C[①]这样的分数水平总

[①] 评分的等级为A、B、C、D。

是悬在她的头上。她可能不敢不翻译,在被赫德贝里小姐斥责和玛丽安会生气的两难之间选择,她倾向于得罪玛丽安。此外,她知道,她会被提问。她确确实实第一个被提问,而她翻译得确实不错。在她后边被提问的玛丽安气愤地哼了一声,装傻的问题没有取得预期的效果。就这样,没有完成翻译作业的玛丽安受到批评,随后赫德贝里小姐就讲别的事情了,我们也没再被提问。课间休息时,玛丽安召开军事会议——在会上,真正令人匪夷所思的事情来了——决定,在14天里谁也不许跟布丽达·斯文松说一句话。课间休息时谁也不许和她在一起,如果她走到我们面前直接问为什么,我们将不予回答。

"她脖子上也没挂一个小铃铛,我们怎么会知道她来了?"我故意尖刻地说,过去麻风病患者就挂小铃铛,此后文化似乎没有多大发展。

但是其他的人都唯命是从,有14天没有人跟布丽达讲话。

"说到残害,"我说,"我听说日本人这样残害他们的俘虏:让绵羊舔他们的脚心,直到他们发疯。难道此举没有类似之嫌吗?在这个班上似乎并不缺乏绵羊,做起来不存在障碍问题。"

经过这次激烈的交谈以后,我自己感到非常满意,我超脱了。

"你到哪里去?"玛丽安在后边叫我。

"我去和布丽特·斯文松说几句高兴的话。"我说。

不过你能想象得出,我三点半钟离开学校时心情是多么好。我朝家里走,书包在我大腿旁边摆来摆去,我内心诅咒着班里的女同学,特别是玛丽安。我在门外的大街上找到了耶科尔,他正与和他同龄的其他三个男孩子玩。我走过去时他没有看见,当听到从我正在换牙的没牙佬弟弟嘴里吐出的难以启齿的脏话时,我感到刚才骂给自己听的几句很不好意思的脏话真是小巫见大巫了。

"骂脏话你不害羞吗?"我一边说一边抓住他脖颈上的皮。

"害羞,不过在外边是可以骂人的。"这个小异教徒以让人非常吃惊的语气说。

随后我走进屋里吃晚饭,又和理智的人在一起了,真舒服。另外,我们吃胡萝卜酱猪肉,这种饭大多数人都能接受。我们像往常那样抬桌子。亲爱的,我大概不应该跟你讲这个,所以我需要作个解释。啊,是这么回事,你看,这是我们家一个有点儿愚蠢的小习惯。当大家都坐在餐桌旁边平平安安时,我们就齐心协力把桌子从地板上抬起来一点儿,也就一两厘米,而且就一眨眼的工夫。我也不确切知道为什么,可能仅仅是一种团结和睦的象征,对我们大家都能平安坐在一起抬抬桌子表示满意。然而梅根最近决定,我们有汤的时候,不得再抬什么桌子。不过胡萝卜酱和猪肉,这些东西是凝固的,抬多高

都没问题。阿丽达从来都没停止过反对抬桌子。

"谁会相信这是聪明的做法,"她说,"千万别信这个。"

现在我的眼睛就要睁不开了,今天就到此为止。

布丽特-玛丽

9月28日

亲爱的卡伊萨：

我不知道，昨天晚上你是不是在斯德哥尔摩也看月光了？在王宫上空大概有一个黄色的大月亮，倒映在急流的河水中！想起来真奇怪，如果是那样的话，我在外边看到的就是同一个月亮。我不是一个人看月亮，有一个人陪着我。哎呀呀，卖个关子，我不说是谁！

我去安娜斯蒂娜家里待了一会儿。她住的地方离我们不远。我们是老朋友，我真不敢相信，我们第一次互相抢玩具娃娃时还不满4岁，我们抓娃娃的头发，还互相抓对方的头发。快到九点钟的时候我离开她家，这时候我与他不期而遇。有的时候我假想——我的意思是，我希望我们相遇不是出于偶然，可能是他费尽心机安排的。不过这自然仅仅是我的想象。尽管如此……

我们沿着"散步河"散步。你知道，有一条宜人的小河，弯弯曲曲流过我们这个小城。真不知道，如果没有这条小河，这个城市会变成什么样子，城里的路可能不再迷人。我也不知道，没有这条小河做镜子，没有月光映照的地方，它还会那么漂亮吗？没有河湾处的森林，我们春天到什么地方去采报春花？如果我们不能在夏季皎洁的月光下坐在河边的长椅上、闻着披着月光的紫丁香的香味儿，我们怎么会相信到了夏天。只

有冬天我们才走在长街上。但是积雪一融化,你就会在"散步河"边找到我们,没过脚腕的泥水发出扑哧扑哧的响声。你知道那里没有铺石头,我真的相信,"散步河"一定要为很多双磨破的鞋负责。

昨天晚上我们就在那里,伯迪尔和我。你看,我怎么不经意间说出了他的名字!话又说回来,你为什么不可以知道呢?你就权且把他当做一个16岁高中二年级的很不错的男孩子,这是爸爸对我说的,你也可以这样。而我说,没有人比他的牙齿更漂亮,这一点你用不着怀疑!

我不知道我们当时都讲了什么。我相信,我们都没怎么讲话。河水静静地流着,很黑,月亮神奇地倒映在里边,柳枝在水面上优雅地摇曳。真是美不胜收。我一下子伤感起来,也不知道为什么。我经常这样。很伤感——因为我可能太年轻了,但又不是小孩子。因为,当你是小孩子时,一切都是那么简单。当你变成真正的成年人时,可能一切又变得简单了。但我认为就是中间这段,有时候特别难。我不知道你是不是有同感。或者就我一个人这么愚蠢。实际上我对生活知之甚少,仅是一点儿皮毛。但是有的时候我感觉到,有的事情特别美好,有的事情特别可怕。这时候我就产生了伤感。我对自己确实感到茫然。我担心我这一生能不能做出一番大事业。妈妈经常说,人生像一块面团儿。每个人都会得到一块,把它做成什

么，全凭自己。是把它做成一个端正、漂亮的奶油大饼，还是把它做成一个歪歪斜斜、边角烤焦的小蛋糕，全凭自己。而人只能得到一块面团儿，一旦把它烤煳了，就变成了废品。很多年轻人从一开始就不知道应该怎么样把这个面团儿捏好。妈妈喜欢讲这类事情。有的时候她讲得更直接，她会说：

"你在做什么，布丽特-玛丽？可不能这么马虎！有很多愚蠢的小姑娘，她们认为愿意怎么马虎就怎么马虎，只要有意思，不需要太认真。但是这种想法不对。"

她的意思很明确，如果一个人太马虎，就等于说把面团儿做成了歪歪斜斜、边角烤焦的小蛋糕。前几天我和妈妈外出，遇到一位姑娘，我不想说出她的名字。她既可爱又温柔，笑口常开，但是人们谈到她时总是有点儿那个，提到她的名字时总会露出一种特别的笑。妈妈说：

"我不知道，她是不是把那块面团儿捏得有点儿歪了。"

别老说烤蛋糕了！但是我还是要告诉你，有一个人将变成一个方正、漂亮的奶油大饼，那就是伯迪尔。他简直太好了，人们确信无疑。

十点钟我一定得赶回家，因为，如果说爸爸、妈妈和梅根有什么一致的话，那就是这个时间斯万特和我必须待在家里。我的脚在鞋里直和泥，这也是我伤感的原因之一吧。

另外，下个星期六学校有舞会，对学校而言这是秋季的大

事。作为手风琴手，斯万特在学校自己的乐队里担任首席，其他人将负责伴奏。所以现在的哈格斯特罗姆家不是太安静。"愚人乐队"经常在我们家排练。

你听我说！开舞会的时候，我要穿一件新连衣裙。它是（1）深蓝色。(2)全打褶。(3)白色领子和白色袖卷边。(4)按我的审美观点它很可爱。对于一个人来说，过分关注衣着可能不好。但事实是，我会深更半夜为这件连衣裙兴奋得醒过来，然后翻个身，嘴上带着傻笑又睡着了。我的衣服都是梅根安排的，她的审美眼光棒极了。如果我真的穿着衬裙呼啦呼啦地去跳舞，妈妈可能也发现不了。

"女孩子身上不能有任何轻浮的东西。"当我斜眼看那些过分引人注目的布匹和衣服式样时，梅根就会严厉地说。经过一番短暂但异常激烈的灵魂斗争之后，我不得不承认，她是对的。

布丽特-玛丽

10月7日

亲爱的卡伊萨：

跳舞真是太有意思了！想起上星期六学校举办的舞会，我的双腿现在还不由自主地动呢。我相信，跳多长时间我都不会累，但是校长爸爸却下令，舞会八点钟必须结束。我不知道这是不是美国人说的那种"精神虐待"。

现在你一定要从头听到尾，从那天晚上我穿上那件深蓝色全打褶连衣裙到我脱下来为止。

弟弟们特别招人生气，他们当中斯万特排第一。他是舞会的组织者之一，所以七点钟的时候他就挎着手风琴离开了家。但是在走之前，他对我讲了各种各样的真心话。你知道，在这样的晚上大家很在意自己的穿着打扮，但是斯万特不明白这一点。

"神仙保护所有的男孩子，"他说，"我认为一个姑娘烫发，就是她有意勾魂的大手笔。"

当我拿了梅根的一点点儿香粉扑在鼻子上时，斯万特像猎狗一样闻了半天，并且说：

"这里散发着胭脂、香粉和罪恶爱情的味道。"

"滚蛋，不然我就告诉斯蒂娜，你从我相册上偷走了她的照片，睡觉时放在枕头底下。"

在驯服粗野的弟弟们时，各种鸡鸣狗盗的办法都可以使

用。我相信我已经得了分，占了上风，但是就在他要走之前，他把头从门外伸进来，放出下面能气死人的话：

"你要不要把嘴也抹上口红，夜里走起路来像是一个火把，免得伯迪尔在雾中迷路。"

在我还没有想出能真正制伏他的回答之前，他已经带着手风琴和其他东西溜走了。

我走之前，梅根把我上下打量一番。她理了理我的头发，看看丝袜上的缝口是不是对着后边。

"啊，全好了，你看起来有模有样。"她说，这让我松了一口气，因为我不时地需要增强自信心的鼓励。从表面上看，我像钓鱼的鱼漂一样稳定，但是内心却一直怀疑，布丽特－玛丽·哈格斯特罗姆是否真的那么好。我难道不应像罗马皇帝那样，有一个奴隶一直站在身边，不时地提醒自己的统治者："请记住，你是会死的！"我需要一个奴隶，经常不断地小声对我说："请记住，你是不朽的！"因为那样的话，我大概就不会在意，我的样子漂亮不漂亮，衣服得体不得体，有没有人注意我自信不自信。妈妈总是说，如果一个人一向关心别人、对别人友善，他就会忘记考虑自己，人们就会认为，他是一个高尚的人。因为人们总是希望，有人耐心听他们讲自己的孩子、自己的疾病和自己的工作等等，世界上没有比这些更让人高兴的事。我认为这些话有一定的道理。想想看，比如你和我！我

坐在这里不停地讲关于我这个关于我那个，没完没了，但是你可以相信，我确实也认为，你是一个高尚的人，那么耐心地听我讲。

如果现在我们能言归正传该多好呀。讲话跑了题再回来确实很难！我相信自己即使离题千里，也能用关于澳大利亚绵羊繁殖力强和滑轮技巧之类的几句话结束这封信。

不过现在要说的是学校舞会。爸爸和我一起到那里去，作为校长他当然得到场。他说他喜欢近距离看年轻人娱乐。只不过我需要来回跑两次，一次是给他取眼镜，另一次是给他取伞。我在路上碰到安娜斯蒂娜，当我们走进体操馆时，我挎着她，真舒服。伯迪尔也在那里，像往常一样，当我看见他时，喉咙里好像堵了什么东西。你相信吗，这就是所谓爱情吧？我们是一对极佳的舞伴，伯迪尔和我，所以当我跟他在第一圈旋转起来时，很容易想到，多开心啊，用不着像跟其他人跳舞那样，集中精力想"现在他向左转"和"现在他想带我尽快避开那堆挤在一起的人。"

对了，还有一件事！要不要把那件可怕的事讲给你听？还是别说吧，就当是一场梦吧。不过我发现，在任何情况下最好还是面对现实，因此我一定要让你知道我痛苦的命运，尽管我写的时候脸都红了。

我从来都没跟你讲过沃克的事吗？如果没讲过，现在到讲

的时候了。如果你不知道世界上还有他这种类型的人，那你这辈子就白过了。沃克是一个最友善、最高尚、最腼腆和最胖的高中生，每次各科考试成绩都不及格。有很长一段时间，他对我非常好，一有机会就替我背书包，到时候就给我寄圣诞卡和复活节卡，每次学校举办舞会，他都客气地邀请我。啊，这是真的！他还屡次三番地邀请我。而沃克，他是那种人，你可能愿意牵着他的手去死，但是活着的时候跟他跳舞——免了吧！好像他四周都是绝望的胳膊和腿，而他——用一句我在什么地方听到过的话来形容他——即使是通过没有人烟的戈壁大沙漠，他不被人绊倒也过不去。

猜得完全正确，亲爱的卡伊萨！我们跳舞的时候摔了很多跤。话就说到这儿！别问我到底是怎么搞的！我只知道自己突然就坐到地板上了，怀疑是不是要夺走很多人生命的地震来了。如果你有雅兴想感受一下被社会排斥在外的感觉，我给你一个好建议，卡伊萨——到一个公共舞会上跳舞摔跟头。那个时候你会看到很多张高兴的面孔对着你，所以你能准确地体会到一个社会弃儿的感受。

不过还好，我逐渐分清了哪两条腿是我的，立即站了起来。我恼火的是，怎么不是撞门就是踢到沃克的小腿。但是当我看到他通红、不幸的脸时，内心立即充满了同情，感到自己就像他的母亲。

"我很想看下一圈谁会步我们的后尘。"我尽量不动声色地说，并且用挑战的目光朝周围看了看。我们继续跳舞，但是我保证，当我七老八十坐在太师椅上，子孙绕膝时，也会记得自己年轻时的经历。我一定会说："让我看看，好像又回到了外祖母舞会上跳舞摔跤的年代！"遇到这类灾难我能说什么呢？不过让人牢记在心，永远忘不掉它们！

　　我也很高兴跟斯迪格·亨宁松跳舞。他是我们这个城的新客。他来自斯德哥尔摩。说不定你在那里的海滨路还遇到过他。不过，他当时的样子就感觉自己是宇宙的中心——造物主。据说，在斯德哥尔摩他是被学校开除的。我不知道此事是真是假。爸爸从来不讲这类事情。不过有一次我和爸爸外出，碰上了亨宁松，爸爸不满意地哼了哼。我也不喜欢有人来到我们这里，好像钱多得能把我们的城市都买下。除此以外，男孩子过分关注自己的外表，也不太好，他的穿着很刺眼。尽管他们碰巧脸上长了一个像样的鼻子。不过我还是跟他跳舞了，还交谈了几句，你知道他说些什么吗？啊，真愚蠢，我都无法下笔！话又说回来，让你听一听当下青年人之间时髦的讲话腔调没什么害处。

　　他："你简直太可爱了！这场闹剧结束以后，我绝对有兴趣建议跟你去散步。"

　　我："建议什么时候都可以提。但是过于屈尊赏脸让我受

宠若惊，实不敢当。"

他："别让人扫兴！你这双深蓝色的眼睛是我见过的世界上最神奇的。"

我："真的？那样的话我就更喜欢莱根酱和猪肉。"

他："一张甜蜜的小嘴怎么会说出这么可怕的话？"

我："废话，废话，废话！"

这场交锋以后，他明显受到了伤害，我们在一种和善的沉默中结束了跳舞。随后他兴致勃勃地盯上马丽安·厄登。我听见他说，"你这双棕色的眼睛是我见过的世界上最神奇的。"我自己非常忠实于伯迪尔，我们在一起非常愉快。他请我喝汽水，但是乐队里有一个弟弟有点儿难堪，就在最甜蜜的时刻，他突然用一句戏剧性的话打断了我们：

"你别太得意！"

伯迪尔送我回家。但是斯万特一直在离我们25米远的地方尾随着，并成心咳嗽来咳嗽去。他还不时地把手风琴弄出声音。所以我想对伯迪尔讲的所有深刻、有思想价值的事，都被冻在我的嘴唇上。不过我们回到家里以后，我却跟斯万特讲了一大堆有思想价值的事情。

尽管这一切，尽管有斯万特捣乱和跳舞摔跤，我对我那个晚上还是很满意。我不明白，为什么不是所有人都认为跳舞很有意思。只要我有一口气，就想跳舞，即使我到了100岁，走

路要颤巍巍地拄着拐杖、甚至忘了自己姓什么的时候。当我听到舞曲、看到我的第三代、第四代儿孙们翩翩起舞的时候,我的老腿也会发痒。我当然不会喜欢他们跳的那些非常时尚的舞蹈。我会摇着满头白发说:

"这也能叫舞蹈?我还是喜欢我年轻时跳的那种体面的老式摇摆舞!那是一种优美、雅致的舞蹈!"

临睡觉前,我轻轻地抚摩我那件全打褶深蓝色连衣裙,感谢它出色的表现和让我开心陶醉。随后我马上睡着了。我梦见自己参加了王室举办的舞会。国王陛下邀请我跳舞,我们在墙边坐满人的大厅里翩翩起舞。跳了一会儿以后,什么也没发生,我说:

"国王先生,我们是不是很快就到该摔跤的时候了?我的意思是,我们还没有摔跤呢!"

就这样我绊了他一跤。

我不知道这算不算是犯上大罪。

      你的对此心情不安的布丽特-玛丽

10月19日

亲爱的卡伊萨：

　　我的好朋友，你流清鼻涕吗？我在流！还有点儿发烧。现在他们正在津津有味地跟那些讨厌的动词较劲儿。因为，不管怎么说我已经躺在床上，什么也不想过问了。我从来没有像现在得一点儿小病时感觉这么好。真像诗人吟唱的那样：

　　　　我是那么憔悴、痛苦和烦恼，
　　　　我是那么可怜和悲伤。
　　　　我病得那么厉害，
　　　　别人从来没有过——我是最后一个。
　　　　我躺在床上想，
　　　　我有那么多烦恼在胸膛，
　　　　我是那么多灾多难和饱受创伤，哎呀！
　　　　但是整体上感觉良好。①

　　对，正是如此！**整体上感觉良好！**特别是家庭成员之间互相无微不至的关怀。这就是说，斯万特把自己的同情很好地隐藏在那些最滑稽的行为之下。

　　"哈哈，躺在这里害相思病，"他说，"你们正巧今天没

---

① 原文为挪威语。

有算术测验吧?"

"我感冒了,说话都是鼻音。"我说。这时候他扔给我一个苹果转身就走了,漫不经心地用口哨吹着著名歌曲《鸽子》。

一旦家里有人得了病,即使是最小的病,妈妈也总是急得不得了。她会像一只担心的鸟妈妈转来转去,如果病人的体温接近38℃,她的脸上会立即露出无望的表情。她要求病人必须吃饭和不停地喝热汤,而今天上午为了我她跑进厨房,说要做一次可口美味的甜饼,就着Ⅱ型咖啡在我屋里吃下。然而可口美味的甜饼变成了让人难以下咽的死疙瘩蛋糕,但是我们还是咬着牙蘸着咖啡吃了下去。妈妈说,肯定是发酵粉出了问题,而平时心细的梅根说,她就喜欢吃这种硬得像石头一样的甜饼。但是第二天,梅根手脚利落地做出了一个金黄色的松软甜饼,可以使任何面包师望尘莫及。

耶科尔和莫妮卡严禁到我的房间来,免得被传染,但是莫妮卡站在门槛上,不安地摇着长着卷曲头发的脑袋说:布丽特-玛丽生兵(病)了,布丽特-玛丽很大很大不舒夫(服)!而耶科尔真心实意地借给我一期他自己非常喜欢的周报,是他用自己全部的钱买的,目的是看上面的故事连载。他热情地劝我读上面的连载,"你放心好了,它们非常棒"。但是我觉得,还不如看其中一篇极愚蠢的短篇小说好。

我平时可不缺读物。在我床边的墙上有一个书架,那里放

着我喜欢的所有的书，从早期童年读的《精灵屋里的孩子们》和《帽子屋》，后来的《艾丽丝漫游奇境记》①，直到《绿坡上的安娜》②《厄拉贝拉》③《军医的故事》④《哈克贝里·芬历险记》⑤《金银岛》⑥和很多很多其他的书。在我生日那天，得到了《大卫·科波菲尔》⑦，两卷本深绿色封面的《匹克威克俱乐部》⑧和斯蒂芬·茨威格的《玛丽亚·斯图亚特》⑨（作为历史读物，它是我最喜欢的题材之一）。现在它们还在我的书架上，我伸手就可以够到它们。我的课本放在靠近窗子的一个书架上，离我有一段距离。顺便问一句——我能不能告诉你我房间的样子呢？梅根最近帮助我把房间美化了一番，你知道吧，我揪着朋友和熟人的头发，生拉硬扯请他们到我的房间看一看，让他们眼馋。

过去我房间的壁纸颜色相当难看，我和梅根齐心合力把它刷成了浅蓝色调的。斯万特自作多情，说要在一片浅蓝色上画

---

① 英国儿童文学作家列维斯·卡罗尔（1832—1898）的作品。
② 瑞典女作家马丽卡·谢恩斯泰特（1875—1954）的作品。
③ 瑞典女作家马丽卡·谢恩斯泰特（1875—1954）的作品。
④ 芬兰作家扎恰里亚斯·托佩利乌斯（1818—1898）用瑞典语创作的作品。
⑤ 美国作家马克·吐温的作品。
⑥ 英国作家R.L.斯蒂文森（1850—1894）的作品，是19世纪末新浪漫主义的代表人物。
⑦ 英国作家狄更斯（1812—1870）的作品。
⑧ 英国作家狄更斯（1812—1870）的作品。
⑨ 奥地利作家斯蒂芬·茨威格（1881—1942）的作品。

几个红色魔鬼。我们直接威胁说，要把他打得鼻青脸肿，并成功把他赶出房间。

还有，我那有着天使般心肠的姐姐为我的窗子绣了一个非常可爱、带有荷叶边的白色薄纱布窗帘，代替过去令我讨厌的棕灰色旧窗帘。地板上铺着一块深蓝色地毯，是我上个圣诞节得到的礼物。去年春天我到阁楼上翻出一个简易沙发椅，后来梅根在上面铺了一块红色的旧浴衣布。这一切使得我的房间日臻完善，我真的觉得，跟有了一个新房间一样。不过正对着窗子的写字台还是旧的，墙角那个在寒冷的冬季夜晚暖脚的壁炉还是旧的，床前摆放的书架还是旧的，上面摆着让我感到亲切的旧书。不过确实有新的！我有了一个固定在书架旁边墙壁上的新台灯。"以后你晚上躺着看书看死了，可别赖我。"梅根钉好悬挂台灯的十字钩钉以后说。危险确实有，这是不言而喻的！为了你好，我希望你像我一样喜欢书。我不仅喜欢读书，还喜欢摸它们，把它们拿在手里，感知我拥有它们。爸爸和妈妈认为，有些书所有年轻人都应该有。我认为，如果所有的父母都持有这种观点，这将是极大的幸事，啊，多亏如此，我们过得很愉快。书籍在我们家从来都不被认为是奢侈品，在我们的圣诞礼物篮子和生日桌上，总是有大量的书籍。世界上那个要和我结婚的男人必须要满足两个条件：他必须喜欢书和喜欢孩子。他的外表怎么样在其次。当然不妨他也长着洁白、漂亮的牙齿，对不对？

现在梅根拿来热柠檬水,在打字机重压之下的双腿睡着了,我要休息一会儿啦。暂时再见!

待续。

如果你知道我有多开心就好了!一缕惨淡的10月月光从我的窗子照进来,阿丽达已经把壁炉生起来,爸爸、妈妈在我的房间里喝过了早茶。学校此时正该上数学课。想到这一点,我敢保证,我的感觉好了好几度!

爸爸走进来的时候,我正躺着读耶科尔借给我的那本周报。他露出一点儿讽刺的神气,并且说:

"非常对!如果你想知道现实生活中绝对不可能发生的事情,那就去读一读周报!"

随后我躺在那里,想着他说得是多么正确。像周报封面女郎那样舒服的生活,人们不可能指望在自己的生活中得到。一位周报女郎不需要会什么,不需要知道什么,不需要明白什么,只要有一副甜美的面孔和一双迷人的大腿就行了。如果她在有一位帅哥当主治医生的医院当护士,他会放下手术刀和其他一切工作向她求爱,而对于绝大多数更加能干但没有一双美腿的其他护士则不屑一顾。如果她在办公室工作,只要从速记本上对主任暗送秋波,他立刻就明白,她不折不扣地想成为他孩子的母亲和他百万家财的女主人。后一点最重要。如果相信

周报上的事情，一位姑娘必须尽快抓住一个男人。争夺男人可是一件生死攸关的苦差事。我想起来心就烦。

我向你保证一件事，卡伊萨。我长"大"的时候，一定非常非常想结婚。我想有一个自己的家和一大堆像莫妮卡那样温柔的孩子。但是我首先要学会一些东西。我希望学有所成，想成为一个真正的人，有自身的价值，而不仅仅是男人的附庸。我想有自己的职业，请你写下来，免得以后忘掉！如果仅仅倚仗一双美腿，我认为那是赌博。这也是周报的观点，即最难的似乎是，留住一个男人比一开始抓住他更加困难。很可能会发生这样的事情，当你站在那里时，有长着更加迷人大腿的人出现。

如果这个世界有机会的话，我希望成为一名记者。为了达到我的目的，我想不停地奋斗、奋斗、再奋斗，如果还不行，那就见鬼去吧。我希望，一名记者既不需要第一方程式也不需要第二方程式。顺便说一句，我认为所有的方程式都是"第三方程式①"，不过这一点跟此事无关。

我不想再用我的哲学观折磨你。我自己也很累了，请你相信。我现在要躺下睡觉了，在我的窗外夜幕降临、树涛低鸣的时候，我会疲倦地看着壁炉中的火焰。在我隔壁的房间里，我听见莫妮卡在唱："卡门西塔，可爱的朋友，你有羊毛吗？"②

---

① 有第一、第二方程式，但是没有第三方程式，此处是调侃。
② 前两句属于一首歌，后一句属于另外一首歌，小莫妮卡记混了。

而耶科尔明显在念课文:

　　　　我祖母很可爱。

　　　　外祖母是母亲的母亲。

　　　　外祖母的玫瑰。

　　火堆里只剩下一块明亮的火炭。此时妈妈在钢琴旁弹《小夜曲》,屋里的气氛亲切、温馨。我在喝热柠檬水,我真的感冒了。

　　　　　　你极为忠诚和流着清鼻涕的布丽特-玛丽

11月10日

亲爱的卡伊萨：

你猜我今天放学回家碰到谁了？斯迪格·亨宁松，真够寸的，不早也不晚。他还是那副样子，好像至少可以买下半个城。

"啊哈，"他说，"这不是我们那位冰美人布丽特-玛丽·哈格斯特罗姆吗！"

"正是，"我说，"今天在你眼里什么颜色的头发最神奇呀？"

"嘴还是那么厉害，"他说，"我不知道用一块小点心来补偿醋意是不是管用呀？"

我们当时正好站在约汉松家食品店外面，你要是知道他们卖的咖啡味点心有多好吃就好了！只有我对甜食的可怕胃口可以解释，我为什么跟他走了进去。在比你想象要快得多的时间内我就吃下去了三块。但是随后伴随着一阵轻微肚子疼我吃起了后悔药。当伯迪尔走进来买一包润喉片时，他看见我们坐在那里，结果使整个事情变得让人绝望。虽然我们之间没有达成过不能与其他人一起吃点心的协议，但毕竟有点儿那个。我不喜欢这样做，看得出来伯迪尔也不喜欢。他目光窘迫地走出商店，这使我很难堪。这时候我突然感到，我内心实际上是多么厌恶斯迪格·亨宁松，我骂自己由于嘴馋跟他走进食品店。但是后悔已经来不及了。我坐在那里，像吃饱点心的蟒蛇，他正

要付款。顺便说一句，他确实不像缺钱的样子。他明显是一位富爸爸的宠儿。而坐在那里的另一位，囊中羞涩，用每周可怜的一点零花钱去应付这个世界所有的诱惑。当她看到他一掷千金的时候，心里怎么会不忌妒呢？他肆无忌惮地抽烟，丝毫不顾及身边他所在学校校长的女儿会传话过去。他在吞云吐雾中说，他刚应邀参加了这个城市里一个家庭举办的枯燥宴会。父母都在场，真没劲透了。

"不对，"我说，"在我们这个城市，我们有点儿大逆不道，我们认为父母也是人。"

对于这一点，他露出一丝冷笑，从他的描述我知道，斯德哥尔摩的青年人聚会时，肯定完全是另一种气氛。如果他说的属实，亲爱的卡伊萨，我相信在稍后的晚祈祷时，我会为你作一点儿特殊的祈祷。但是为了你好，我希望你社交圈内的朋友一定有别于斯迪格·亨宁松这类人。

最后我摇摇晃晃回家，满怀伤心和悔恨。我本来希望，家里的平静气氛会让我心情好起来，但是那里没有任何平静气氛，相反，格外紧张。爸爸刚开完家长会，回来以后讲斯万特，那个倒霉鬼作业得了三个警告，另加一个不遵守秩序警告。爸爸拍桌子发怒，妈妈很伤心，而斯万特痛心疾首，后悔莫及。我们坐在餐桌周围的时候，沉闷笼罩着大家。阿丽达端进来猪肉香肠时，不安地斜视我们。而莫妮卡明显认为，太伤

心了,因为她说:

"大家一定要讲话,一齐张嘴!"

但是死一样的沉默继续着。还是那个年轻的罪人自己用《小熊温尼》中一句有点儿安慰性的话打破了沉默。

"不管怎么说,"他说,"最近我们还没有发生过地震!"

这时候妈妈淡然一笑。爸爸撇了撇嘴。随后我们大家抬桌子。后来吃香肠气氛比较轻松,不过我已经吃了三块咖啡味儿点心,不能完全公平地对待香肠。吃完饭以后我们活跃起来,小小孩子们去屋里睡觉以后,爸爸请我们去看电影。诚然他说请斯万特去看电影违反人类秩序,但是这个可怜的家伙知道后悔了,在他保证改过以后,他被同意跟着去。

"我肯定能学好所有的课程,"斯万特说,他真是一个不可救药的乐观主义者,但是爸爸说,他属于《最后日子的圣贤》[①]里的人物,相信5月再突击读书也不晚。

"哎呀,亲爱的校长夫人,"当妈妈把帽子朝前朝后都试戴了一次,准备走的时候梅根说,"这么开心,我们真的没有过。"

"啊,看这些新款式的帽子,"妈妈叹口气说,"我确实记不得,哪边应该朝前,哪边应该朝后。"

然后我们就上路了。

现在我们刚刚回到家。电影是一部美国喜剧。让我觉得确

---

① 属于基督教的摩门派。

实可笑的是，一位年迈的绅士把奶油蛋糕弄到脸上不下三次。如今人们在电影里已经很少看到这种场面。我笑出了声，不知道为什么我觉得往脸上扔奶油蛋糕是这样的开心。但事实是，如果某家周报心血来潮用这样的题目下采访我：举出您的某个梦想，我将这样回答：能将一个真的奶油蛋糕扔到某个人的脸上！我不知道扔完以后会不会发生战争！我的意思是，当人们真的这样做的时候会有什么后果。

不过我很有抱负，永远不要告诉别人！如果你不相信的话，我只想告诉你，几天前我找到了工作，当然是兼职，这你明白。报纸上有一则广告，有经验的女打字员可以获得晚上的兼职工作。广告是我们这个城市新开的一家打字公司登的。

我不喜欢贫穷。你知道，当一个家庭有五个孩子时，每个人一周得到的零用钱不可能太多。你不要以为我不知足。我经常想，在有着多种可靠保障的伦敦街头，有着成千上万无人抚养的儿童。但是这不能阻止我想要很多东西。诚然，妈妈说没有任何病比贪心更严重，不追求自己根本得不到的东西的人最幸福。我确实尽力学会安分守己，大体上说做得还很不错，但是当我看到这家报纸上的这则广告时，我的贪心膨胀。我确实上过打字课程，此时我看到了挣学费和挣钱买一件浅蓝色上衣的机会，我觉得我需要这样一件衣服。

我没有把自己的计划告诉任何人，当天下午就去了那家打

字公司。一位下巴有痣、表情像指挥官的女士接待了我。

"小姐真是有经验的打字员吗?"她一边说一边用怀疑的目光看着我。

"啊,对,非常有经验。"我轻松地回答,显得比大多数人都老练。

"那就试打一下吧。"下巴长痣的女士一边说一边把我安排到一台打字机旁边,随后她自己走进另一个房间。我立即上机操作。你知道,打字的时候手指应该放在键盘中间那行字母上,手指只是从那里上下左右微动。眼睛看着稿子,不看键盘,手指自己知道击哪个键。然而我一开始就把手指放在最上边那行字母上,却没有发觉,就这样我便高兴地打起来,希望旁边房间里的那位阿姨听见我像开机关枪似的叮叮当当打起来而赞赏我。过了一会儿,我看了一下我的情况。在那张漂亮的白纸上我打出了刺人心肺的乱码:

Q55 Wh48fg uqwi8j O4 3u uiq4 koyw5 wqu i7If34 okht.

或者其他类似的这种乱码。没有人可以对着我的骨灰说,我不知道这一仗失败了。① 我立即意识到走为上策,我溜出大

---

① 引用一个英雄故事里的一句话。

门,连说声再见的时间也没舍得留。事后想起来有点儿可惜,我没能看见那位下巴长痣的女士回来时看到我下列的杰作脸上会有什么表情:

Q55 Wh48fg uqwi8j O4 3u uiq4 koyw5 wqu i7If34 okht.

现在我已经认识到:其一,那件浅蓝色上衣绝对没有必要;其二,那些好心的女教师担心我们晚上无事可做的时候,过早地找工作是一种白痴行为。顺便说一句,我的打字机还是有用场的。多亏了阿丽达!阿丽达在回复求婚信。不过她大汗淋漓忙了整整一个晚上才完成一封回信,其实也只有"我很胖,对什么都感兴趣"这点内容,危难之时她求助于我。首先我得正式发誓不把这件事告诉其他家庭成员。在我作了保证以后,她提出了自己的要求。可怜的阿丽达,已经老大不小快40岁了,她是一位快乐而充满母爱的女人,确实需要一个属于自己的家,而不应该还在我们家操劳。现在很明显,她决心不惜一切代价找一个男人。我们逐个回复求婚信。眼下我们正和两个人谈判,一个是"有着自己铺盖的可信男人",另一个是"考验生活的人"。我倾向那个有铺盖的人,但是我觉得考验生活的那位给阿丽达留下的印象最深刻。他写道,"在过去

的岁月里向往着在自家灶台上欢歌的一位漂亮的小女人",而阿丽达为能开始欢歌激动万分。然而种种迹象表明,那位考验生活的男人已经彻底出局了,后来他对为他欢歌的人没有表现出某种仁慈。我尽其所能使阿丽达转变观念,使她把兴趣转向那位可信的男人。

祝一切安好、永葆青春!

布丽特-玛丽

11月17日

可爱的卡伊萨：

这样一个夜晚，我不知道斯德哥尔摩是什么样子。耀眼的灯光广告，人们熙熙攘攘地进出电影院和饭店，五颜六色的橱窗，是不是这样？你想知道我们这里是什么样子吗？可以用一个词来回答：郁闷。雨淅淅沥沥地下着，路灯在11月份的黑暗中散发着惨淡的光。我先到安娜斯蒂娜那里去了一趟，想说一会儿话解闷儿，但是她去了姑姑家，她这个愚蠢的举动把我气坏了，我重新走入雨中。

啊，郁闷中的郁闷——11月份雨天晚上的大长街！连一只猫也看不到！如果不把安德松警官也列入猫的行列的话。他穿着带帽雨衣走在那里，脸色看起来就像得了肺结核。所有的橱窗都黑了，只有马格努松手工艺品商店的一个橱窗还亮着。几个假人面带微笑站在那里，它们肯定相信，在出自马格努松先生之手的秋季作品中自己是无敌的，但是我可不认同！至少马格努松先生关于什么是真正风格的观点与我的不一样。在苦于无法证明这一点以后，我溜进了约汉松食品店，希望能找到一个能帮我以极快的速度解开世界之谜的活人。如果让我说真心话的话，我的眼睛在寻找伯迪尔。我已经有一段时间没看见他了，我很想对他说，我确实一点儿也不喜欢咖啡味儿点心。很遗憾，他不在那里。万万没有想到斯迪格·亨宁松和玛丽

安·厄登却在那里,当我看见他们时,我不禁想起了我认识的一位丹麦老先生说的关于熟人圈子里一对年轻夫妇的话:"他们不漂亮,但是很般配。"因为他们就是如此,斯迪格和玛丽安,他们坐在那里,穿着很随便,感觉都很自信。我向他们点头,匆匆而过。但是随后我再也承受不了11月份的风雨,收起心回家。

啊,温馨中的温馨——全家人坐在起居室的炉火前边,梅根请我们喝茶、吃三明治,爸爸高声朗读法尔斯塔尔·法斯尔[①]的作品。然后我们轮唱:

你愿意,你愿意,你愿不愿意和我们到森林里去?
愿意,愿意,愿意,我愿意走到森林里去。

"可别赶上现在这样的天气,"我们唱完了以后耶科尔说。我敢肯定,我们大家明显感到,我们坐在那里开心极了。

随后我们大家一起哄莫妮卡上床睡觉。一开始她不愿意,想让我们"唱更多更多",但是很快她就坐在自己的白色床上,露出天使般的表情。她念晚祈祷,并请上帝护佑"妈妈和爸爸和梅根和布丽特-玛丽和斯万特和耶科尔,尽管他过去揪过我的头发,还有我自己"。

---

① 真名为阿克塞尔·瓦尔格伦 (1865—1896),瑞典著名记者、作家、诗人,喜剧性作品最为闻名。

"睡个好觉，做几个好梦，"我们走之前妈妈说。

"不过妈妈"，小家伙说，"我夜里做一个好梦，但是我不明白这个梦是不是允许小孩子做。"

当我们大家笑话她时，她觉得伤了自尊。

随后我们继续欢乐，妈妈变得比平时少有的兴奋。我真希望你能看到她在爸爸面前得意忘形和纵情歌唱的情形：

你为什么乞求我那颗年轻的心，

你为什么强迫我爱你，

你的爱情之火为什么不能久燃不息，

你为什么弃我而去？

"傻老太婆，"爸爸一边说一边用他特有的目光看着她，只有看她的时候他才有这种目光，一种非常温柔、同时有一点点娇惯的目光。

然后妈妈讲自己的青年时代。不管怎么说她现在还不是特别老，不过我的意思是指她遇到爸爸之前最青春的时候。其中有一件事我觉得最有意思，其疯狂程度国内外没有，我知道其他人也没有经历过。

其中她讲道，有一次她在英国乘火车到牛津去。当时她差不多20岁，与她同行的是一位瑞典女友。在这两位年轻女士

的对面坐着一位先生在读《泰晤士报》。

"那位男人长得确实不错",妈妈说,像平时那样脱口而出,并自作聪明地认为全车厢不会有人懂瑞典语,"不过他显得很自负!"她继续说,"你看到的是一个典型的英国人,他不相信除了英国世界上还有其他国家存在。"

"别直接看他,"她的女友说,"他可能知道我们在谈论他。"

"不会知道的,"妈妈说,"我看他是有分寸的,另外他在读报,既不会听到什么也不会看到什么。"

随后妈妈和她的女友把他的外貌细致入微地分析了一遍,并对他的气质提出了各自的理论。

这次英国之行妈妈带了一条她最不喜欢的头巾。它又旧又丑还掉毛,妈妈称它为"巨蟒",因为她说它围在脖子上就像是一条大蛇,监管着被囚的公主。外祖母执意要她带上,因为"英国的气候对于娇嫩的脖子可不是闹着玩的",外祖母说。然而从踏上英国土地第一天起,妈妈就千方百计打算把巨蟒扔在什么地方。她曾经把它扔在旅店、饭馆,让它从脖子上滑下来,留在出租汽车上,但都没成功把它处理掉。最后时刻总有好心人把围巾还回来,而妈妈为此事而给别人造成的麻烦总要给一点儿钱表示谢意。

当火车驶进牛津火车站的时候,妈妈说:

"母亲想说什么都行,不过我被巨蟒折磨的时间已经够长的了,现在该结束了。"

她拿起巨蟒，把它放进网兜里。

"躺在这里，一点儿都不要动！愿你留下美好的记忆！"妈妈一边说一边径直走下火车。

妈妈的女友有一些事情要去办理，她一个人站在大街上等她。这个时候，不是那个读报的英国人还能是谁呢。他的手里拿着妈妈的围巾，非常礼貌地鞠了个躬，一边微笑一边用纯正的瑞典语说："我觉得您还是应该拿着巨蟒！像这个季节的寒冷夜晚还是很可怕的！"

你能猜出他是谁吗？是我爸爸！而妈妈说，像今年牛津这样的春天她一生都没有经历过，在春天过渡到夏天之前，妈妈和爸爸就订了婚。

尽管妈妈过去把这件事给我们讲了很多遍，可是我们还是百听不厌。我唯一不明白的是，那趟火车上她坐在爸爸的对面，怎么会不知道那是爸爸。

"但是我很快就明白了，这就是我要找的'妈妈'。"爸爸说，一副得意扬扬的样子。

"对，你当然能认出妈妈，"耶科尔说，"这谁都能做到。我希望我也能跟着坐火车，那时候我一定要把巨蟒给你好好围上，妈妈！"

顺便问一句，猜猜巨蟒的命运吧？你大概以为它的命运很悲惨，被孤孤单单地抛弃在英国农村的什么地方。绝对不是！

巨蟒又进入了新的伟大时期。妈妈订婚那天围着它，然后它英雄般地回到瑞典。如今它被好好保存在阁楼上的一个有卫生球的盒子里。不过每年的5月5日，就是妈妈和爸爸订婚那天，它都要露面，当爸爸和妈妈一起出去到饭店吃订婚纪念日晚餐时，妈妈都要围着它。

那天晚上我们坐在一起谈到很晚很晚。最后妈妈为我们弹钢琴，她弹得好极了。我有一个梦想，希望有朝一日钢琴弹得像妈妈一样好，但是我知道可能永远做不到。为了坚定我们的信心，斯万特作了很大努力。我经常从一本叫《钢琴之书》里挑一些曲子弹，斯万特在书中的字母a上画了一道很粗的红线。[1]

"《钢琴之书》确实很管用。"我这位可爱的弟弟说。他可能是对的。

现在我一定要躺下，读一章《大卫·科波菲尔》，如果睡神勇·布伦德[2]不是特别反对的话。但是我早就打哈欠了，看看到底会怎么样，一定很有意思。顺便说一句，晚上躺着看书是一个坏习惯。不过躺着看书很舒服，很舒服，很舒服！

晚安，卡伊萨，睡个好觉，不过别像莫妮卡说的梦见儿童禁止梦见的梦。

你守规矩的朋友敬上

---

[1] 表明这支曲子重要，一定要练习弹。
[2] 民间传说中的睡神，他跑到谁旁边，谁就能马上入睡。

11 月 28 日

亲爱的卡伊萨：

11 月很快就到头了，谢天谢地！我几乎喜欢所有的月份，但是 11 月肯定是我最不喜欢踏进的。在一些英文书里，描写年轻姑娘们在恶劣的阴雨天总是喜欢走到大自然里，让雨水冲刷自己的脸尽情享受，使皮肤漂亮起来，但是英国的下雨天肯定跟瑞典完全不一样。我确实试过几次，早晨上学去的时候，大雨如注，像英国姑娘似的，让雨哗哗地浇在脸上，但是我说成功了，那肯定是谎言。相反，当我满怀希望用颤抖的手从口袋里掏出小镜子，看里边可能出现的奇迹时，我看到的是一张冻得发紫的脸，我觉得我得到了一张苹果花似的脸。我肯定没有变得更漂亮。所以现如今，当我像一只灰色的小水鼠走过大街时，我蜷缩在我的雨伞下。

今年这个时候学校也没有什么特别开心的事，一天到晚开着电灯，窗子外边没有一点儿紧张有趣的事情可看。我很难做到聚精会神。正当我们讲到伏尔加河支流的时候，我的目光沿着世界地图转了一圈，最后落到南海的一个偏僻小岛上。比如就在 11 月这个季节住在珊瑚海中的黛安娜浅滩①上，你说怎么样？身上只围一条纱笼筒裙，到处走一走。我朝周围班里的同学看了看，竭力想象着，如果她们穿着纱笼筒裙而不是现在穿

---

① 位于巴哈马群岛。

的正正经经的校服会是什么样子。玛丽安肯定愿意穿，她一定会在黛安娜浅滩上的男孩子中间造成很大轰动。不过对于漂亮的小布丽达·斯文松，我想出了更好的办法，让她穿上比基尼泳装，而丽萨·英隆德绝对要穿着狼皮大衣、高筒靴子，乘坐西伯利亚狗拉爬犁，奔驰在冻土地上。她和男孩子一样矫健。

啊，啊，如果大家坐在那里上地理课不仅仅考虑伏尔加河支流该多好啊！但是大难临头，当我被提问时，就连最小的那条支流的名字也从我嘴里挤不出来。我又不想当面对女教师隆德斯特罗姆说，请讲一些更有意思的内容吧，比如黛安娜浅滩什么的。她听了肯定会气得把自己尊贵的哈巴狗脸绷起来。她确实像只哈巴狗一样可笑，让我感到吃惊的是，这次她没有叫起来。也就是说，她有时候会叫起来，不过我倒是喜欢她汪汪叫起来。

课间休息时我们挤在楼道里，如果天气好的话我们会到院子里去。如今玛丽安急于和我接触，每到课间休息她都会找到我。她大概认为，至少偶尔与和自己观点不同的人打交道是很开心的。你记得吧，那次她别出心裁提出的14天以内不与布丽达·斯文松讲话那件事已经过去。对此我有一点儿自豪。另外，我也自问，玛丽安内心是不是也很善良。几天前她特意送给我一本极为精美的《漫游与朝圣的年轻》[①]。我受宠若惊。

[①] 瑞典作家、诺贝尔文学奖获得者V.冯·黑登斯塔姆（1858—1940）的诗集，发表于1888年。

不过你知道，书是俘获我的最好诱饵。如果有一天我真的发起疯来，没有人敢接近我，只需有人把一本书放在我的鼻子下边，我就会变得温顺，小孩子都可以与我交谈。

另外，玛丽安的生日快到了。包她食宿的房东阿姨仁慈地答应，她可以邀请一些人来。我们有几个人要到那里去，有男孩也有女孩。想起来了，伯迪尔也在此列。前几天的一个晚上，我们在外边散步，咖啡味儿点心的事情已经化解。

"我们能在一起的话，一定要在一起。"伯迪尔说，我赞成他的话。他是我知道的最高尚的男孩子，我跟他在一起的时候，立即会感到，我自己也高尚、体面和真诚。他比与他同龄的大多数男孩子都严肃。我想，这大概与他成长过程中经历的很多不幸有关。他10岁的时候父母离异，他与母亲和妹妹搬到这里来住。他的父亲离异后马上就再婚了。

"我的孩子，如果将来我有的话，一定要保证父母终生在一起，至少我自己不离异。"他说。他蓝色眼睛里的目光是那么坚定和认真，让我深深地感动。

"忠诚，在所有事情中是最重要的。"他说，这时候我也感到是这样。由此看米，他比同龄人更成熟，一点儿也不奇怪。如今他已经是家里男性顶梁柱。你放心好啦，他有一个真正温馨的小家，我很少看见有谁像他那样对母亲和妹妹无微不至的关怀。爸爸总是说：

"那个伯迪尔·维德格伦很宽厚,是一个好小伙子!"

这时候我总是以某种奇特方式感到自豪,尽管我没有任何理由这样做。"别以伯迪尔的名义吹嘘,每个人的荣辱只属于自己",这你是知道的。

伯迪尔就是这样的人,提到他我总有话说,这么说有一定的道理。这不是套话。我不知道你们斯德哥尔摩那里怎么样,反正在我们这个城市里,哎哟,我们几个凑在一起,讲的都是废话、蠢话。大声喧哗、傻笑和穷欢乐,不管怎么说很开心,尽管如此,有时候还是渴望讲一些有实际内容的东西,不能自始至终把嘻嘻哈哈作为最高目标。

"在这个圈子里要求吵嘴讲点儿技巧都是奢望",伯迪尔经常说,"而要求管住嘴的技巧绝对不可能。"

当我们在外边散步的时候,伯迪尔和我,可以很长时间不说话,我没有发现我们之间有什么不和。跟伯迪尔一起散步也很有意思,因为他那有生命的目光关注大自然里的一切东西。他能叫出很多动植物的名字,而我却一无所知;他能找到鸟窝,而我只看出那里有一些枯草。春天的时候,总是他找到第一棵蓝色银莲花,当我在地面上看到几个棕色球状体[①]时,他马上说这是野兔去后留下的请帖。

哈哈,关于伯迪尔的事多得可能会顶到你的嗓子眼儿,我

---

① 指兔子屎。

说得没错吧，现在我一定要把你从我的报告中解救出来，不再作报告，仅以一句热情的问候住笔。

布丽特-玛丽

圣灵降临节第一个礼拜天

亲爱的卡伊萨：

圣灵降临节期间你们斯德哥尔摩那边的天气怎么样？我希望没有雪，不然我会忌妒死了。不管怎么说我们这里圣灵降临节的气候还不能直接说不好。诚然我们这里没有雪，但是树上挂一层白霜，雾蒙蒙的天空中一轮红色的冬天小太阳奋力地照耀着。不能说很成功，但是看着它尽职尽责的样子还是很有意思。

早晨我们全家都起得很早，点燃第一支圣灵降临节蜡烛。妈妈弹钢琴，我们唱《为主准备好了路》。我突然感到离圣诞节已经很近。我觉得，圣诞节就像能驱赶12月黑暗的一把火炬。第一个圣灵降临节礼拜天时，人们好像从远处看这个火炬，然后看着它一天一天靠近，直到平安夜时它照亮和温暖每一个人的心。

早饭以后，斯万特、我和耶科尔到野外散步。我们穿过森林朝施尔胡尔特方向走去。如果不是身临其境，我根本无法向你描绘出那里有多么美。在那里你将会看到美丽的树挂。

耶科尔像只小狗一样在树丛中跑来跑去，我估计，他走的路差不多是斯万特和我的两倍长。

在施尔胡尔特附近有一个荒废的旧长工屋，我们走了过去。夏天，当紫丁香和长满树结的老苹果树开花时，这里非常

漂亮。过去，住在这里的人栽下苹果树、耕种周围的土地，如今一切都荒废凋敝，想起来我有些伤感。找来苹果树苗，把它们栽到地里的那位长工可能希望他的子孙后代永远住在这个地方，老苹果树死去以后，他们再栽种新的，永远继续下去，你难道不相信吗？

那里的门没有锁，我们能走进去。墙角旮旯到处是蜘蛛网，所有的窗玻璃都没有了。地板被脚磨得高低不平，一眼就能看出。整个房子只有一室一厨。屋子里有一个破烂不堪的开口炉子。谁知道这位长工有多少个流着鼻涕的小孩子坐在火炉前烤火暖脚，而他们的母亲则忙着为他们做晚饭吃的粥，窗子外面黑暗如墙。耶科尔到处转到处瞧，而就在这个时候他拿过来一大摞从衣帽间找到的旧信，都是从美国明尼苏达州的德卢斯寄出的。我们读完信以后知道，信上标的日期1885年，所以我不认为我们犯了什么大罪。信是一个叫希尔玛·卡尔松的人写给住在施尔胡尔特这个地方的父母的。她写道，他们在美国过得都不错，但是活儿很重，报酬微乎其微。她非常非常想吃母亲做的粉肠。啊，亲爱的希尔玛，你到美国去干什么？你完全可以舒舒服服地待在家里，吃粉肠，直到撑坏你的肚子，你的父母也免得死时床前无人，而施尔胡尔特这个地方也不会像现在这样荒凉凋敝。不过希尔玛可能穷得没有办法，移居美国是唯一的出路。

后来我们回家了，下午的时候耶科尔掉进浴缸里，当时他正在浴缸旁边玩树皮帆船，结果眼睛上方摔了一个大口子，梅根只好带着他去医院缝伤口。他回家时头上贴着一小块可爱的绷带，用胶布固定着，好像是当日受伤挂彩的英雄。不过他说，最近一周课间休息时他不能到室外去。

"天呀，你为什么不能呢？"我问，"到室外走一走不会造成什么伤害吧。"

"你怎么会知道？"耶科尔愤愤不平地说，"你一点儿也不了解我们学校的情况。如果明天课间休息时我出去，放学回家时，我的整个耳朵肯定被揪掉了。"

这位小小的打架高手这样说，他说的可能对。我很清楚，在这群小家伙中间他出手很重。不久前我经过这个小学，看见耶科尔在"冲啊，胜利属于我们"的战斗口号声中一头扎进五六个男孩子群里，拼命厮打起来。看来他最好在课间休息时别出来。

除此以外，我们这个小城没有什么新东西可讲了。啊，想起来了，我们去过玛丽安那里，如果你想听的话。茶、三明治和与斯迪格·亨宁松的一场不大不小的冲突是当天晚上的收获。冲突是由伯迪尔引起的，大概过程是这样：

斯迪格在衣帽间的穿衣镜前面磨蹭了很长很长时间，整理领带、梳头发，他看到自己的形象时显得非常得意，这时候其中一个男孩说了句嘲笑的话：

"他妈的,你没完没了的照什么劲儿!"

斯迪格反唇相讥:"啊,我喜欢臭美,对我来说就像土地能长出鲜花一样自然。"

伯迪尔用最干涩的声音接过话茬儿:"那不爱臭美的人有什么可乐的!"

火药味儿更浓的事都说了出来,这一点我不想否认。不过斯迪格不管怎么说还是相当克制,他做得不错,真不错!他和玛丽安住在同一个包食宿的阿姨家里,所以他不请自到,不然的话她可能要找一个更乐观的搭档。

玛丽安得到的生日礼物都不菲。妈妈和当大经理的爸爸为了庆祝自己女儿15岁生日尽了最大努力。你听着:一个猪皮小旅行箱子,两套水洗绸精制睡衣,一个红色指甲刀,一只漂亮的银手镯,25克朗现金和三双丝袜。但是没有一本书。我大概要过五次生日才能和玛丽安一次生日所得到的礼物一样多,不过也没什么!如果我过生日时没有得到一本书,我真会怀疑世界秩序是否出了问题。

其他方面还不错,要多快乐有多快乐。我们先跳舞,不过最后我们像小孩子似的玩起了摸瞎子、讲笑话。你听说过吗?我们还进行即兴讲演,而伯迪尔以这样的题材作了一个很不错的简短讲演:"企鹅灵魂生活与卡尔马联盟[①]之比较"。我自己

---

① 卡尔马联盟建于1397年,包括丹麦、瑞典和挪威,1521年解体。

讲的题目是"论火腿",我不想说我讲得特别好。不过这也是一个愚蠢得不同寻常的题材,你不觉得吗?然而我非常喜欢吃圣诞火腿,这一点一定要为自己辩护。

现在,我的小姐,我要用最严肃的号召结束这封信,你要马上行动起来准备圣诞礼物,钩织隔热抹布,绣几小块粗糙的可有可无的桌布,以便你能真正感受到圣诞节真的来到北欧了。

布丽特-玛丽

12月14日

挚友，你好：

你今年也没选上斯德哥尔摩露西娅小姐？卡伊萨，卡伊萨，你是怎么搞的？从你寄给我的照片看，你的相貌气质完全符合花烛皇后的要求。你说你没有参加比赛对吗？啊，你不能参加昨天晚上佩戴首饰、身着白色家兔皮衣的穿过全城的巡游那就完全赖你自己了。

在我们家，露西娅节我们过得特别热闹。我们的露西娅小姐是阿丽达，她穿着自己最好的那件绣花边的白色晚礼服。我过去以为露西娅一定是一个弱不禁风的小姐，她的体重至少不应该超过90斤，不过我的观点可能有点儿陈旧了，一定要尽快更新。不管怎么说，阿丽达的深沉的低音比那些虚假的轻声更能带给我们真正的温馨。当她用假嗓子吃力地挤出"桑塔露西娅，烛光闪闪亮"的时候，整个屋顶好像都要被抬起来，她把浓咖啡、新鲜的藏红花蛋糕和椒盐饼干送到我们床上。踏着阿丽达的足迹、走在她肥硕身体后边的是头戴圆锥形帽子的小星童①耶科尔，在北半球好像从来没有看见过正在换牙的星童。从我最后看到他到现在他已经掉了两颗牙。我不知道，小孩子

---

① 瑞典在庆祝"露西娅节"时，要选出当地最漂亮的姑娘为露西娅小姐，还要找几个漂亮的小女孩和小男孩紧随其后，组成仪仗队，唱歌穿过人群。其中女孩子头上装饰有蜡烛，男孩子头上装饰有星星，所以叫星童。

一次能掉那么多牙,不过耶科尔做事很仔细,这一点我敢保证。

喝完咖啡,我就跟着阿丽达走进了卧室,想看看莫妮卡看见露西娅小姐的反应。我原来估计,她会因为自己没当上露西娅小姐而情绪一落千丈,但是真不错,一点儿没有!她在床上坐起来,若有所思地看了阿丽达一会儿,然后极为平淡地说:

"我相信,你头发上有蜡烛!"

就这么一句话。

阿丽达差不多挤出来五次"桑塔露西娅"以后,大家从心里已经很厌烦再听这个歌了。我们便唱起"斯塔方是一位长工",随后就到了我们慢慢腾腾上学的时间。大街上很黑,但家家户户的窗子都亮着。很多人手里拿着咖啡篮子在街上走动。你可别说,小城市人不把露西娅节当回事儿,真不是!

我很晚才从家里走出来,去学校最后一段路我不得不跑起来,不过我刚刚气喘吁吁跑进校门,学校的钟就打八点了。我们的校长正作早祈祷。她几乎总是一个人作。如果换一个人作,我就觉得这一天开始的不正常。我喜欢听她平静的声音,当她朝我们大家看的时候,我也喜欢看她的圆眼睛。我总是有一种强烈的愿望,成为一个高尚的人,就像她期望的那样。她是一位好教师,但是她有着更好的人格。爸爸说:"如果让我在两个有着好人格的坏教师和有着坏人格的好教师之间选择的话,我会毫不犹豫地选择前者。"我们很幸运,有在两方面都

好的校长，如果有一天我也陷入类似两难的境地，不能同时拥有妈妈和爸爸，我会大步走向妈妈。

祈祷大厅布满蜡烛，我们的教室也点燃了蜡烛。这一天的开始节日气氛很浓，实际上结束时也不错。晚上，在学校的礼堂举行了红十字会晚会，其中重新上演了去年春天儿童日那天演的一部短剧。斯万特和我分别扮演剧中的角色。剧中有一个情节是我狠狠地打了斯万特一顿，你用不着怀疑，我确实以极大的激情和快乐投入这部短剧。因为斯万特自始至终都在通过讨厌的怪笑让我脱离角色和笑场，他还不想让观众看出来。当我宣布那个可悲的事实"陛下礼拜四下葬"时，招来一阵哄笑，很糟糕，但这也是事实。当我们的导演事后表扬我打斗场面非常真实时，我相信他说得不过分。

还有一个不幸落在斯万特的头上。他本来应该这么说：你的路上暗藏杀机！但是可能是因为他笑得太过分了，舌头一僵，结果这句被他说成了：

"你的路上藏暗杀机！"

在这种情况下他转过脸去，以某种真正的忧伤方式想一想，免得成为公开的笑话。不过现在我知道了，下次斯万特再来气我，我知道该说什么回敬他。那时候我只要高高地举起拳头说：

"你小心点儿！你的路上藏暗杀机！"

演完这出戏以后，有很多唱歌的节目。两位女士肯定要互相抓头发。其中一位是音乐老师，她在女校和男中教音乐。她的嗓音很美。而对另一位实在不敢恭维，一位难以相信的厉害女士，她的丈夫是男中美术教员。阿尔贝里夫人精于算计，你肯定相信她在婚姻方面也是如此。在美术教师这条路上走得极为谦虚的阿尔贝里先生只得就范。因为阿尔贝里夫人完全生活在虚幻之中，认为自己能唱歌（当她真的唱起来时，听众真想去死），所以当活动委员会选中安德松小姐时，她闹得天翻地覆。阿尔贝里夫人迅速到我们家找妈妈，她是红十字会主席，带着像受伤的母羊一样无辜的目光在我们家整整坐了一下午，主要是不停地诽谤安德松小姐。但是带着诽谤来找妈妈无异于用硬面包喂孟加拉虎。我的意思是不起作用。阿尔贝里夫人一提起对安德松小姐不利的话，妈妈就用很夸张的题材把话岔开。我坐在隔壁的房间里，听着这一切，觉得很有意思。不管阿尔贝里夫人说什么，妈妈总能把话引到关于现代人的品行、道德或类似的事情上。

但是阿尔贝里夫人不肯罢休，最后妈妈说："你们大概可以搞一个小小的二重唱节目吧？"

阿尔贝里夫人没有叫起来，这让我大吃一惊。但是她回答时流露出的不悦表情真够厉害的：

"哈格斯特罗姆夫人真会开玩笑！"

随后她就走了,妈妈活动一下双腿说:

"哎呀!歌声能产生高尚的情感,一点儿不错!"

不过妈妈还是很同情她,最后她也得到了演唱的机会。

"让她唱没有问题",妈妈说,"困难之处在于怎么让她适可而止。"

她唱了梅里坎都①作的《白桦林涛》,你知道,唱到"……让彼此的生活更美好"这句时,她的声音发颤,要多明显有多明显。阿尔贝里先生就坐在听众当中,我不知道他会有何感想。

"让彼此的生活更美好,她的用意不错。"站在幕后听她演唱的斯万特诙谐地说。

多好啊,这学期很快就要结束了!摆脱一下学校的功课做一点儿家务活儿肯定会很开心。梅根在阿丽达的帮助下已经动手把全家搞得天翻地覆。她相信,如果不把所有的窗子都清洗干净,不把每一块地板都擦亮,不把每一把刀叉擦得能照见人,就不能叫真正过圣诞节。

祝一切顺利!我希望圣诞节前,我们还能再通一次信。

布丽特-玛丽

---

① 奥斯卡尔·梅里坎都(1868—1924),芬兰作曲家,其主要作品有歌剧《北欧女儿》《合唱、独唱歌曲集》等。

12月22日

亲爱的卡伊萨：

取一点儿牛奶，两汤勺砂糖，三汤勺玉米面，三个鸡蛋，把它们一起搅拌，你觉得会变成什么？烹饪书上说可以变成玉米糊，但是我没有得到玉米糊。我觉得更像某种糨糊。至少全家人都拒绝把它当成饭后甜食，只有耶科尔例外，他像猪一样，什么东西都能吃。

真够窝囊的！从学校赶回家，挽起袖子满腔热情投入家务劳动，结果怎么样呢？一锅糨糊！家里人冷嘲热讽，特别是斯万特。

"你是从什么地方找来的这个食谱？"他尝了一下糨糊以后问。

"从烹饪书上，如果你想知道的话。"我冰冷地回答。

"你把它从那里拿走真是太好了。以后上边再也不会有这个食谱了。"斯万特说。

随后我自告奋勇，帮助梅根烤椒盐饼干，这时候斯万特说：

"可别冒这个险，梅根！最好让她洗一洗杯子或者抱一点儿木柴什么的，不然她可能往椒盐饼干上撒砒霜！"

"是吗，你真的相信，你的路上藏暗杀机？"我说，"你大可放心，我用不着为你花钱买砒霜。我直接打死你多省钱呀。"

随后我给了他我最拿手的右击拳,我原想至少可以打击一下他的气焰,但是没有达到目的。他只是笑。不过我想这也足够了。

"小孩子之间不要乱打",梅根说。她像一位将军指挥一场大战时那样走来走去,我们还没来得及眨眼,就被分配了工作。斯万特和耶科尔负责运够整个节日期间用的木柴,我负责烤椒盐饼干,莫妮卡站在那里,手里捏着一小块椒盐饼干面团儿,她可以把它捏成各种奇奇怪怪的饼干形状,阿丽达烤小麦面包、藏红花面包和很多很多饼干,梅根自己负责列出节日菜单,并负责采购,让人觉得她要请全县的人吃饭,妈妈负责买她第二天要跟人交换的礼物,而爸爸——读书。大扫除已经做过了,平安夜前一天只要稍微擦一擦就行。圣诞香肠灌好了,肉冻做好了,火腿已经从肉铺取回。现在万事俱备,只欠东风。前一天晚上,我们煮好了太妃糖,我认为煮太妃糖属于为圣诞节作准备工作中最有意思的事情。我们大家都聚在厨房里看,甚至爸爸也来了。他的作用是,通过高声朗诵为我们助兴;莫妮卡的作用是碍事,她每次走近炉子的时候我们的心都要跳到嗓子眼儿;耶科尔的作用是,没等太妃糖凉了他就去尝。他每年都扮演这个角色,每次由于烫牙发出的疯狂喊叫声简直要把房顶冲破。人们常说,挨过烫的孩子怕火!但不管怎么说,挨过烫的孩子不怕太妃糖,这一点我可以证明。

我多么希望今天晚上你能来我们这里,我可以请你喝咖啡,让你尝我们自家烤的圣诞点心,此时此刻特别温馨,地上铺着地毯,墙上放的杯子闪闪发亮,大桌子上铺着红格子桌布,灶台柱周围挂着绸纸边饰,看到这一切,心里感到很满足。当我看到食品柜里装满圣诞节吃的东西、盒子里装满各种点心,我觉得富得像财神。多好啊,再有两天就到圣诞节了!多好啊,每年都充满同样的期待!当我一想到圣诞节,肚子撑得再吃不下任何东西的那天,我知道自己等不及了,到了那一天我就老了!

明天斯万特和我一定要去买圣诞礼物了。一点儿不错,办事拖拖拉拉是一个恶习,但生来就这样,有什么办法呢!梅根几周前就准备好了,不过她还得帮助耶科尔和莫妮卡,所以明天注定要有一个大驼队去采购圣诞礼物。在某种程度上我还真喜欢在最后一分钟去圣诞采购,那时候所有的商店都挤满了人。当然要等比平时多一倍的时间,但总是可以在那里碰到熟人聊天,互相咨询买什么圣诞礼物好(就驼羊衬裤和衬衣的质量而言,我的观点总是受到称赞)。买圣诞礼品,一定会很挤,这是我的观点,其他的人在米迦勒节①以后再买也无可厚非,如果他们愿意。

哎呀,我说卡伊萨!下雪了!下雪了!啊,千真万确,下

---

① 米迦勒节 (9月29日) 是基督教节日,纪念天使长米迦勒。

雪了！初雪！我刚才坐在这里给你写信，没有注意到，在我无意间抬起头朝窗外看的时候，洁白的雪真的飘然而至。平安夜的前两天，真是太理想了。明天晚上，斯万特、耶科尔和我将到铁匠坡我们固定的供应商那里取回圣诞树。我想那个时候我们可以用雪爬犁把圣诞树拖回来。你会看到我们行进在狭窄的林间小路上，路边是挂着白雪的杉树，星星在我们头上闪耀，周围寂静无声。如果不是一张圣诞节卡片，我真不知道珍妮·尼斯特罗姆[①]是谁。

现在，亲爱的卡伊萨，衷心祝愿你过一个祥和、快乐的正统圣诞节，祝你万事如意！

你的布丽特—玛丽

[①] 珍妮·尼斯特罗姆 (1854—1946)，瑞典著名插图画家，以圣诞卡插图最负盛名。

圣诞节第二天

亲爱的卡伊萨：

又是圣诞树、又是圣诞食品、又是圣诞礼物，是不是宣扬得有点儿太过分了！反正我有这个想法。每年节日的第二天，当我静静地坐着消化圣诞食品时，都这样想。谁要是这个时候让我吃香肠或火腿，算他倒霉了！举手抗议我确实做不到，但是我总是对相关的人投以敌意的目光，他应该知道，他的行动不合时宜。

但是我不能没有良心。我过了一个美好的圣诞节，在我吃饱喝足的时刻不想否定。你想知道我们是怎么样庆祝圣诞节的吗？因为你不在场，无法说不，我就利用你没有申辩的机会开始讲。

我们在平安夜那天早晨醒来时，啊，圣诞节真的到了。我们还躺在床上睡觉的时候，妈妈和梅根就翻出了每年圣诞节都使用的东西：红烛台、草编山羊、可怕的纸做的圣诞老人，这些东西都来自祖父母家，屋顶上悬挂着圣诞天使和纸鸽子，耶稣降生时的马槽，一句话，所有的东西都在我童年最早过圣诞节的记忆中。当莫妮卡看到这一切时，高兴得简直要疯了，特别是那个马槽。

"那个好可爱好可爱的小耶稣。"她拍着双手说。

我们赶紧穿上衣服。阿丽达已经把起居室的炉子生起来，我们在那里喝咖啡，每年平安夜那天早晨我们都喝只有圣诞节

时才用的那把铜壶煮的咖啡。各种各样的点心都摆在圆桌上，椒盐饼干、香槟酒味面包圈、杏仁虾、甜面包圈和形状年年一成不变的藏红花面包。有一年阿丽达换了新样子，结果新样子面包深受质疑，所以已经有很久她没再换样子。

在此期间太阳已经升起，当我们从起居室的窗子朝院子里看的时候，斯万特说：

"这是真的吗？"

人们确实不敢相信，平安夜这天天气真的这么好！我经常觉得圣诞节期间不是寒气逼人就是冰天雪地。但是现在整个院子一片洁白，一切都沐浴在阳光里。

平安夜那天上午我们都要到陵园去，那里有我们爷爷、奶奶的墓地。古老的墓园周围显得那么洁白、那么宁静。我几乎相信此时我真的知道了那句"平静能转化为各种理性"的含义。

你们什么时候装饰圣诞树？我们都是在平安夜那天上午，这是我们回家以后要做的第一件事。我们用的都是普通的旧圣诞树装饰品，在这些使用多年的宝贝当中，一只玻璃鹳鸰鸟是妈妈小时候装饰圣诞树用的，一对棉絮天使明显熬到了好日子，肯定可以获得长期忠诚服务爱国勋章。

我本来想给你讲一讲我们怎么样在厨房的折叠桌上吃平安夜晚餐，怎么样在炉子上的锅里蘸面包吃，晚上怎么吃干鱼

片、粥和火腿,但是免了吧,一方面像你这么聪明的人自己能猜出这种事,另一方面很遗憾,我完全不在状态,一点儿也感受不到吃圣诞节饭是什么享受。我只能庄严神圣地向你保证,我们吃了圣诞节饭!最可笑的是为粥作诗。比如你觉得斯万特瞎诌的这首诗怎么样,他自己认为是一篇杰出的文学大作:

> 与面包相比
> 我更加喜欢粥,
> 由一位绝代佳人
> 在厨房里亲手煮熟。

  这里说的绝代佳人就是阿丽达,她似乎没有明白这首颂歌的含义。最后她总算知道她受到了赞许,我们在极好的气氛中结束了这顿饭。

  时间慢慢过去,总算到了晚上,这让耶科尔大为惊奇。他盼平安夜心切,总嫌时间过得慢,一直怀疑还能不能熬到晚上。

  我们大家一起洗盘子洗碗,然后聚集在起居室。我们点燃圣诞树上的蜡烛以及炉台上和折叠桌上所有的蜡烛。妈妈坐在钢琴旁边,我们站在四周。唱呀,啊,我们唱得非常起劲,唱古老的圣诞歌曲真是太有意思了!随后沉默了一会儿,爸爸翻开《圣经》。我相信,如果听不到爸爸朗读圣诞福音,我肯定

不想过平安夜。在回顾我童年的各次圣诞节时（我现在可能已经不是孩子了吧），我记得最清楚的不是美好的圣诞礼物，而是这件事。

"这几天传来消息，奥古斯都皇帝①下旨，全世界都要登记付税。"每次我听到这个引子，一股幸福暖流便会充满全身。我知道没有任何诗歌比圣诞福音更完美。

"在同一个地方，草地上有几个牧人为他们的牧群守夜。"听到这句的时候，你难道没有感受到好像移居到了几百年前那个小小的犹太人国度吗？我觉得所有东方国家的神秘都蕴藏其中。

随后是梅根和我的二重唱《月光下的湖泊和湖岸》②和《星光闪闪亮，闪闪亮》③。像往常那样，阿丽达感动得哭了起来，她一直这样。

"就是天使也唱不出这么好听的歌。"她感叹道。

过高的评价可能源于她的评判标准，你难道不认为是这样吗？

阿丽达的眼泪还没来得及擦干，就传来了敲门声，莫妮卡紧张得直往裤子里撒尿。

斯万特走进来，他化装成圣诞老人。

"这里有没有很乖的孩子？"他完全按着传统的方法问。

---

① 奥古斯都（前63—14），罗马帝国皇帝。
② 1937年出版的《瑞典圣歌集》中的圣歌。
③ 1937年出版的《瑞典圣歌集》中的圣歌。

"有，就是我。"莫妮卡用颤抖的声音说，"不过耶科尔有时候很愚蠢。"她补充说，这个小机灵鬼。

"要不然怎么会有这么乖的一位小妹妹呢。"圣诞老人说，因此她得到了圣诞礼物。

不过我们大家都得到了圣诞礼物，不管我们乖不乖。我得到的东西是：灰色滑雪裤，大回旋滑雪裤，梅根织的红毛衣，四本书，即《瑞典人和他们的首领》[①]《约斯达·柏林的故事》[②]《长腿爸爸》[③]和《瑞典文学选编》，另外我还得到了一个棕色的软皮子钱包、家里人织的手套、一件浅蓝色软缎子带饰物的内衣、信纸，啊，别的肯定没有了。啊，不对，我还得到莫妮卡送我的一个杏仁糖小猪和耶科尔送给我的一瓶小巧别致的香水。瓶子里的香水味儿很冲，我相信能把全城的人熏倒，所以我对耶科尔说，只有特别想美的时候，我才会动它。但是他马上就想让我抹一点儿，因为不管怎么说现在就是平安夜，在这种情况下我实在不忍心拒绝。

"很不错，"斯万特说，"因为，如果你在圣诞节这几天迷了路，我们只要跟着香水味儿走，就能搜寻到你。"

随后我们围着圣诞树跳舞，莫妮卡变得异常兴奋，像她这

[①] 瑞典作家、诺贝尔文学奖获得者V.黑登斯塔姆(1850—1940)的作品。
[②] 瑞典女作家、诺贝尔文学奖获得者赛尔玛·拉格洛夫(1858—1940)的作品。
[③] 英国作家Y.詹·韦伯斯特的作品。

个年龄的孩子平安夜应该这样。她还几次客气地让我们吃一点儿花生、杏仁和葡萄干,但似乎并不真心。妈妈已经说了,莫妮卡想玩多久就玩多久。九点半的时候,她坐在一个角落里玩自己的新布娃娃。她的样子就像一个发困的有翼小天使。我们听到她极为平静地自言自语:

"我本来想去睡觉,但是我可不能这样做。"

这时候她还是睡着了。另外,考虑到要做圣诞节早弥撒,我们大家也都早早上床睡觉了。

我不知道,在斯德哥尔摩人们去做圣诞早弥撒的气氛是不是很浓,是这样吗?至少不会像我们这里,这一点我敢肯定。不管怎么说,在正经八百的国家人们当然要去做圣诞早弥撒,最好是坐着雪橇点着火把去。我们吃力地走过刚下过雪的小街,看着家家户户窗子里的蜡烛,然后挤到坐满人的教堂找个地方,听"欢迎"的祈祷声在教堂屋顶下回荡,这就是圣诞早弥撒。

随后我去安娜斯蒂娜那里,喝教堂咖啡。我一直这样做,昨天也不例外。

中午我们有客人,有很多很多客人。妈妈是一个女强人,她总是想方设法寻找需要某种帮助的人。如果在10公里范围内有某个不幸的人、生病的人或其他孤独的人,妈妈就把他们夹在翅膀底下带回家,所以圣诞节那天,我们家总是有很多人。常客有格伦特阿姨,布伦阿姨和格列德琳阿姨,啊,这些

不是她们真正的名字,不过我小的时候就坚信她们应该这么叫。她们确实是三位非常可爱的老小姐,尽管她们的谈话内容不涉及疾病和家庭新闻以外的领域。她们知道现存的每一种病的预兆。听她们谈了一会儿以后,我觉得好像已经得了五六种病,其中至少有两种有生命危险,我真的坐在那里为自己这么年轻就要死去而忧伤。有时候她们来访正赶上有谁真的病了,这时候她们长满皱纹的脸上就会露出不安的神情,伤心地摇头。别乐观,一点儿救也没有了!

我记得有一次耶科尔得了严重的咽喉炎。"我总是在说,这个男孩子待在这个世界太可惜了。"格列德琳阿姨一走进门就这样哭着说。平时容易激动的妈妈差一点儿就晕过去。不过这时候梅根尖锐地说:

"少废话!喝一汤匙麻油,明天他就会退烧!"

今天上午我和伯迪尔外出滑雪。他得到一副新的滑雪板作为圣诞礼物,真正的名牌"斯普里特凯因",我相信他想显摆显摆。我们朝施尔胡尔特方向滑去。还有比穿过森林滑雪更美妙的事吗?还是跟伯迪尔一起滑。

当我们要各自回家的时候,他迅速递给我一件圣诞礼物,就是那本诗集《北欧之声》,你大概知道。我一直希望拥有这本诗集,所以你能猜到,我是多么高兴。但同时也很尴尬,因为我这个笨蛋事先没有想到要送他礼物。

当我脱掉滑雪板时，感到浑身顺畅、舒服和充满活力，但是当我走进屋里时，火腿、肉冻、香肠和所有的东西都摆在桌子上！我很快又进入撑得不能动的大蟒蛇阶段。但是明天我一定只喝茶和吃烤面包。我一定做到！

多好啊，就在昨天圣诞节最热闹的时候，我收到玛丽安的信，她邀请我去拜访她。信里还有一张特别的纸条，是她妈妈写给我妈妈的，问"您的女儿布丽特-玛丽能不能赏光，作为玛丽安的客人在我们家住一个星期。"

亲爱的心肝宝贝，布丽特-玛丽当然可以赏光！我正在深深地期待着。我们确实正在成为正式的朋友，玛丽安和我。安娜斯蒂娜昨天晚上起程去达拉那省她外祖母家，而伯迪尔也跟随他的家里人暂时离开我们这个城市一段时间，因此没有理由阻止我们飞往他处。

"你去吧，"斯万特恋恋不舍地说，"我们会自力更生的。不过没有你，我们做饭会很困难的。"

他还没有忘记那次我做玉米糊糊的事。

我下次很可能是在斯纳特林埃的农庄给你写信。

不过现在你首先要写信告诉我，你们圣诞节过得怎么样。

到此为止，多保重！

布丽特-玛丽

新年之夜于斯纳特林埃

亲爱的卡伊萨：

新年好！如果不是更好，起码跟过去一样好！

我不知道你对每年的最后一天有什么感觉。12月31日这一天大概认为它在日历上占有一个重要地位。确实是这样，但实际上是特别不公正。比如10月13日，它年复一年都是一个普通的劳累工作日，可能偶尔能赶上一个礼拜日。与此相反，其他的日子则好得多，总能赶上仲夏节之夜、平安夜、五朔节和新年，所有这类节日都是人们向往和钟情的。只要想一想4月1日那个高兴的家伙就明白了！我绝对相信2月9日是一个充满自卑感的日子，它对于4月30日总是瓦尔堡之夜①极为忌妒，你难道不相信吗？随便问一句，你难道不相信人也有类似的情形吗？一部分人总是赶上10月13日这一天，这些可怜的人该怎么办呢！我妈妈绝对喜欢仲夏节之夜，我敢肯定，而梅根则喜欢充满欢乐和丰富多彩的圣诞节。我自己到底喜欢什么呢？可能某个有点儿正统的日子，3月底到4月1日这段时间有点儿吸引力！

你可能认为我有点儿心血来潮，平白无故地写这些东西干什么呢？今天我在斯纳特林埃书店里买了一本特别可爱的挂历，可能是受到它的启发，没有别的原因。我翻开面前的这本

---

① 为了纪念一位名叫瓦尔堡的英格鲁撒克逊公主、女圣贤。

挂历，面对这类挂历我总是浮想联翩。你难道不认为人们知道自己的生日却不知道自己的死期有些奇怪吗？人们每年都要经历有朝一日被别人祭奠的日子。我觉得，人们对这一天会有某种特别的感受，内心的某种平静、某种忧伤和永别的感受。如果人们将来一旦结婚，也一定会有一个举行婚礼的日期。如果想到就是这一天人们可能正坐在教室里考数学的话，那可真有些残酷。

哎呀，在我还没有晕过去之前，现在最好住笔了！但是我一定要告诉你，我特别可怜10月13日这一天，如果它能抓住机会珍爱自己的话，这一天可以成为我结婚的日子。

你猜一猜，我在斯纳特林埃过得怎么样？你大概认为我每天睡在一个箱子里吃鲱鱼和土豆吧？绝对不是！你怎么会有如此愚蠢的想法呢？实际情况是，我过着跟好莱坞明星一样的生活。此外我吃得也很多。我自己有一间非常豪华的客房。有客人来的时候，用不着把行军床在各个房间之间搬来搬去，用不着！我睡在一张挂着白色纱幔的床上，肚子上盖着粉色绸缎被子。每天早晨九点钟会进来一个被称作家管助理的小东西，把一个漂亮的茶盘送到我的床上。如果我对服侍有什么问题，只要按一下床铃就会招来那个可怜的助理（到目前为止我还没有按过铃，不过我觉得有铃应该用一用）。午饭的时候，吃大型瑞典套餐，还有热菜，晚饭有三道菜。昨天我们吃了芦笋小

牛里脊肉，尽管昨天是普通的日子。

在我们家那里，当阿丽达把饭菜风风火火为我们端进来时，大家经常有说有笑。家管助理送上饭菜时，她的样子似乎不属于这个世界。她有一种明显的变态，严肃得像个死人。如果怀疑她有人的喜怒哀乐，那是对她一个巨大的侮辱。

在这个地方也不抬桌子。第一次跟他们一起吃饭的时候，我曾突发奇想，建议他们也抬一抬桌子，以便活跃气氛，但是这个想法让我自己觉得好笑，还是多想想代数吧，免得失去大雅。

玛丽安整天都这样被人伺候，恐怕连擦鞋她自己也不会了！当我在斯纳特林埃火车站提着我破旧的行李箱下车时，玛丽安自然在月台上迎接我。除此以外，一个身着深蓝色工作服的司机走了过来，立即接过我的行李箱，快得我都无法形容，在不停地点头鞠躬当中我们上了汽车。随后我们驶过庄重的菩提树林荫大道，来到一座雄伟的庄园建筑，我坐在汽车上想，这一切像不像是一位公主在外边私访？我看了我的背包一眼，马上回到现实世界。哪一位公主会有这么脏的背包，即使是私访也不会有。

把我们请出汽车时又是一阵点头鞠躬，随后那位很礼貌的男人把我的背包搬进我的房间，前面提到的那个管家助理立即走进来说：

"我能帮助哈格斯特罗姆小姐打开行李吗?"

"什么?"我一边说一边冒傻气,"谢谢不用了,这点儿小事我自己能应付。"

她可能认为我不是一个特别尊贵的客人,但是我不在乎。一件女式毛衣、一条裙子、一件连衣裙和一点儿别的东西,我自己肯定能挂好,不会把我的营养都抽干,谁也不能改变我的想法。

当然我不能否认,偶尔过一下这种豪华生活是很不错的。一天到晚让男女奴隶伺候着一点儿益处也没有!如果我是这家的奴隶,肯定有一天会产生这样的想法,高举造反的旗帜、唱着《国际歌》冲进主人的屋里。不是因为厄登夫人虐待仆人们。啊,不对,她一直对他们客气、友好,否则的话可能不行,因为现如今缺乏仆人。只是因为她不知道,他们像她自己一样也是人,与她有着相同的喜怒哀乐。可能带着冰冷的表情伺候我们的管家助理正为失去爱情而忧伤,或者正为生病的老母亲担忧或者是其他原因,谁知道呢。她可能需要更多的人情温暖和理解,而她得到的只是这些:

"丽萨请往客厅送咖啡!"或者:"请把厂长的晚礼服刷干净挂起来!"

我一直想着爸爸经常说的话:

"友善地对待你的同类,不管他是伯爵还是送啤酒的人,

这样你走到哪里，哪里就会长出玫瑰！"

如果你不认为我批评我的主人不光彩的话，那我一定要说，这个家里缺少一些玫瑰。这里是那么雅致、那么舒服，一切都井井有条，但是我内心总是感觉到这里缺点儿什么。很简单，这里的气氛本身有别于我们家的，后者是我习惯的。

当我们坐在晚饭餐桌周围的时候，艾伦阿姨（现在我这样称呼她）光鲜亮丽，但缺乏人情味儿；埃里克叔叔有点儿心不在焉，玛丽安有一点儿紧张；而我自己，胆大包天，东拉西扯地谈论着，以显示自己见过大世面。我自始至终都在想：

"谢天谢地，我们家不是这样！尽管我们要自己擦鞋，不是天天吃小牛里脊肉。"

昨天晚上我刚要睡觉，玛丽安走进来，坐在我的床边。我必须说，她真是一个美丽的床上装饰物：粉色的睡衣，棕色的大眼睛。我们首先天南海北地说了一会儿，后来谈话内容逐渐严肃起来。说姑娘们总是谈论衣服和"他说"什么，这种说法不对。我不知道是哪句话引起的，玛丽安突然开始哭起来。她无助地哭着，弄得我手足无措。从她嘴里我没能搞明白她为什么哭，但是她从抽泣中流露出"我们一定要成为朋友——你是那么坚强，我希望自己像你一样"的真情！

怎么会有人要像我一样，这对我来说是一个谜，我把这句话对她说了。此外，我坐在那里多方劝解，笨拙地抚摸着她的

肩膀，就像一位老大妈。我坐在那里暗暗想，这真应验了那句话——"物质贫穷但精神富有的女孩"①。

无论如何我都愿意做她的朋友。如果我过去说过一些贬低她的话，我保证一定忘掉。而你也应该忘记我写给你的关于厄登家族的事情。我自己认为，在别人家做客时批评自己的主人不是什么好事。不过除了你以外其他任何人都听不到了。

玛丽安和我白天滑雪和溜冰。到目前为止天气还相当冷，但是今天晚上我相信雪要开始融化了，因为窗外的电话线唱得很松弛②。这是一首总是让我感到伤感的歌。听起来有某种悲凉和无奈，我相信我想家想妈妈了。

这里新年晚上理所当然地要举行盛大晚宴，跳舞和晚上守岁！玛丽安和我也被允许参加，尽管我们只有15岁。我一定要穿上我深蓝色带褶的衣服，这你是知道的，而玛利安穿浅黄色绸子衣服，真有一种梦幻的感觉。

现在我一定要带着这封信赶快去邮局，然后回来换衣服。我希望，夜里12点钟声敲响的时候，你能想到我。我一定会想到你，把我的问候越过森林和湖泊、高山和峡谷送到你的心里。

布丽特－玛丽

---

① 原文为英文。
② 天热以后，电话线松了，响的声音就松弛了。

1月29日

亲爱的老卡伊萨：

你还活着吧？从我最后写给你那封信到现在已经很久了。但是你瞧，从玛丽安那里回来以后这段时间我在医治烦人的咽喉炎，因此昨天才开始去学校上课。我曾经尝试给你写信，但我实在太疲倦，总是抬不起眼皮。

离家外出旅行好是好，但最终还得回家吧。如果我在美国待25年以后再回来，可能比不上这次我回家受到的欢迎更热烈，我那颗渴望爱护的心感觉好极了。爸爸抚摩我，妈妈拥抱我，而梅根说："谢天谢地，你总算回家了！"耶科尔和莫妮卡竞相坐在我旁边，甚至斯万特在我们见面的时候也兴奋十足。他的话当然带有很大的讽刺：

"看呀，我们的女英雄回来了！我们怎么没有演奏牛角音乐欢迎她，真是太不像话了！"

为了让你知道他说这些话的意思，我得给你讲在我离开斯纳特林埃不久发生的一件事。如果你认为我在吹牛，你就"嘘嘘"我！

这是第一次也可能是最后一次扮演救世主的角色。我在想象中无数次扮演这个角色。我曾经冲进熊熊燃烧的房子里，冒着生命危险救出行动困难的几位奶奶，她们留下遗嘱，死后将全部财产留给我。我曾经从峭壁跳入大海，救出溺水的儿童，当时岸上

很多人紧张地屏住呼吸，默默地朝旁边走去。事后我自豪地、穿着浑身湿透的衣服离开现场，没等人家说一句谢谢。我曾经为太平洋一个岛上的麻风病人奉献出毕生的精力，像南丁格尔[①]一样为了给生命垂危的战士一口水喝而冒着枪林弹雨奔波在战场上。啊，我实在无法计算出我所有救死扶伤的事情——在想象中。但是现在，为了新鲜，我在现实中做了一次。非常的偶然。

是这么回事，玛丽安和我在位于庄园附近的一个小湖里溜冰。这几天冰雪已经开始融化，有人凿了一个冰窟窿。随后夜里又冻上了，但是你能想到，窟窿上面的冰肯定不是很坚固，上面还有杜松枝盖得好好的。不过你大概不相信玛丽安会溜到那里去，她真的去了！她正好滚到里边，像只受伤的小猪一样呼喊求救。读过很多救死扶伤故事的人都知道应该怎么办。我立即跑上岸，真的找来一根棍子，跑到冰窟窿旁边，趴在冰上，把棍子向前伸给玛丽安。整个行动迅速且完美无缺。虽然我身下的冰面也开裂了，我掉进水里，但是我成功地挣扎到冰窟窿边沿并爬了上去，没过多久我把玛丽安也弄了上来。

现在这件事确实变成了一场闹剧。人们从四面八方跑来。艾伦阿姨脸色苍白，先是亲吻和拥抱玛丽安，然后是我，说我救了她唯一孩子的性命。这件事立即引起轩然大波，给我带来

[①] F.南丁格尔 （1820—1920） 是英国博爱主义者，战地护理先驱，著名的南丁格尔奖就是以她的名字命名，用以奖励优秀的护理人员。

不少事,让我变得很尴尬。

我一定要跟你这么说,当一个人认为她做的事无足轻重,却引起人们的注意的时候,我觉得特别有意思。艾伦阿姨给我们家打紧急电话,赞扬我的品德,当晚地方报纸送来时,为此事用了大字标题:

足智多谋的年轻女士把同伴救出冰窟窿

我们被安置在床上,喝热牛奶,直到中午才允许起来。埃里克叔叔还为我发表了讲话,第二天我就回家了。尽管我喝了热牛奶,但还是因咽喉发炎而病卧在床。艾伦阿姨不停地给我寄来大盒的巧克力、书籍和鲜花,让我生活得快乐,玛丽安给我写了很多感人的信。很多人来我家慰问我,大家不约而同地因为我救起一个女孩把我捧上天。最后我自己真的几乎要相信我做了某种大事。我似乎真的希望成为焦点人物,一听到救死扶伤和卡耐基[①]奖章,我就舒服得像猫打呼噜一样。

但是有一天晚上,当我第一次下床走路的时候,我晃晃悠悠走进了爸爸的房间,想和他聊一会儿天。他正坐在那里读爱比克泰德[②]的《生命艺术手册》。

[①] 安德烈·卡耐基(1835—1919)是美国企业家和慈善家,在他的资助下,瑞典卡耐基基金会于1911年建立,奖励救死扶伤的人。
[②] 爱比克泰德(约55—约135)是古罗马著名的斯多葛派哲学家。

"你听一听这段,布丽特—玛丽,"他说,随后为我读起来:

"如果在某个时候在你身上发生了这样的事情,观察你周围的外部世界,看一看你是否引起了某人的敬佩,但愿你能知道,你已经失去到目前为止你取得的一切成就。不要认为你是哲学家。除此以外,如果你希望别人认为你是,因此自己也认为自己是,但愿你能知道不是。"

"这段话也可以这样说。"爸爸说,"但愿你能知道,你不是一个杰出的救世主。除此以外,如果你希望别人认为你是,因此自己也认为自己是,但愿你能知道不是。"

我感到自己彻底被看穿了,如果这个时候不是爸爸紧紧但友善地抓住我的脖子,我肯定会从那里跑出去,找个安静的地方好好反省自己。爸爸就是以这样的方式讲起了爱比克泰德,这位哲学家曾经在尼禄皇帝的一个宠臣家里当奴隶。有一天他的主人摧残他取乐,往他的腿上揳楔子,当时他还是一个孩子。这时候爱比克泰德平静地说:"我的腿很快就会断裂。"转瞬间腿就断裂了,而爱比克泰德仍然平静地说:"我说什么来着?"

我马上下定决心,也要变得像斯多葛派哲学家那样坚强。你就瞧好吧!但是如果真有人往我的腿上揳楔子,我肯定会叫起来。

不管怎么说,爸爸还是有点儿奇怪。他是那么异想天开,

并且什么都忘,但是就他自己的孩子和学校里的学生而言,他却目不转睛地盯着。我们还没意识到的事情,他早就看清楚了,如果他看到了自己不赞成的事情,他总能以某种方式让你明白。

我现在已经不是什么杰出的救世主。不过在我烧得最厉害的时候收到伯迪尔的明信片,确实很高兴。因为上面写着:"你真是好样的!"①

我希望,对于爱比克泰德的观点你不持反对意见。

你的朋友布丽特-玛丽

---

① 原文为英文。

2月10日

亲爱的卡伊萨:

听说你活得有滋有味儿,每个星期有好几天跑到剧场去看戏。我真应该给你来点儿道德宣讲,强调搞好自己学习的必要性和爱护自己的身体等等,不过如果你觉得你有必要听一听至理名言,我估计你身边肯定会有一两个老阿姨可以利用,所以我就后撤了。另外,我也不是鼓励别人的合适人选,因为这个星期我确实也陷在各种娱乐的旋涡之中。我的记录本上写着,跟伯迪尔看了一场电影,到同班同学家参加过两次咖啡宴,最最重要的是妈妈过生日。谢天谢地,家还在,真是一个奇迹。你知道,妈妈生日的时候,我们比一年当中哪一天都过得隆重,在一般情况下我们都不是那种轻易放弃庆祝活动的人。爸爸练好了一首赞歌,一大早在手风琴伴奏下演唱,同时奉献生日托盘。顺便说一句,爸爸穿着白色长睡衣显得很潇洒,最特别的是,为了使整个气氛变得更隆重,他还特意戴上了高筒帽子。

长时间的欢呼可能讲不上,因为大部分家庭成员都要去上学。不过重头戏我们放在晚上。每年妈妈过生日我们都有不同的节目。这次我们举办了化装舞会。叫化装舞会可能有点儿过分了,但不管怎么说我们还是化了装跳了舞。

妈妈很早就说好了,我们大家都要装扮成要么一个历史人

物，要么是某本书中的一个人物。

尽管和梅根一起进行了绞尽脑汁和马拉松式的商讨，最终也没有搞明白，我到底装扮成什么人最合适，是财迷心窍的波姆佩里波萨女妖，还是克娄巴特拉女王①。我想装扮成克娄巴特拉，但是斯万特说，如果要装扮克娄巴特拉，有一个绝对必要的条件，脖子上要缠几条大蛇。当然真正的毒蛇最好，实在做不到草蛇也行。斯万特自己不知道装扮成什么好，我建议他装扮成小熊温尼。

"熊没有脑子，很笨——跟你分毫不差，对吧！"

随后我不得不赶快蹲下来，因为舒尔茨编的德文语法从天而降。

生日前整个一周，我们利用每一点空闲时间准备我们的衣服。条件是，大家都要自己完成，不能有别人帮助，当然莫妮卡除外。在阁楼里我们有一个装满旧衣服的大箱子，总是有人站在那里翻找东西，每次去那里都能找到一件破衣服。

时间越接近，我们的神秘感越强，当生日晚餐以后我们回到各自的房间时，紧张和期待让人觉得空气似乎都在颤抖。事先已经约定，阿丽达八点钟敲锣。这时候大家都要作好粉墨登场的准备。

---

① 克娄巴特拉（前69—前30），埃及著名女王、绝代佳人，也是恺撒的情妇。她伙同安东尼计划建立罗马东方大国，失败后自杀。

我很紧张,勉勉强强穿上灯芯绒裤子。考虑成熟以后我决定扮演小勋爵①,由于这个原因我整个下午头发上都戴着发卷。灯芯绒裤子是我自己用一条旧的黑色灯芯绒连衣裙缝成的,不过阿丽达曾帮助过我试穿。为了能跟这条裤子配在一起,我穿了带有尖领和袖口的白色绸上衣。当我取下发卷、整理漂亮得像起瓶器似的旋转状卷发时,我自己对这种效果非常满意。

八点钟阿丽达敲锣,好像世界末日到了。从楼梯上传来快捷的脚步声,转眼间一声印第安人式的欢叫打破了寂静。是坐牛②吹起了本部落的战斗号角。耶科尔穿着印第安人的衣服,满脸涂成深红色,对服装的烦恼一扫而光。与此同时,小红帽从梅根的房间一跃而出——是莫妮卡挎着篮子出来了,目光炯炯。最后我们都聚焦在起居室里,梅根除外。爸爸借助两条破被罩装扮成哲学家苏格拉底。妈妈请他喝自酿的樱桃酒,免得他挨冻。但是他不喜欢果酒,所以厌恶地说:

"你大概没想让我立即把这杯毒药喝干吧。"

斯万特最近读了《杰基尔博士和海德先生》③,而这次阅

---

① 弗契特勒里是著名儿童文学作家F.H.白奈蒂(1849—1929,出生在英国,后移居美国)的作品《小勋爵》中的主人公。
② 坐牛(1831—1890)是北美印第安人、苏人部落首领,领导苏人抗击白人侵占苏人的土地,1890年参加"鬼舞"暴动时在混战中被杀害。
③ 英国作家斯蒂文森的一部经典恐怖小说。又名《化身博士》。

读产生的恐怖效果表现在他用可怕的喊叫让小红帽开起居室的门。借助一个黑色披肩、圆形防晒帽、胶布和从他嘴里伸出的奇怪的獠牙,斯可特创造出一个可憎的海德先生。我绝对不承认他是我的弟弟,他对自己的穿着打扮十分满意。

"吃冰激凌的时候,我只要拿掉獠牙就行了,一下子就变成了化身博士。"

我请求他整个晚上当他的化身博士,不为别人只为小红帽也应该如此,但是他不愿意。

爸爸说实际上妈妈应该打扮成悍妻。但是她没有如约行事。她只穿了一件旧的上世纪80年代的连衣裙,是祖母曾经穿过的,并且说她装扮的是《玩偶之家》中的娜拉。不过,她说如果我们更希望她打扮成克里斯蒂娜·尼尔松[1]或者苏菲娅王后[2]的话,她也能照办。

等我们人都聚集在一起以后,该梅根出场了,她做得恰到好处。就在我们开始怀疑,她到底在什么地方时,阿丽达把头伸进来宣布:"法国玛丽·安托瓦内特[3]王后陛下驾到!"

转眼间梅根就站在门口,令我们惊叹不已。我当然知道梅根心灵手巧,但是我真不敢相信,她用一两个旧被套和一点编

---

[1] 克里斯蒂娜·尼尔松(1843—1921),女伯爵、歌剧演员。
[2] 苏菲娅王后(1746—1813),挪威-瑞典时期的王后。
[3] 玛丽·安托瓦内特(1755—1793)是法国国王路易十六的王后,后被处死。

织物就能做出如此漂亮的 18 世纪的衣服。她把头发高高地盘起来,并擦了一点儿粉。我不敢相信,真正的安托瓦内特是这么可爱,否则的话谁也不忍心砍她的头。

"我们什么时候开始砍头?"那位面目狰狞的海德先生充满期待地说。

"啊,我认为,像平时那样,砍你的嘴就足够了。"那位玛丽·安托瓦内特一边说一边缓步走出房间,那派头让我们赞不绝口。

随后我们的客人到了,爸爸的一位同事、安娜斯蒂娜和她的父母。安娜斯蒂娜装扮成布赖西格大叔①,穿着自己爸爸的燕尾服(她装扮成"一个穿燕尾服的姑娘",否则还能是别的什么呢)。安娜斯蒂娜的妈妈和爸爸,是我家年龄最大的朋友。安娜斯蒂娜的妈妈说,她装扮的是弗列德丽卡·布列梅尔②的《邻居》一书里的"我亲爱的妈妈"。安娜斯蒂娜的爸爸约汉伯伯,没有化装,但是他说自己马上要写一本书,名为《梅德尔·斯文松先生晃动耳朵》,现在他就装扮成书中的主人公。

"注意看我怎么让耳朵动起来!"他一边说一边晃动耳朵。这可是一种技巧,他掌握得完美无缺。耶科尔简直忌妒坏了,

---

① 布赖西格大叔是德国小说家弗里茨·罗伊特(1810—1874)的小说《我当农场管家的时候》(1862)中的主人公,典型的北德意志地方形象。
② F.布列梅尔(1801—1865)是瑞典女作家,女权主义者,玛·谢尔·梅尔是她的小说《邻居》中嘴硬、心软的主人公。

拼命练习，直到上床睡觉为止。

晚饭包括冰激凌、蛋糕、葡萄酒、咖啡、小蛋糕和为成年人准备的樱桃酒。

随后我们跳舞，不过我们缺少舞伴，特别是苏格拉底、布赖西格大叔和梅德尔·斯文松先生坐下来打纸牌以后。苏格拉底有一次打错了牌，还耍赖，这时候布赖西格大叔说："这种耍赖真不像苏格拉底。"

而爸爸这时候说，布赖西格大叔是一个亵渎神明者，在这种情况下怎么可以谈论苏格拉底狡辩不狡辩呢？因为爸爸有风湿病，所以他很快就穿上了厚的衣服。

斯万特认为，没让更多的公众看到我们的装扮有些可惜，所以他对梅根说："你可以戴上一顶王冠，跟我一起到大长街上走一走吧。"

"这真是一次盛情邀请，"梅根说，"不过我还是认为，为此得一场肺炎不值得。"

"你是胆小鬼，"斯万特挖苦说，"你怕我们碰到熟人。你应该知道，这个时候大长街上连一个人影也不会有。"

时钟接近十一点，我们这个城市人们都早早地上床睡觉了。

梅根拒绝了，但斯万特不死心。他软磨硬泡带挖苦，甚至进行敲诈：

"如果你不跟我去，我就把你的最好的鸡油菌采集地公之

于众。"

斯万特自己不喜欢采鸡油菌,但是对梅根来说这是对她心理的一个致命威胁。诚然,要再过好几个月鸡油菌才能长出来,但是一想到有人将会知道在铁匠坡的榛树丛下面有一大块蘑菇生长地就让梅根打战。

我不知道是这个原因促成了这件事,还是梅根自己对这个建议真的动了心。不管怎么说,她接受了。海德先生头上戴着圆形防晒帽,挽住她的手,就这样他们走进了夜幕中。只有安娜斯蒂娜和我知道这件事。耶科尔和莫妮卡睡觉了,而大人在不在场我们不在乎。

后来发生的事情我只是耳闻,讲述人是目击者。

海德先生和法国艳后根本就没有走到大长街。因为要想走到那里必须从我们家所在的一条小街穿过去,小街两边布满带花园的别墅。这甜美的一对大约走了100米,一栋别墅的门突然开了,一个男人走出来,大步朝街上走去。那位真坏蛋海德先生立即松开手钻到一片树篱后边,而玛丽·安托瓦内特一个人站在那里无奈地寻求救助。她猛一转身要逃,但是对于不习惯穿又肥又大裙子的人来说谈何容易。她没站稳,崴了脚,要不是那位陌生男人用双手接住她(听起来像不像小说里的情节),她肯定摔倒。

"啊,这个坏蛋!"梅根抱怨说。

斯万特趴在树篱后边听得清清楚楚。他心里明白，坏蛋是指谁，但是这位陌生先生不知道。

"你是说我吗？"他说。

"不，当然不是——对不起——请放开我吧，"梅根惊慌地说。这个男人照她说的松了手，结果她又差点儿倒下。她的脚确实不能站立了。按照斯万特对事件的解释，是她扑过去，搂住陌生男人的脖子。

"绝对是谎话。"梅根说。

我不知道应该相信谁，像平常一样，真理就在他们两人之中。

"您是一个梦还是一个幽灵？"陌生人说。

"我是一个不幸的人，跟我该枪杀的弟弟一起出来。"梅根抱怨说。

整个事件的结果是，当玛丽·安托瓦内特返回家时，她走路的工具已经失效。她被陌生人抱进家门。他放下手中美丽的包袱，很有礼貌地向我们大家作自我介绍。他说他叫阿尔姆克维斯特，是林区新任管理官。随后没有比他被邀请参加生日庆祝活动更自然的事了。那天晚上余下的时间里梅根一直躺在沙发上，他自始至终忠诚地坐在她的身边。

海德先生也回到了家里。为安全起见他从后门进来，不过没过多久他就毫不费力地混在了人群中，一点儿也不在乎梅根

愤怒的目光。

"据我亲眼所见,"斯万特说,"是路易十六①驾到。"

我确实怀疑他说的到底是不是正确。生日庆祝完了以后,清教徒似的梅根与从前大不一样了。她走路有点儿瘸,迷茫的目光让我有点儿害怕。生日的第二天她从自己的救星那里收到一大束郁金香。此外,他每天都打来电话,询问她的健康情况,因为一旦她能无障碍行走,他希望他们一定要再见面。如果这里不是在写一部爱情小说的话,我宁愿吃掉我自己的帽子。

生日庆祝结束之前,还发生了另外一件事,像通常那样,由斯万特提供爆炸新闻。化学是这小子唯一真正感兴趣的课程。当我们大家坐在起居室的椅子上时,空气中已经开始有某种结束庆典的气氛,这时候斯万特突然站在大厅门口高喊:"没有礼炮算什么生日?"

转瞬间传来了礼炮声,是怎样的礼炮啊!我猜测他过高地估计了自己的化学知识,过低地估计了他准备的那颗小炸弹的威力。女人的尖叫声平静下来后,烟雾也消散了,斯万特站在门口一大堆屋顶泥灰之中,瞪着惊奇的双眼。他右手有一大块伤,这位海德先生变得更像烟囱工弗利德里克松。他的獠牙还在,但是随风摆来摆去。

"我们现在做什么?"斯万特说。经过半个小时的紧张工

---

① 路易十六 (1754—1793),法国国王,在法国大革命中被处死。

作，我们终于把周围收拾得干净了一点儿，把斯万特的伤口进行了包扎。

这时候梅根说：

"亲爱的斯万特，你今天做的够多了。如果现在能停止活动，我们大家真要感谢你，不管怎么说现在房子还没塌，还有人能用自己的腿走路。"

随后那位林区管理官阿尔姆克维斯特深情地看了梅根一眼，并说：

"我不认为他的活动完全无益。"

啊，这就是那个生日的情况！现在我相信，我的活动也该停一下了！再见，再见！

布丽特-玛丽

2月15日

亲爱的卡伊萨:

　　昨天我们开运动会,男校和女校都参加。滑雪本来可以更好一些,但是推后的时间太长了,不过大体上还不错。偶尔去一下森林还真舒服。

　　我那条滑雪裤上次掉进湖里弄湿以后我又重新熨了一下,配上我的红毛衣,穿上很合体,那是我得到的圣诞礼物。我有意不扣上衣的扣子,好让别人看到那件红毛衣,我想以此来镇他们一下,知道吧。我的滑雪上衣是浅蓝色的,还带帽子。你对此不感兴趣吗?没关系,我愿意讲点儿别的。

　　安娜斯蒂娜的父母在离城5公里的地方有休闲屋,我们有几个人到那里去。有安娜斯蒂娜、玛丽安、我、伯迪尔和沃克,还有几个人你不认识。最后一分钟斯迪格·亨宁松当然也来了,跟着一块儿去。我不能接受他,伯迪尔也不喜欢他。最后提到的这一点让我感到某些安慰。但是就滑雪而言,斯迪格堪称卓越、完美。顺便说一句,这一点用不着怀疑,他有一个每年都可以带他到高山去练习滑雪的爸爸!他也想利用所有机会显示一下自己的高超技巧。我们横穿台地,因为城市周围到处都是高低不平的山地,有很多高坡和峭壁供他滑雪。我看到伯迪尔有些生气,一点儿也不是忌妒,他肯定不是,因为他自己也滑得很不错。但是当斯迪格做了几个漂亮的大回环动作

后,谁看到他那自命不凡的表情都会倒胃口。我内心急切地盼望着他当众出丑。千万别说诅咒没用!我敢保证,我强烈的愿望和那个残酷的树根的联合力量是他摔倒的原因。他真的摔倒了,摔得还不轻,扑通一声。他费了很大力气才爬起来,拍掉身上的雪,骂了那个树根很多脏话,我不相信有谁打心眼儿里会不高兴。与此相反,我对那个及时伸出来的小树根感到很亲切。

我们去安娜斯蒂娜家休闲屋的路上欢歌笑语,到了以后我们生起开口炉子,拿出三明治和盛着热巧克力饮料的暖瓶,气氛也不错。诚然炉子倒烟很厉害,让人感到自己真像一条波罗的海的熏鲱鱼,但烟很快就消散了。

哎呀,滑过雪,我们的胃口别提多好了。一个个吃起来像恶狼一样。当我吃下去两个很大的火腿三明治、一个鱼子酱三明治、一个干奶酪三明治,又喝下一大杯巧克力热饮料时,我的目光再一次投向三明治盘子,最后时刻我成功解救了那个上面有鲱鱼和凉土豆的硬三明治。真幸运,我竟然没被撑死。

安娜斯蒂娜家的休闲屋很温馨,我一定要客观地告诉你。我们吃饱喝足以后坐在那里很舒服。那里有一个留声机,我们跳了一会儿舞。大体上还不错,尽管我们都穿着高筒靴子,唱片很老,好像来自19世纪下半叶前后。你要能知道伯迪尔的声音有多么美就好了!我们一起跳舞的时候,他唱"快来跳高

斯特华尔兹①，用你圆润的手搂住我的脖子"，我真差一点儿就按歌词说的去搂他。

后来我们又往炉子里加了更多的木柴，坐下来聊天。光是说说笑笑，多少有点儿像你来我往的快速问答。我们谈论学校、老师，并渐渐进入未来的计划。

"我一定不考大学，"安娜斯蒂娜说，"因为我无论如何都想早点儿结婚。"

"结婚可没那么简单。"玛丽安说。

我相信这家伙被斯迪格搞得晕头转向，听起来多么让人难以置信。

就这样我们谈论起婚姻。

"请告诉我，"安娜斯蒂娜说，"你们认为在未来的夫人或丈夫身上哪些品质绝对必要？"

大家都想了一下。伯迪尔马上就想好了。

"她一定要忠诚！"

"她一定要会做饭。"沃克说，这位真是头号饭桶。

"他一定要喜欢书和孩子。"我说。

"他要终生喜欢我，阿门。"玛丽安说。

"在他健全的躯体里一定要有一个健全的灵魂，最好银行里有点儿钱。"安娜斯蒂娜说。

---

① 流传在高斯特群岛的华尔兹。

斯迪格坐在一把大椅子上摇来摇去，带着通常那种高人一等的微笑，当大家都发表完意见以后，他这样说：

"她一定要会跳舞和调情，如果我与别人插科打诨，她不得横加干涉！"

"啊，真见鬼，"伯迪尔说，他被气得脸色苍白，"如果你17岁就有这样的想法，你到老了会变成什么样子？"

"当然会变得更粗鲁和荒唐。"我说。

我们大家一致认为，斯迪格提出了一个令人伤心的理想。特别是玛丽安，她火冒三丈。我相信，她感到受了某种伤害。

"你们悲天悯人小家子气，这是你们的全部错误所在，"斯迪格说，"太幼稚。你们一定要看清楚，实际生活就是这样。生活不是什么主日学校，你们相信我没错！"

"啊，可能吧，"伯迪尔说，"如果我们这么年轻就像你说的这样，将来怎么能变好呢。"

伯迪尔显得很动情。我知道这个话题对他极为敏感。

气氛无法再真正恢复到原样，我们决定起程回家。也到该回家的时候了，太阳已经在天空西沉。

当我们重新滑起雪来的时候，斯迪格讲话带来的不良后果很快消失了。太阳落山时，余晖把雪染成粉色，所有的树木和树丛都投下蓝色的身影。从一开始我们就高速滑起来。伯迪尔和我一直肩并肩地滑着，但是我们谁也没说话。只有在我们家

门口要分手的时候,伯迪尔才说:

"我喜欢书,也喜欢孩子!"

随后他转了个弯,迅速消失在大街上,我呆呆地站在那里,目送着他,直到斯万特把头从窗子里伸出来说:

"你已经把那个小伙子折腾得半死了,现在也该回家了吧。"

斯万特坐在厨房里,脱掉自己散发酸味儿的高筒靴子。我走进去,做同样的事。耶科尔站在旁边很生气,因为小学不放体育假。

梅根邀请林区管理官阿尔姆克维斯特吃晚饭。我觉得是他自己想被邀请更确切一些。爱情童话完全合乎逻辑地发展着。他心中似乎一下子就燃起了熊熊烈火,根据我对此事的判断,他已经进入了这样的阶段,即他确信由于纯粹的错误,一个像梅根这样完美的生灵来到了人间,她属于天使群里的人。而梅根看他时的目光预示着,对哈格斯特罗姆家的未来而言不是什么好预兆。[①]

我们晚饭吃得很愉快,而最愉快的时刻是——莫妮卡突然张开小嘴对他说:

"斯万特说你爱上了梅根,是吗?"

梅根脸红了,但是非常漂亮,而斯万特和林区管理官差不

[①] 意即姐姐要出嫁了。

多同样尴尬。妈妈赶紧提出新话题挽救这种局面,我们大家都装作什么也没发生。

"我的问题谁也不回答。"莫妮卡小声说,显得很委屈。

当我们快要吃完晚饭的时候,斯万特看了看莫妮卡,满嘴填满砂糖布丁的他突然笑了起来。不难猜测他在想什么。他无法止住自己的笑,笑得前仰后合,你知道有时候人会有这样的举动。我也实在忍不住了,也开始笑,为了止住笑,我只好拧自己的大腿。爸爸严厉地看着我们,但无济于事。当其他人笑起来时,莫妮卡笑了,张开嘴微笑时露出了所有米粒似的小牙齿。在我笑得最起劲的时候,我暗暗想:真有意思,看妈妈能坚持多久不笑。我还没想完,这位校长夫人就发出了一阵最清脆的银铃般的笑声。随后笑声就没再停止过。我们大家都笑得流下了眼泪。

最后爸爸擦干净眼泪说:"如果有谁家的小孩子缺乏教养,那就是我们。"

"我可不这样认为,"妈妈说,"他们表现的这种缺乏教养,我认为正是他们最有教养的表现。"

我不知道,这位林区管理官回到自己家恢复理智以后,会有何感想。他走以后梅根说:

"这倒不错,我一下子就成了玻璃山上①的姑娘,永远嫁

---

① 取自一个童话故事,坐在玻璃山上的姑娘,没有哪个男人能爬上去娶她。

不出去了。没有哪个正常的男人想成为这个家庭的女婿。"

随后天真无邪的莫妮卡像一个上帝的小天使爬到她的膝盖上说："刚才坐在这里脸红的那位叔叔，是不是爱上你了？斯万特说的。"

这时候梅根就像被蝎子蜇了一样蹦起来，而斯万特知道好汉不吃眼前亏。他溜进了耶科尔的小房间，在梅根还未来得及伸进一只脚之前，早把门关上了。

"你敢出来，胆小鬼，"梅根喊着，"我把你鼻子咬掉了！"

"我可不是什么驯狮员，"斯万特说，"等时机到了我再出来。"

在这种情况下梅根只好作罢。但是，经过一整天运动已经十分疲惫的斯万特九点钟要躺下睡觉时，已经有人为他铺好了睡袋。他走到我身边，问是不是我。我对他实话实说，如果他的行为配这样优待的话，我愿意每天晚上为他铺睡袋。但是很遗憾，这次我还没想到要这样做。

"那就是梅根，她目前的状况很不正常，所以我原谅她了。"斯万特大言不惭地说完，转身走了。

此时放在我面前的《英语语法》和《卡尔松地理》都露出责备的神情，我相信我们今天该说再见了。

致最衷心的问候！

布丽特-玛丽

3月3日

亲爱的卡伊萨：

　　好久没接到我的信了吧，对吗？我也有这个感觉。作为辩解，我只能说，学校里的功课太多了，另外最近一整周我们家都有客人。四只陌生的小鸟在我们的窝里住下，要在这里休息一段时间，换句话说，妈妈要照顾四个外国难民。他们是星期天晚上到的，一位犹太人妈妈和她的三个孩子。晚上躺在床上睡觉时，我相信，我流的眼泪把我的枕头都洇湿了。

　　世界上可能没有一个人的眼神像这位妈妈那样惊恐。没有哪个孩子的脸像这里的三个孩子那样苍白和早熟。两个女孩睡在我的房间，就连睡觉的时候也显不出有任何安宁。看到她们躺下睡觉还那么紧张，稍有动静就准备醒来的样子，我心里特别难过。他们的母亲霍尔特夫人是一位勇敢的人。她尽量使自己振作起来，尽管她一点儿也不知道自己的丈夫身在何方，此生她再见到他的希望极为渺茫。有时候她甚至还强作欢颜，但是她的眼睛无法微笑。我想是因为他们见过的东西太多了。

　　她的儿子米克跟耶科尔同岁，住在耶科尔的房间。苦难的经历在他身上并不特别明显，我听见他和耶科尔一起大笑。但是耶科尔性格中所具有的安全感和无畏在他身上没有，你相信世界有朝一日会变成这样——所有的孩子都能安全有保障地生活吗？我们希望一定要这样，我们大家一定要为这个目标共同

奋斗，否则人们怎么能活下去呢？

这可能会成为一封让人感到忧伤的信，不过我感觉到它可能有一半是忧伤的。请原谅我，好心肠的你！

为了让我们的客人娱乐娱乐，昨天晚上我们搞了一个小型音乐会。妈妈弹钢琴，霍尔特夫人的两个小女孩双手也跟着一起弹。随后我们像往常那样唱歌。妈妈、我和耶科尔唱第一声部，斯万特和梅根唱第二声部，爸爸唱第三声部。我们唱了你知道的那首歌：

> 享受生活的快乐吧，
> 因为小小灯光还在闪烁，
> 采撷玫瑰吧，
> 趁她还没有凋谢。[1]

我们唱完以后沉默了片刻，因为霍尔特夫人在哭泣。我从来没有听到过一个人会哭得那么伤心，卡伊萨！我一辈子都不会忘记。我热切期盼，生活再次让她有机会采撷玫瑰。

明天他们就要离开这里到下一个地点，他们可以在那里待一段时间，仅仅是很短的一段时间。没有一个家，就连最最小

---

[1] 原文为德文，是瑞士诗人、画家约汉·马丁·乌基特里（1763—1827）的作品。

的家也没有，我真不敢想象人会有这样悲惨的命运。当我看到自己安逸、舒适的家时，心里感到真是温馨死了。家具是旧的，没有任何可炫耀的豪华，但毕竟是一个家，一个有生命的家，一个生存的安全之地。①

晚安，卡伊萨，现在我要钻到被窝里痛痛快快地哭一场，因为我需要。

你忠诚的布丽特-玛丽

---

① 这段故事的背景是，德国法西斯迫害犹太人，由于瑞典采取中立政策，德国军队没有占领瑞典，犹太人可以进入瑞典躲避。

3月16日

你好,卡伊萨:

　　春天是不是已经到了斯德哥尔摩?如果我说我们这里春天真的来了,可能有点儿言过其实,那么开始冰化雪消则是真的,这是迈向春天的第一步。天气明朗洁净,暖风阵阵,让人们绝对相信,没错,今年也会有春天,用不着为此担心!春天!春天!我写了好几个春天,就是因为这个词看起来让人觉得愉快。我的动作最好快一点儿,不然的话百年不遇的创3月份历史纪录的暴风雪明天就可能来临。

　　生活充满意想不到的事情这话没错。昨天,当我们就要坐在餐桌周围吃晚饭的时候,我们发现这个欢乐的圈子里少了耶科尔。没关系,这没什么大不了的:一个小孩子有时候活得很疯狂、很幸福,而没有"时间、日期和信仰"的概念,他可能就是这样。但是快到七点钟的时候,妈妈开始不安起来,斯万特和我作为信使被派了出去。但是在城里和周围地区都没有发现明显在换牙的男孩子的影子。我们不得不回家,把情况告诉妈妈,她立即瘫成一团并开始哭起来。梅根虎着脸说:

　　"哭什么!孩子很快就会回来,他不是经常这样吗?尽管我站着烤了一整天的面包,我还有力气打他一顿。"

　　但是当时钟打了九下的时候,连我也感到有点儿惴惴不安。爸爸和我又出去寻找;斯万特要做家庭作业,他没有时

间。我们走了差不多整整一个小时,问了我们遇到的所有的人。最后我的膝盖直打软,实在走不动了。这时候我们碰上爸爸学校里的一位同事,他极不经意地说:

"听说城里来了吉普赛人。"

这句话让我深深地松了口气。

"事情清楚了。"我说,"走吧,爸爸,我们去接他。"

吉普赛人的帐篷搭在南关附近。好几百米之外就能听到那里的声音。马在长嘶,男人在叫骂,女人在吵嘴,孩子在喊叫。到处是成群结队的黑头发孩子。爸爸走进所有的帐篷去看,耶科尔坐在其中一个帐篷里,睁着着了迷似的明亮眼睛。很明显,他与周围半打吉普赛人孩子成了玩伴。当他看见我们时,着迷的神色消失了,看到这种情况真让人有点儿伤心。他跑过来,露出相当不安的神色。

"你们已经吃过晚饭了吧?"他问。

"对,"我说,"晚上九点钟我们才吃晚饭绝对是例外。"

"妈妈伤心了吗?"他不安地问。

"你觉得呢?"爸爸说。

这时候耶科尔像箭一样飞快地跑起来,我们到家的时候,他早躺在泪流满面的母亲怀里。那个想打他一顿的梅根早没了脾气,而妈妈认为他完好无恙地归来避免了伤及无辜。让人感到奇怪和不可理喻的是,她反而亲自为他摆上饭菜,烤小牛里

脊、土豆、肉汤、酸黄瓜、三明治和草莓冰激凌，所有这些东西都以令人叹服的速度消失在他那豁牙露齿的嘴里。

"完全正确，"斯万特说，"正如人们常说的，浪子回头有美味的烤小牛肉吃。"①

啊，生活真是充满意想不到的事情。我们的老劈柴工奥勒去世了。他是阿丽达的表哥，有点儿软弱，但是个心地善良的老头儿。他虽然软弱，但有哲学气质。我很怀念他，就像人们对待自己童年时代的朋友那样亲切。他曾经用木头为我削过一个玩具床，这件事我永远不会忘记。

阿丽达真心为他哭泣，一方面是因为她爱他，另一方面是她喜欢哭。她还为他穿了深色的孝服。但是几天前她突然产生了一个可怕的念头，哇的一声哭了，当时她正站着做肉丸子。

"奥勒已经死了，我如果明事理怎么能穿红裤子！"

随后她就大哭起来，如果奥勒看到她这个样子，肯定会像他在世时经常做的那样说：

"完全正确！女人一定要爱哭！"

第三件意想不到的事发生在今天，真让人恶心，我都懒得说。我去给妈妈办一件事，当我经过玛丽安住的房子时，看见斯迪格·亨宁松站在门口。

"你好，老朋友，"他说，"你听我说，玛丽安有话要跟

---

① 此处是从《圣经》"路加福音"第十五章获取的灵感。

你说。"

我想,真奇怪,就在一两个小时之前我还在学校碰到过玛丽安。不过我还是走上台阶,想听一听她想说什么。斯迪格跟在我后边,他和玛丽安住在同一个管食宿的公寓里,这你大概已经知道了。我们走进去,但是没有看到玛丽安,也没有其他人。

"她在我的房间里。"斯迪格说。

我不知道要不要相信他的话,但是我还是走到那里去了,想看一看。结果房间是空的。

"她可能出去了。"斯迪格说着,随手把门关上了。

"我认为你非常可爱,布丽特-玛丽。"他随后说。

"你有什么看法关我什么事,见鬼去吧!"我说,"放我出去!"

"别忙,"他说,"我们或许可以谈一谈。"

"我跟你没有什么好谈的,"我说,"我要出去!"

"我可不这么想,"他面带着无耻的微笑说,并且朝我靠近一点儿,"你一定不要这样傲慢,布丽特-玛丽。如果你一点儿都不温柔、体贴,就永远得不到男人的爱。"

"我不相信你有资格判断男人的好与恶,"我生气地说,"你充其量是在为那些无赖辩解。"

说完我径直朝门走去。他抓住我,但是斯万特和我不是互

相练习过柔道吗,我还用上了一点儿自己创造的对付流氓的办法,我脱身冲出门外,愤怒得像一只蜘蛛,头发都竖起来了。正好沃克回来了,他也住在那里。林德贝里夫人是该城最大的学生公寓出租者,你知道吧。我兴致勃勃地请沃克帮我把斯迪格痛骂一顿,但是沃克是个小善人,不是什么打架能手。所以我一句话没说赶紧逃走。

我憋了一肚子气。我一定要在谁面前把气消掉,所以回到家里以后,我把一切都告诉了斯万特。

"走,我们杀了他!"他说,因为他看到,我需要消气解恨。他自己至少像我一样生气,这让我心里好受一些。

"我刚刚14岁,"他感叹说,"不然我一定把这个坏家伙收拾一顿。"

"啊,不要为我找麻烦了,"我说,"早晚我要跟他本人算这笔账。"

生活总是充满意想不到的事情,卡伊萨,你可以相信你这位久经考验的老朋友的这句话吧!

布丽特-玛丽

4月2日

亲爱的卡伊萨：

我说了什么来着，卡伊萨，我说了什么来着？我真的说生活确实充满意想不到的事情，我说过这句话没？我自己也不知道到底说了没有。

你能理解人为什么不能总快乐吗？人开心的时候就快乐，遇到烦心的事就伤心！生活大概就是要人经受磨炼。我现在就在经受磨炼。

我可能最好做一点儿详细的解释。你大概会怀疑到底发生了什么？啊，没什么，就是我这辈子命不好，别的没什么！别的什么也没发生。既没有天灾，也没有人祸。其他人心安理得地认为，地球是生存的一个无限美好的地方。只有我知道这个残酷的现实：让人难以忍受！

你猜得完全正确！我失恋了！这种事只有同龄人能理解。成年人一辈子也不会理解，为什么一个15岁的人由于爱情问题而痛不欲生。他们要能知道就好了！我的意思是，他们要能知道失恋是多么让人伤心就好了。我确信，我的痛苦绝不亚于大多数著名的爱情悲剧。

伯迪尔已经不理我了。哎呀，这是千真万确的。伯迪尔已经不理我了。就这么短短的一句话，但是写下来实在难啊。

就像我们从来没有一起看过月亮，一起在大自然里漫步，

一起跳舞、看电影或者滑雪一样。我甚至怀疑，这一切纯属梦境。

每天晚上我躺在床上时，用很多为什么折磨自己：以所有圣贤的名义问为什么，为什么，为什么？为什么他看不上我了？我试图见到他，向他问个究竟，但是他有意躲避我。如果我们偶尔碰到，他就冰冷地点一点头，迅速走过去。回到家我赶紧照镜子，看头上是否长了几根白发。

如果现在他看上了比我好的人，应该直接告诉我。曾经发誓"要忠诚"的他，怎么可以口是心非！他竟然违背了诺言。我不知道为什么——哎呀，我又开始重复上边的话！

有时候我毫不客气地对自己说：为这样对待你的人伤心有什么价值？

我非常谦卑地回答自己：没有，一点儿价值也没有，一丝一毫都没有！

这件事就算了吧！无论如何还得活下去。我在家里装作什么事也没发生。我甚至比往常还活跃，免得引起其他人怀疑。但是爸爸有时候用审视的目光看着我，而昨天，正当我假装兴高采烈的时候，妈妈不安地说："布丽特-玛丽，你为什么不高兴？"

看来我不是什么会演戏的大牌女演员，跟我想象的完全不一样。

我一头钻进自己的房间，免得掉下眼泪。如果有了某种我不能忍受的东西，就会有人可怜我。有了痛苦别抱怨，你也要

记住这句话,亲爱的卡伊萨!

但是昨天是4月1日愚人节,当其他的兄弟姐妹都高度快乐的时候,我不能像一位伤心的牧师夫人。为了想出各种不同的愚人节恶作剧,斯万特大概整夜没睡觉。早饭前他学校没有课,所以他一大早就开始忙了。

我们家有两部电话。爸爸在工作室有自己专用的电话。九点钟的时候,衣帽间里的那部电话响了,梅根走过去接电话。

"喂,"一个很粗的男人声音说,"我是电话局,我们在检查线路。请在话筒里说'喂喂'。"

可能是因为梅根没有记住今天是什么日子,所以她很清楚地说:

"喂喂!"

"声音再高一点儿。"电话局那头说。

"喂喂。"梅根提高嗓门儿说。

"还得再高一点儿。"电话局那头说。

"喂喂!"梅根高声喊叫着,她好像正在指挥军队向敌人发起进攻。

"很好,"电话局那头说,"把舌头伸出来!"

"伸什么舌头?"梅根晕头转向地问,"搞什么愚蠢的把戏?"

这时候电话局那头笑了,斯万特厚着脸皮说:

"愚人节,愚人节!"

这让梅根上了个大当,她发誓要报复。很快也轮到我扬言要报复。

下午回到家里,我安安静静地正做作业,门铃响了。我去开门,门外站着一个叫弗尔克的小男孩。弗尔克的妈妈在我们女校长家打扫卫生,和她住在同一栋楼里。弗尔克说,"布丽特-玛丽,请你马上到隆德校长家里去。"

我马上想到,这大概是愚人节玩笑,所以问道:

"她为什么不打电话而派你来?"

"她的电话坏了。"弗尔克说。

在这种情况下我当然得去了。满街的泥水,路也很长。我一边走一边想,我的上帝,我到底犯了什么错,非要校长亲自找我谈话。

我按门铃,隆德小姐亲自出来开门。我鞠个大躬,用疑问的目光看着她,而她也用疑问的目光看着我。

"你有何贵干,小布丽特-玛丽!"她说。

"隆德小姐不是要找我谈话吗?"我说。

"没有,没有,我对此一无所知。不过今天是4月1日愚人节。"她一边说一边微笑。

"好哇,斯万特,等我抓住你再说。"我心里暗想,因不用多想我也知道谁是幕后指使者。我费了很大力气才结结巴巴地对隆德小姐说了声对不起。

结果我被请喝咖啡和吃一块香甜的点心，愚人节平安落幕，我觉得过得很不错，因为自始至终我都很快乐，但是报复还得进行。

我回到家，梅根和我一块儿动起了我们聪明的脑袋，但是我们怎么也想不出报复的好办法。

这时候机会来了。下午妈妈派斯万特给格列德琳阿姨送一本书。格列德琳阿姨非常非常可爱，但她是话痨。她有很多家庭相册，很喜欢给别人看。我有过几次这样的经历，我能准确知道，她的表兄阿尔伯特是因为盲肠炎而病入膏肓，一场急性肺炎夺去了克拉拉姨妈的生命。她有很多克拉拉和阿尔伯特的照片，除此以外她还有九十五门亲戚。

斯万特走了以后（发了很多牢骚，因为他害怕格列德琳阿姨讲话就像怕瘟疫一样），我立即产生了灵感，我的思路很清楚。我立即冲到电话机旁边，给格列德琳阿姨打电话，说斯万特正在给她送书的路上。

"阿姨知道，斯万特很腼腆。"我继续说，"他本来想请阿姨办一件事，但是他本人不敢说出口。"

"是吗，"格列德琳阿姨咯咯笑着说，"是什么事呀？"

"噢，阿姨知道，他非常非常想看阿姨的相册，他听很多人说过这些相册。阿姨有时间让他看吗？"

"当然，我当然有时间，"格列德琳阿姨说，"我还求之不

得呢。"

"谢谢,好阿姨,"我说,"他高不高兴您都不必在意,他做事总喜欢这样推辞。"

这时梅根和我穿上大衣。随后那个小时我们过得很开心,这是自从我小时候第一次看马戏以来从未有过的。我忘记了自己破碎的心和一切。

格列德琳阿姨住在底层,也没有拉上窗帘,所以我们把那个牺牲品看得很清楚。他坐在那里,不安地晃来晃去,而格列德琳阿姨坐在他旁边,拿着五本相册,从第一页一直讲到最后一页。翻页的时候,她有时候还停下来一会儿,我们能够知道,她正在作关于她的亲戚当中某位出类拔萃人物的报告。

足足一个小时以后,斯万特晃晃悠悠地走了出来,我们听到格列德琳阿姨站在门口保证说,如果阿尔伯特表兄能早一点儿送到医生那里,他肯定到今天还会活着。

当斯万特走了大约25米的时候,我们从两边包围住他。

"可爱的小斯万特,"梅根说,"啊,你对相册那么感兴趣,我怎么一直不知道。"

"我给我可爱的宝贝弟弟,"我自由地引用哈里叶特·吕文谢尔姆[①]作品中的一句话,"一顿实实在在、一顿不折不扣

[①] 哈里叶特·吕文谢尔姆 (1887—1918),瑞典女作家、诗人,她还为自己的作品画插图。

的拳打脚踢！"

随后我们用胳膊挟着他，送他回家。他拼命挣扎，但是面对两个像男人一样有力气的女人无济于事。

回到家以后，我们把他推进他自己的房间，把他按倒在有衣服和其他东西的床上。然后我们小心翼翼地压住他并且说："愚人节，愚人节！我们报了仇。"

但今天是4月2日，日子比任何时候都显得难熬。在困境中我做了一件前所未有的事情。如果你保证不对任何人讲，我就说给你听！

我曾经请一位巫婆算命。你知道，当穷途末路、希望之星不再闪亮时，人往往寻求超自然力量获得解脱。

我当然不是想说，巫婆克吕莎-提尔达本人是直接超自然的。她是超自然的脏，真是这样，但这也可能是她唯一超自然的地方。然而，我想——大概命运的食指可以在她污秽的短披肩上画出一点儿东西。我还说服了安娜斯蒂娜跟我一起去。顺便说一句，说服她没费什么事。

克吕莎-提尔达住在城边一个很小很小的东倒西歪的房子里，她住的这个区平时被人称作"灾难区"，是我们这座城的贫民窟，那里也有像你们斯德哥尔摩的老城那样的美丽风光。那里的小房子互相支撑着，否则肯定会倒下。如你所知，住在那里的当然不是城市里上流社会的人。一群货真价实的地痞流

氓盘踞在那里，我们的市检察官说，如果没有"灾难"这个区，这座城也就没必要设立警察大队了。

安娜斯蒂娜和我朝"灾难"区方向走去。夜幕已经降临，街灯已经亮起来。但是"灾难"区的光线很暗，我差点儿打退堂鼓。我摸着大衣里边的口袋，想知道我带钱没有。

"你有银子吗，小姐？"站在街角的一个流氓边说并打量着我。

当我们走进克吕莎-提尔达的前廊时，我们才松了一口气，开始敲门。过了一会儿，克吕莎-提尔达小心翼翼地探出头来，我吓得倒退了一步。如果你想看标准巫婆，就请选克吕莎-提尔达吧！弓腰驼背、尖鼻子、满脸污秽、公鸭嗓，这就是她。她还有各种嗜好，养了三只黑猫，炉子上坐着咖啡壶，桌子上摆着油腻的纸牌。此外，桌子上还摆着咖啡杯子、啤酒瓶、土豆皮，还有零零碎碎的其他东西。

我先算命。老太太用胳膊擦干净一个桌角，翻开一颗星。

"小鸽子，"她加重语气说，听起来像是骂人，"你将有富贵的婚姻。"

"哈！"我想，她怎么会知道，由于破碎的心，我花样年华就想去死。

"一个长得黑黑的男人会来到你家。"克吕莎-提尔达说。

"是送啤酒的马夫。"我想，但是没说出来。

"你和你的爱情之间有很大误解。"她说。

"什么误解?"我喊叫着,"到底是怎么回事?"

"小鸽子,"克吕莎-提尔达再一次加重语气说,我吓了一跳,"不要问!过一段时间一切都会水落石出。"

随后她讲了一大套海外鸿雁传书的事,我必须要走一段爱情之路。但是我仅仅对误解感兴趣。在整个回家的路上我都在考虑这个问题,而安娜斯蒂娜对于我不跟她分享将来她一定会嫁给一个地位很高的男人的快乐而耿耿于怀。

误会——你相信真有这么回事吗?我怀疑。

一只深深受到伤害的小鸽子

4月17日

亲爱的卡伊萨:

春天来了!春天来了!我敢保证,这是人类历史上最美好的春天,至少在布丽特-玛丽的人生经历中这样说绝对不过分。

之前我不是由于破碎的心想在花样年华时就想死去吗?亲爱的,这个想法已经推迟了!大大推迟了!今年这个时候,我的心拒绝破碎。当窗外那棵苹果树上的椋鸟每天早晨都尽情地叫着,当满地的雪莲花和藏红花在阳光下伸出头来时,我怎么忍心做这种事呢?

哎呀,说真心话,我不能把原因都归结到椋鸟和藏红花身上。伯迪尔在改善我的心情方面也起了一定作用。

克吕莎-提尔达说得对,是误会造成的。或者说是一种挑拨离间造成的。你有耐心听下去吗?

啊,你知道,当我已经走到询问自己用哪种方式去死最好的地步时——是跳海还是吞下几克优质老鼠药——斯万特闯入我的房间,这是昨天晚上发生的事。他气得咬牙切齿,跳得老高并吼叫着说:

"这个畜生、坏蛋、不要脸的家伙!"

"谁呀?"我说。

"斯迪格·亨宁松。"他说。

"为什么,以上帝的名义,为什么?"我说。

这时候我才知道事情的原委。我们是要好的朋友,当我要向你讲述这件事时,紧张得直打战。

斯迪格·亨宁松对伯迪尔讲了我很多坏话。你记得吧,那次他把我骗到他房间里的事。他却对伯迪尔说,是我完全自愿到那里去的,我的话完全不可信。伯迪尔当然不相信他,但是这时候斯迪格找来沃克作证,说他看见我从斯迪格的房间里走出来。当我写这些事的时候,我就像维苏威火山①喷发前一样受煎熬。到现在我仍然不能理解,怎么会有这种挑拨离间的事情。

这件事是沃克亲口告诉斯万特的。可怜的沃克,他在整个事件中是非常无辜的。

当斯万特顶着各种可怕的威胁把他知道的一切全盘托出的时候,我麻木地坐在那里,头上像挨了一闷棍。但是我逐渐开始感到疼痛。我受到了伤害,对于伯迪尔这么不信任我,一直伤到我的骨髓里。他闭口不谈,把我蒙在鼓里。

"我们活着的时候为什么不多吃点儿菠菜?"斯万特说,"这样我就可以长得像卡尔·阿尔弗雷德②一样强壮。我什么时候想打他一顿就打他一顿。但是……"他突然说,"我现在要去找伯迪尔。"

---

① 著名的意大利火山。
② 传说,有一个人叫卡尔·阿尔弗雷德,由于吃菠菜他长得很强壮。如果不吃,身上的肌肉就少了。

"你别太过分,"我高声叫着,并跳了起来,因为我内心充满苦涩,我想,让伯迪尔了解我为我年轻的爱情提前尝到酸甜苦辣的滋味,有助于事情的解决。

但是斯万特有另外的计划。他抓起帽子,跑进春天的黄昏中,尽管我站在台阶上,高声喊不要去,直到我脸色发青。

这些事发生在昨天晚上。从那个时候起,就像阿丽达经常说的那样,"大戏"开场了。在河湾处我们坐的靠背椅上,序幕刚刚拉开。但这时候剧中人物已经不是那个坏蛋,而是我和伯迪尔。事情的经过是这样的:

由于斯万特昨天晚上跑去找伯迪尔被我责骂一整天以后,我决定出去散一散步。一方面让我紧张的神经平静一下,另一方面——哎呀——可能是我希望能够碰到某个人。此外天空晴得像一个青苹果,河边的柳树婀娜多姿。

我真碰到他了——就在那个河湾。你可能从来没有见过一个人的样子像他那样无辜,当时他为自己怀疑我而请我原谅。他说因为忠诚对他来说意味着一切,所以当斯迪格讲了那件事以后,他失去了理智。

我几乎没听见他在讲什么。我内心歌唱着,我将原谅他,不管他曾相信我是梅萨利纳[①]那样的人,还是其他堕落和声名

[①] 梅萨利纳·瓦莱利纳 (约22—48),罗马皇帝克劳狄的第三任妻子,以淫乱和阴险出名,后被处死。

狼藉的女人。

他说他曾经见过斯迪格,跟他算了这笔账,从他脸上的表情看,他对斯迪格特别生气。

随后我们坐在那里的靠背椅上。一个小时,两个小时……说呀,说呀。啊,我们有说不完的话。说得最高兴的时候,斯万特走了过来。他笑起来,嘴咧得像个瓢。他把帽子高高举到空中说:

"晚上好!看来今年李子要丰收了!"

"4月有什么李子?傻瓜!"我想,但是没有说出来,因为伯迪尔大概会觉得我不够矜持。

"我想将来成为工程师。"斯万特走了以后伯迪尔说,并往河里扔了一块大石头。其用意是强调,他只是随意提一下未来的发展计划。

"是吗?"我说,"好,我觉得当工程师是一个好职业。"

"不过要花很长时间才能实现。"伯迪尔说。

"对,"我说,"是要花很长时间。"

这样说的时候,我高兴死了,不管花多少年我一点儿都不在乎。因为现在,当我不再提花样年华去死的时候,我还会活很多很多年,知道吧。伯迪尔也如此。

现在我知道你在想什么。你在想:这个姑娘是一个大傻帽儿。您刚刚15岁,这么早就昏头昏脑地等待一个男孩子成

为一名工程师。你肯定在想：傻孩子！对，我不否认！

不过在这种情况下我只想对你讲两件事：首先他没有请我等；第二，我没有保证等。我们之间没有海誓山盟，这一点我敢保证。我内心很清楚，在知道对方会不会选择自己之前，我将会遇到很多年轻的男人，他也会遇到同样多的姑娘。我知道事情会是这样，这是唯一正确的方法。

但也不是绝对的！你难道没有见过两个人学生时代就相爱、此后终生厮守的例子吗？好心的卡伊萨，考虑一下告诉我，你确实听说过有这样的事！我不要求你一定要在与你亲近的熟人圈子里知道这种情况，但是我想，你大概听说过20世纪初叶或者前后在我们瑞典的北博顿省的某个地方发生过这样的事情。

顺便说一句！当一个人只有15岁的时候，为什么不可以在这样一个童话般温馨、愉快的春季夜晚进行畅想呢？

梦想，这难道不是一个青年人最神圣的权利吗？生活会不会过于残酷地对待我的梦想，我不知道，此时我不关心这个问题。因为此时，你知道，卡伊萨，此时正是生活的好时光。我的窗外是春天的夜晚，是我经历过的最蓝色的蓝色夜晚。稠李嫩芽饱满，粉色的苹果树花含苞待放，如果我把鼻子伸出去，就能闻到春天浓郁的芳香。

全家都睡了，不过那个可爱又慈悲的梅根已经把我的壁炉

生起火来。实际上春天还没有真正进入这栋古老的木头房子。一切都是那么安静、那么平和、那么美好。卡伊萨,你想过吗,世界存在的香、色、形和声是多么奇特,人们用几种感觉把所有的感受都接收下来是多么惬意?我不记得,什么时候才意识到我有像今晚此时这种感觉的。想想看,如果能把春天初开的蓝色银莲花的香味儿、把莫妮卡洗完澡脖子上的香味儿、把人饿了的时候闻到的刚烤好的面包的香味儿和平安夜圣诞树上散发出的香味儿都收集起来,再混合上下边这些东西:安静的秋夜雨水抽打窗子和炉火噼噼啪啪的响声;有谁伤心了,妈妈轻轻抚摸他(她)脸颊的情形;贝多芬的《小步舞曲》和舒伯特的《圣母颂》;大海的歌声;星星的闪耀和小河潺潺的流水声;当我们晚上坐在一起时,爸爸无恶意的小小恶作剧……啊,把世界上存在的一切美丽、漂亮和快乐都取一点点,在这种情况下你难道不相信这种混合物能当做医院的麻醉剂使用吗?你以为我疯了吧,你说呢?没有。卡伊萨,我没有疯,我只是高兴得有点儿不正常、不理性,有点儿冲昏了头脑,生活是那么美好,美好,美好!

在我最绝望的时候,我用再过亿万年地球就不存在了来安慰自己,这时,15岁的布丽特-玛丽在一个春天心情舒畅不舒畅没有多大意义。除此以外,我还试图说服自己,什么都无所谓,但是我自始至终都知道,这些想法都是错误的。尽管我的

生命就像汪洋大海中的一点儿小泡沫,但是我幸福不幸福、我是不是忠诚和有尊严、我工作好与坏和我是否热爱生活,都无比重要。你难道不相信吗?

你此时此刻对生活充满激情的朋友布丽特-玛丽

又及:啊,你说得对,我今天晚上确实不聪明,请原谅我。

又又及:绝对不聪明!

又又又及:当我回家的时候,匆忙看了斯迪格·亨宁松一眼。他眼眶旁边青了一大块,你相信吧,他罪有应得。

姐 妹 花

〔瑞典〕阿斯特丽德·林格伦 著
〔瑞典〕玛卡列达·克林斯波尔 封面绘画
李之义 译

姐 妹 花
Jiemeihua

第一章

真奇怪,人的生存状态说变就变了。夏士婷和我,在那个死气沉沉的卫戍小城里一直长到16岁,每天一成不变地走在那些鹅卵石街道上,没发生过什么大事,平淡无奇——如果不算那次的话。当时我们从市立公园的沙坑光着腿回家,头发脏得像掏烟囱工人。我们经过大长街一栋三层楼房时,啊——斯特罗姆贝里家的纸品店着火了。那件事和我们施坚信礼①在同一年。除此以外,绝对没有发生过什么大事!

我们的生活无忧无虑、按部就班,就是啃语法、通史和生物之类的课程,一大群志存高远的老师把苦难的生活强加在无辜的年轻人头上。每天早晨我们都要走在通向那所可爱的老学校的路上,如果不是有点儿头疼脑热的小病作为理由躺在床上的话。下午我们当然可以在那条200米长的大街上逛来逛去,直到脊椎骨开始发疼。我们总是在斯文松家摩托车股份有限公

---

① 一种基督教仪式。孩子13岁时受坚信礼之后才能成为教会正式教徒。

司那里转身往回走，但先要朝那里的大玻璃橱窗看一眼，确认一下我是不是又变得难看了。严格地说，我用不着看什么玻璃橱窗来了解自己的样子，只要看一看夏士婷就行了，她几乎比我还像我。作为16岁的双胞胎姐妹，人们一眼就能看出来，我敢保证。如果我左脸颊上没有一个棕色小点儿，没人能分辨出谁是巴布鲁谁是夏士婷。但不管怎么说，我就是巴布鲁，永远也变不了，分不分得出来都没有多大关系，因为我们的外表都一样，爱好和能力也一样，确切地说，我们上同一所学校，参加同一场高中学生舞会，和同一个男孩子跳舞。

啊，生活平平静静，没发生过什么大事，我本人想不到除了按部就班地生活还会有什么事，直到死亡来临，彻底解脱。但是有一天还真出大事了。原因很简单，爸爸满50岁了，从卫戍军团少校的职位上退了下来，在此之前他一直为国王和祖国效力。爸爸是一个高大魁梧的男子汉，没有人相信他会超过40岁，所以他不想现在就颐养天年。对于未来做什么，他想了很久。一家人寿保险公司许诺给他高职高薪，如果他愿意。但是爸爸对此不感兴趣。有很长时间他一直陷入沉思当中，我们几乎不敢跟他说话。

"别打扰他，他在思考问题。"我们的漂亮妈妈带着一丝嘲笑的表情说。就这样妈妈让爸爸安安静静地思考，而自己就像一个沉迷于时装杂志的局外人，忙自己的事，丝毫不动声色，

其实她就是不想让人意识到,自己是个极为能干和充满活力的人。爸爸说,一个人可以很能干,但是看起来仍然像纯种英国马(出身高贵的人一般都不会做具体的事情)。妈妈就是这样,我一直感到自己像她身边的一匹强壮的阿登①高地马驹。

有一天晚上爸爸考虑成熟了,他走进卧室,当时妈妈坐在梳妆台前,夏士婷和我坐在床上。他用很多激动的手势展示自己宏伟的工程,双眼闪耀着炽热的目光。

爸爸出生在农村的一座古老的庄园里。庄园的名字叫里尔哈姆拉,一直由他的家族拥有,究竟有多长时间了我也不知道。爸爸是独生子,长大后当了军官。祖父缺钱,难以维持生计。祖母去世后,祖父体弱多病,最后他对一切都感到厌烦,于是把庄园租了出去,自己搬到城里去住。他不想把庄园卖掉,因为他相信,他的祖先肯定不希望失去这座家族庄园。没过多久祖父也去世了,他也变成了一位祖先。

无论是夏士婷还是我都没见过里尔哈姆拉,但是在我们的成长过程中,经常听到爸爸讲他童年的事情。每到这个时候他就诗兴大发,以火一样的激情描述庄园圣诞节、乘雪橇、仲夏节舞会、到湖边野游、在壁炉前讲幽灵的故事等等,听得我们眼红、忌妒。相比之下,我们在城里的消遣、娱乐显得微不足道。

每到春天,桦树刚一露出紫罗兰色,爸爸就会流露出阴郁

---

① 欧洲的森林台地,大部分位于比利时境内,自然条件恶劣,牧业发达。

的目光，用惋惜的口气宣称："我向往大地，我向往石头，那里是我童年玩耍的地方。"每年他都要千里迢迢到里尔哈姆拉视察一次，他回来时，至少有14天会让周围的人感到恐惧。他说，看到自己童年的家在强盗手里他很难过，一想到自己可爱的里尔哈姆拉变得一年比一年破败，他便痛心疾首。

此时爸爸站在卧室的中央，头发蓬乱、军服敞开，滔滔不绝。他提醒妈妈他可以继承自己父亲那笔保障他们安度晚年的小小资产，他指出没有任何事情比把保单放在银行里更荒谬，他说他完全可以成为人寿保险公司的代理人，并肯定能得到丰厚的退休金。他强调农业长期不景气，自己对农业一窍不通。他指出，对于出生在城市里的人来说适应生活在农村的一个偏僻的小地方几乎不可能，讲到最起劲的时候他突然结巴起来，他用怀疑的目光朝四周看了看，想知道是不是有可能……妈妈能不能想象……一句话，妈妈有没有可能以某种方式跟他到里尔哈姆拉安家落户。

异常紧张的一瞬间极为沉默。随后我们听到了妈妈平静、有点儿冷淡的声音："好，亲爱的尼尔斯"，她说，并往右耳后喷了一点儿高贵的法国香水，"好，亲爱的尼尔斯，我愿意去！"

爸爸开始一愣，随后热泪盈眶，就像他平时那样，易于动感情，真有点儿可怜。他跑向妈妈，用力亲吻她。

"我是多么爱你呀，"他说，"我爱死你了，永远爱你！"

然后用他低沉的声音说:"我可爱的小公主!"

我们坐在那里,夏士婷和我。

"我们大小也是人呀。"我严肃地说。

"对呀,"夏士婷说,"想想看,这里不是还坐着极为好奇、长着耳朵听你们犯傻的两个人吗!"

"再说了,"我补充说,"让你可爱的小公主去为我们煎一点儿血布丁你看怎么样?"

"啊,天啊,炮捻儿一样的火暴脾气",爸爸说,"当殿下的两个女儿已经长成大丫头的时候,她还一定要围着锅台转吗?"

随后炮捻儿——就是我们——退到厨房里自己做饭。我们自始至终都听着爸爸在卧室里高谈阔论,偶尔夹杂着妈妈语气平静的反驳。

经过反反复复的讨论后,最终爸爸冲过去,把妈妈抱在怀里。他带着妈妈在厨房地板上翩翩起舞,像疯了一样,还说,带着这么漂亮的农家女是不合法的。随后我们大家高高兴兴地吃血布丁。正吃得高兴时,妈妈突然说:"但是女儿们上学怎么办?"

这个问题爸爸还没想过,我们也没有。有一瞬间好像由于我们倒霉的学校问题整个计划将面临搁浅。爸爸挠着头发忧伤地说,他实在没有能力为我们在城里付寄宿费。这时候夏士婷

和我当机立断，说出心里话，我们认为我们的学业应该到此结束。当一个人辛辛苦苦读到高中二年级的时候，大体上已经知道应该知道的东西，比如关于法语中的代词性副词 en 和 y，为什么德语中"继承"一词要使用予格，古希腊文化是怎么令人伤心地消失了等等。

"一切都是臭大粪"，夏士婷强势地挥了一下手说，她一下子击中了整个教育体系的要害。

"还有，"我插话说，"尽管我们长着卷曲头发的脑袋永远也戴不上大学生帽子①，但是一顶漂亮的贝雷小帽也很得体。"

妈妈若有所思地摇了摇头，但是仔细考虑以后她大概也认为，我们不再上学可能也不错，不管怎么说不会对国家造成某种不可弥补的损失，因为我们每次拿回家的考试成绩最高也就是 B+。

"哇！"夏士婷和我欢呼着，爸爸的目光又像太阳一样明亮起来，直到这个时候我们才意识到实实在在要发生的事：我们将到里尔哈姆拉去，那里是我们童年高不可攀、热切向往的无与伦比的梦之宫殿。在我内心我俨然已经是迷人的庄园小姐，骑着纯种高头大马四处游荡，在眼花缭乱的庄园舞会上翩翩起舞，但是爸爸很快就把我从幻觉中拉了回来。

"那里有很多农活儿等着你们，我可爱的炮捻儿，"他说，

---

① 在瑞典，考上大学就戴大学生帽。

"这意味着你们将告别城市里令人陶醉的娱乐生活。"

"不过你们一定可以继承我早年采野草莓①的地方，"他继续说，那表情就像捐出了一百万克朗。他滔滔不绝、不厌其烦地讲自己的野草莓地，让我很快就想到，如果我生活中有什么闪失，可能仅仅是因为我小的时候没有自己采野草莓的地方。爸爸信誓旦旦地说，这是每个孩子最神圣和不可剥夺的权利，好像里尔哈姆拉的野草莓地比那里的农业和牧业更重要。

那个晚上就在愉快的闲谈和对未来美好的憧憬中度过，爸爸再一次向我们讲述了童年的种种记忆。那些记忆总是那么鲜活和美好，而此时我们知道了，我们将亲眼看到现实中的一切，对我们来说会比他的讲述更加生动、鲜活。

"巴布鲁"，夏士婷突然说，"这可是震惊世界的新闻，一定要宣扬！对井底之蛙一样的公子哥儿们会产生爆炸性轰动！立即！"

"啊，对，"我说，"当他们得知从此以后我们将生活在一个大庄园时，他们的眼睛不知要瞪多大呢。"

"你在说大庄园吗?"爸爸说，"不，我的孩子，里尔哈姆拉不大。充其量就能养15头奶牛、4匹马、20只绵羊、几头猪和几只鸡，一位公主和两个炮捻儿暴脾气，还有一个退役老少校！"

---

① 瑞典农村的孩子都有自己固定的采草莓和蘑菇的地点，通常保密，不告诉其他人。

第二章

我永远忘不了第一次看见里尔哈姆拉的那一瞬间。那是3月的一天,微风拂面,水渠中雪水潺潺,空气中散发着早春的气息。我们是从离里尔哈姆拉5公里的那个自治小镇坐汽车过来的。对我们来说,那个小镇代表着文明的最前哨,我们在那里购买咖啡和尼龙长筒袜,当我们特别想吃奶油点心的时候,就到那里去。

窄而弯曲的路穿过森林,好像直接通向精灵和妖魔住的地方。路自始至终往高处爬。一个比一个高的大坡出现在我们面前,最后我真想问一问爸爸,里尔哈姆拉是不是位于高山林木线以上,但是爸爸不愿意多谈。他坐在汽车里,身体朝前探着,固执地朝一个远方的目标看着,只是偶尔向我们简单地介绍一些情况。

"我小的时候差一点儿在那个水坑里淹死。"

或者,"有一次我在那块大石头上把裤子撕破了。"

还有,"我10岁的时候把那棵桦树所有的皮都给剥了下来,结果挨了祖父一顿打。"

我竭力想象,爸爸在做那些事情时候的样子,但是白费力气。我确实好像看到,他怎么样在爬树,怎么样在山上滑皮雪橇,但是那个爬树和滑雪橇的人怎么想都是一个鬓发花白的胖少校,样子很滑稽!不管怎么说,知道自己的爸爸曾经在这里跑来跑去还是很开心的,对于被他剥了皮的那棵桦树我产生了某种同情。

森林逐渐变得开阔起来,我们看到路的两边出现了一片一片的落叶树和田野,残雪正在融化。最后我们驶进两边长着高大杨树的林荫大道,我看到爸爸紧张地有些僵硬。汽车戛然停住。他的最终目标就是这里——里尔哈姆拉就在眼前。我的呼吸似乎急促起来,我贪婪地把一切收入眼帘。一排低矮的白色单层建筑,屋顶已经塌了。很多小玻璃似乎在西沉的太阳余晖中燃烧。有两排厢房。庄园屋顶上空两棵高大的椴树把光秃的树枝指向春日的天空。

我不敢看爸爸,因为我知道他眼里含着泪水,非常激动。但是——非常奇怪——我也有点儿激动,感到在某种程度上我也回到了家。我相信夏士婷也有类似的感觉,因为她奇怪地眨着眼睛。

妈妈的感受没有表露出来。

"旅行结束了。"她只说了这么一句,随后下了汽车。

"对,"爸爸说,"我们将待在这里,直到我们搬进陵墓。"

大门口站着一个小个子矮胖男人,50岁左右,亚麻色头发,有一双极为友善的浅蓝色眼睛。他跟我们大家握手,爸爸向我们介绍他。他叫约汉·鲁森克维斯特,是庄园里的领班或工头。我当时没有意识到,他后来成了我最要好的朋友之一。我们还问候了庄园里其他的人,一位样子和蔼可亲的饲养员费尔姆和他的妻子,她看起来明显比她丈夫坚强,还有他们的孩子,差不多有一打。还有一个长工,看起来很开朗,脸上有红色斑点,他叫奥勒。爸爸已经从佃户手里接过全部管理权。除此以外他还雇了一个被他称为"全农业区最优秀的未婚女人之一"的女佣。她叫艾迪特,是当天早晨来的,我们到达时她已经为我们生起了炉子、煮好了咖啡。

从一开始我就喜欢里尔哈姆拉,坚定和绝对。我喜欢约汉,因为他有双友善的眼睛;我喜欢费尔姆,因为他和蔼可亲;我喜欢奥勒,因为他乐观。在我决定喜欢还是不喜欢费尔姆夫人之前,我犹豫了一段时间,但无论如何,她还是一个很阳光的人,尽管她有一点儿尖刻。

我带着惊喜和崇拜跨进里尔哈姆拉的门槛。我当然不知道屋里边是什么样子,但是我们很快就领教了,可以说是一片狼藉。佃户有很多年不交租金,爸爸不肯花钱修缮,佃户走后连

卫生也没打扫。

"上帝保佑。"这是妈妈说的第一句话。爸爸紧张得要死,这一点很容易看出。当他把自己可爱的小公主拉到一处梦之宫殿时,糊墙纸像旗子一样飘动,所有的墙角都布满大大的老鼠洞,让人看了真有点儿不舒服。

"我们一定会修缮好,亲爱的模德①,我们一定会修缮好。"爸爸不安地强调说。

"对,我相信会的。"妈妈加重语气说。

站在厨房里的艾迪特满脸笑容地欢迎我们的到来。她已经准备好了咖啡,味道真是美极了,因为尽管3月的风很温和,我们还是被冻僵了。妈妈用明察秋毫的目光在屋里巡视了一遍,爸爸吓得就像一只受惊的动物。

"这是一个难得的破铁炉子,"她一边说一边用力敲铁皮烟囱,弄得烟灰四处飞扬,"还有这个不实用的柜子。"她补充说。

随后她仰起头看了看屋顶说:"屋顶断裂得很好看,但是如果雨下到屋里来就不好了,这是我的看法。"

这时候夏士婷和我像爸爸一样不安起来。想想看,如果里尔哈姆拉破得不能住怎么办!如果妈妈不喜欢这里怎么办!我特别为爸爸担心,因为我知道他曾经为此津津乐道,我们也如

---

① 母亲的名字。

此。但是，如果妈妈不喜欢的东西，他绝对不会高兴，他显得很失望，把手放在妈妈的肩膀上说："我们放弃这里的一切吧，你觉得怎么样？想办法卖掉或者另寻其他的佃户吧？"

"放弃？"妈妈惊奇地说，"放弃！你疯了吧！"随后她咬紧牙关高声喊道：

"重振旗鼓，把这里打扫干净会变得非常开心！"

这时候爸爸、夏士婷和我深深地松了口气，我保证全教区的人都能听见。

"但是要弄得都合我们的心意要花很多钱啊。"她补充说。

对此爸爸满不在乎，至少当时是。他一下子就兴奋起来，大讲"我的白色童年之家"，并高声朗诵："在那棵杉树的树根旁边听树涛低鸣，你的窝就安在那里！"随后我们走进所谓的大厅，它几乎占了整个房子的后半边。

"这个，"妈妈说，"是我看到过的最漂亮的房间。"

因为墙纸比任何地方都糟糕，窗子和门连油漆都掉光了，所以一开始我以为她在开玩笑，但是很明显她不是。我仔细看过以后，也发现这确实是一个漂亮的房间，比例极佳，其中一面墙上有一个很不错的开口炉子，还有嵌在墙上的书架，很明显佃户曾经把它当做摆放贵重瓷器的地方，从上面留下的尘土印迹就可以判断出来。那里还有风景！夕阳透过窗子照射进来，外面是长着古树的花园，树枝坚挺地指向天空。远处的树

林中有一个湖,里边漂着大块大块的浮冰。

"这里将是我们的起居室,"妈妈说,"紧靠厨房的那小间房子是我们的餐厅。"

最后就剩下三个房间和一个女仆住的房间,里尔哈姆拉确实不是什么大庄园。爸爸要有自己的一间工作室,一间将作为卧房,而妈妈很希望能有一个属于自己的房间。夏士婷和我看来有点儿悬了。

这时候爸爸说:"两个炮捻儿可以住在右厢房!"

夏士婷和我会意地互相交换了一下眼色。没有高声欢呼,不管怎么说没有高兴得欢呼!我们尽量装作住在什么地方都无所谓。

但是爸爸若有所思地皱了皱眉头,继续说:"尽管可能不错,但是我们无法管教她们了。"

"我相信,夏士婷和巴布鲁完全有能力自己管束自己。"妈妈平静地说。

"我很愿意承担管束夏士婷的任务,给一点儿报酬就行。"我说。

"我知道你们对巴布鲁不放心,"夏士婷说,"但是你们可以放心大胆地把她交到我的手里。她一定会被照顾得好好的,你们放一百个心吧!"

我们自然要马上溜走,去看我们未来的住所。右厢房是由

两个房间和中间的一个小前廊组成。实际上也破烂不堪,但是想到它将来会变好,我们还是很高兴,只要我们能实现关于内部陈设的各种想法。我们通过抓阄儿决定,谁住上午有阳光的房间,谁住下午有阳光的房间。我抓到了上午有阳光的那间,窗子外面有一棵樱桃树,不过夏士婷除了拥有下午有阳光的房子以外,里边还有一个非常漂亮的壁炉和极好的窗帘。

我们安顿好后,爸爸来了,问我们愿意不愿意跟他到畜院和马厩去看看,认识一下里尔哈姆拉四条腿的居民。我们当然愿意。约汉·鲁森克维斯特也加入我们行列,说要把我们介绍给所有的奶牛和小牛。夏士婷和我马上与他进行了一次很客气的交谈。

我很有礼貌地问:"鲁森克维斯特先生在里尔哈姆拉待多久了?"

"从您的爸爸和我用他射击场的步枪打乌鸦,在深水河上建造水轮磨房开始到现在,"鲁森克维斯特先生说,"另外,我不是什么先生,我只是约汉。"

"约汉和我做过很多淘气的事,实话告诉你,"爸爸说,"我们大概还要淘气下去。"

对我们来说叫他约汉可能更自然,他不是叫我们名字就是称呼"您"。

"您现在可以去看看那头公牛,"他对我说,当我们走进

畜院的时候，一股畜圈的热气扑面而来。那头公牛是一个高大、魁梧的粗野家伙，亚当·恩格尔布列克特①是它的名字，如果畜舍上面钉的那块黑色小牌子可信的话。

"亚当·恩格尔布列克特，这个名字听起来挺吓人的，"爸爸说。我们转来转去，见什么看什么，奶牛、小牛、马、绵羊和猪。爸爸似乎很满意，但是可能有点儿不安。他从佃户那里接管了所有财产，包括牲畜、机械和工具，而"工具仅仅是一堆大粪"，约汉说得不够文雅，但是实情。

"对呀，但买工具要花钱啊。"爸爸说，跟妈妈刚才说的完全一样，不断地听这句话让人感到某种不安。

就这样到最后我们认识了里尔哈姆拉所有喘气的，唯一没有接触到的是家庭幽灵——那位黑女士，我们小的时候，爸爸用她吓唬我们。晚上他经常坐在我们床边，用可怕的声调给我们讲述，每年圣诞之夜她就出现在里尔哈姆拉的花园里。

"每年圣诞之夜她就往前迈一步，当她迈过里尔哈姆拉门槛的时候，房子就会被烧掉。"爸爸一边说一边滚动着眼珠，直到妈妈过来狠狠斥责他毁坏我们的神经和让我们夜里做噩梦。爸爸说，他曾经看见过一次黑女士，这时候我们请他指出在什么地方看见过，因为我们对总有一天里尔哈姆拉将被烧掉感到很不安。他提供的信息变来变去，但是最后他确认，是在

---

① 瑞典历史上一位英雄的名字。

花园很远的一个角落里。我们立即丈量了它到我们住房的距离,结果令人满意,里尔哈姆拉在我们有生之年无论如何不会被烧掉,那个不怀好意的老女人每个倒霉的圣诞之夜三级跳也到不了。然而为了万全之计,我们决定在下一个圣诞夜走出去,让她看一看我们的火灾保险单据和灭火器,这样她可能会收敛一点儿。

太阳落山了,风有些刺骨,我们挽着爸爸回到妈妈身边,她正在艾迪特的帮助下打开放着必需品的箱子。室内也很冷,眼下没有真正的家庭温馨。

"你们身上有一股畜圈味道。"妈妈闻出来了。

"对,这种味道以后会变成我们的香水。"爸爸说。

我们吃了一点儿带来的干粮,喝了热茶让身体暖和起来。随后我们想方设法在包装箱当中找睡觉的地方。我没能找到牙刷,睡衣摸着也很潮湿。夏士婷和我在餐厅里放了两张行军床,彼此靠得很近。像人们通常做的那样,我们数完了窗子格以后——到了一个新地方,为了睡得香,都要这样做——钻进冰冷的被子里,尽量装作很舒服。屋子里没有窗帘,窗外黑得像一堵墙,树冠哗哗地响。我突然想到,女人善变,谁知道会发生什么,说不定那个黑衣女士3月中旬就可能钻到这里来。

我们原来住的大长街此时此刻一定很明亮。本特和约朗一定在那里,他们肯定早把夏士婷和我忘了。哈,这回哈里叶特

和蕾娜可有机会和他们鬼混了,想到这一点我有些不甘心。今天晚上大剧院举行首演。

"请巴布鲁举出 mourir①一词的主要变化形式。"我突然听见旁边床上的说话声,如果不知道是夏士婷睡在那里,我肯定认为是我们的法语女教师躺在那里,夏士婷模仿她的声音非常像。

"好吧,"我说,"在此之前,夏士婷首先介绍一下新巴比伦国家的诞生。"我继续提问,学林德贝里讲师的声音。

"巴布鲁能举出几种油料作物吗?"夏士婷问,这时候她学我们的生物老师讲斯科纳方言。

"夏士婷能闭上嘴吗?我们该睡觉了。"我说,因为此时我已经意识到一个现实,不管大剧院有没有首演——待在里尔哈姆拉非常开心。现在我只想睡觉,睡觉。

---

① 这个词法文的意思是"死"。

第三章

啊，初到里尔哈姆拉的几周真是不寻常！那是与各类匠人进行的一场生死斗争，他们是木匠、油匠和糊墙纸工人。当时很缺乏劳动力，妈妈苦口婆心总算找来两个木匠，把大部分旧地板起掉以后，这两个家伙停工了，跑到教区的另一头去建一个新的畜院。他们当然不知道妈妈的厉害。他们一旦搞清楚了——有一天妈妈跑到那个正在建的畜院工地看他们，他们很快就明白了——马上回来铺我们家厨房的地板，用恐惧的目光偷偷地看着她。整个房子充满了强烈的糨糊和油漆的味道。我们像斜齿鳊鱼一样睁大眼睛在里边走动，到处都能碰到小桶油漆，或者头上掉下一块木片。妈妈穿着大斗篷，像战地指挥官指挥一场战斗。她给自己的军队出谋划策，有时候也进行威胁。她画厨房柜子的图纸、选糊墙纸；当爸爸为钱发愁的时候，想方设法安慰他。爸爸经常坐在自己的工作室里阅读农业方面的书籍，看到有人聚精会神地读书，对我们来说确实是一

种快乐。妈妈不时地拿着新账单走进他的房间,我们能听到他怎么样随着开销的增大而加重啊——啊——啊地长吁短叹。

夏士婷也没袖手旁观。室外有很多诱人的好事,但此时我们无暇顾及。妈妈忙于和那些工匠打交道,艾迪特帮助挤牛奶、喂鸡和其他数不清的杂事,我们要做的就是洗碗、做饭和打扫卫生等等。不过用自己的双手做事还是很高兴的。我不向往回到课桌旁边,在那里要死死地坐着,直到浑身发痒,真想大声喊叫和朝周围发泄发泄。我习惯跑跑颠颠和忙忙碌碌,当我们逐渐参与清理杂乱无章的新家时,我们有一种奇特的愉悦感受。当最后一位工匠走进林荫大道并且不再回来时,我们深深地松了一口气,艾迪特、夏士婷和我开始擦洗整个房子,把掉在所有窗子上的油漆洗掉。

"我的手都快变成砂纸了,"夏士婷说,"你的怎么样?"

"摸一摸",我一边说一边用一只发红的像熊掌一样的湿手蹭她,"如果这只手现在还没成天鹅绒的话,也差不太多了。"

"走路的时候,脚底下没有刨花绊来绊去还真觉得挺空的,"夏士婷一边说一边朝新擦洗过的厨房四周看了看,看着厨房的新面貌,对眼睛来说真是一种享受。现在的厨房跟我们刚到里尔哈姆拉时完全不一样了。崭新的铁炉子,地板上铺着新的树皮地毯,墙边摆着实用、坚固的柜子,屋顶刷过白油漆,墙被刷成蓝色。窗子上挂着蓝白小格子的棉布窗帘,秀气

可爱，大桌子上铺着蜡染的新桌布。

干完活儿以后艾迪特、夏士婷和我坐在靠背椅上。艾迪特端来咖啡和新烤的蛋糕，我们喝咖啡、吃蛋糕，与艾迪特交换着生活和爱情方面的观点，她对这两方面问题的知识相当丰富。我们的兴致很高，当妈妈过来问我们愿不愿意跟她到起居室看看时，我们都有些舍不得离开她。妈妈一整天都一个人待在那里，我们对她的劳动成果当然感兴趣。爸爸坐在自己的房间里埋头读《家畜学》第一卷，我们拉他跟我们一起去，当妈妈打开新居室的大门时，我当时的感触就像歌剧院隆重的首演式拉开了幕布。

这是一间非常漂亮的房子，一间无法描述的漂亮房子：浅黄色墙壁，窗子上挂着印花布窗帘，我们的书都放在嵌在墙壁里的书架上，祖父和祖母的肖像总算又回到了最初悬挂的地方。开口炉子里火焰熊熊，书架之间的阅览桌上放着一个白色花瓶，里边插着夏士婷和我当天从花园里采来的蓝色银莲花。

我们大家坐在火炉前边的沙发上，爸爸对妈妈说："你真能干，我可爱的小姑娘，你真是太能干了。"

"那我们呢？"夏士婷和我一边说一边伸出劳动后留下痕迹的拳头，我们也应该得到一点儿赞扬。我们得到了赞扬，随后妈妈夸奖爸爸做了很多很多事情，因此爸爸开始把自己装成一只高傲的公鸡，发誓在秋天树叶落下之前把里尔哈姆拉建成全

教区最漂亮、管理得最好的庄园。他顺便提了一下自己的部分计划,我听了以后觉得,要实现他想法的一半,至少需要一两代人的努力。妈妈当然不会完全同意,但是当爸爸说,他将让人在有着百年历史的酿造大房子里建一个芬兰桑拿室时,她兴奋起来。她不同意他建造繁殖德国牧羊犬院子的建议,尽管他强调此举会带来很多益处。当他说他想建几个温室大棚大量种植西红柿时,她也摇头拒绝。

当炉火熄灭,爸爸明白了妈妈要他做什么不做什么以后,到了我们该回右厢房卧室睡觉的时候了,爸爸把我们的卧室命名为炮捻儿窝。我们已经深深地爱上了我们的炮捻儿窝,因为它完全是属于我们自己的。在某些范围内我们可以完全按自己的想法布置房间的家具,选墙纸和窗帘。

祖父在世的时候左厢房就一直锁着。它不在出租范围之内,因为祖父需要用它存放他不能带到城里去的家具,他不想把它们处理掉。这么多年爸爸妈妈当然知道家具放在那里,但是对夏士婷和我来说就不一样了,当有一天妈妈带着我们第一次打开左厢房嘎吱嘎吱响的门,我们把头伸进眼前发霉、空气中充满灰尘的黑暗房子里时,就像发现了里尔哈姆拉的一座金矿。我们好像在进行发现之旅。我们得到奥勒的帮助,他把家具搬到明亮处。一部分已经成了垃圾,很多家具被时间的牙齿破坏,但是有一部分非常好,就连最自我的妈妈都兴奋得叫起

来。最漂亮的几件东西当然归妈妈所有。正房的大房间里需要摆上它们，不过好像有一点儿面包渣儿从富人的餐桌上掉进我们满怀期待的手掌里，我们忙了整整一天，把分给我们的家具搬过来搬过去，直到把炮捻儿窝弄得差不多如我们希望的那样为止。我们每个人要了祖父母一张磨光桃木床，毫不留恋地跟我们在城里休息时用的那个散了架的双人沙发告别。我们俩因那个古老的折叠柜而发生过一场激烈的斗争。夏士婷说，她比我先出生十分钟，所以有优先权。每次她想要达到什么目的，就拿这个十分钟说事儿。我对她说，我认为这是一个荒唐的伎俩，她比我大，应该比我更懂事，理应把这个小破柜子给妹妹。但是，因为她太固执和自我，因为我一向尊重年长的人，我要了一个漂亮的桃花心木写字台。在她还没有转过神来之前，我赶紧占下了一个小巧玲珑的摇椅，我想将来在漆黑的秋季夜晚坐在上面摇掉世界上所有的不安和烦恼。我们从城里带来的女孩房间里的绝大部分家具都被艾迪特继承了，她非常高兴，认为我们这下子可吃大亏了。我们只保留了书架，把我们所有的书都摆上去。夏士婷想把自己的教科书放在更衣室的一个箱子里，但是我决定把我的教科书放在明处，因为我还不想完全忘掉学校、同学和老师，这样，它们就成了我快乐的一个永恒源泉。也许，有一天可能我会突然发现自己的知识有一个需要填补的缺口。

夏士婷和我在学校不是特别优秀,但是没有人不承认,我们在实际工作方面心灵手巧。我们自己缝窗帘,白色镂空的;还自己动手组装我们桃木床周围的护板,尽管艾迪特说,那个东西只会招来一大堆尘土。当我们把妈妈从一位会编织地毯的长工妻子那里买来的一小块地毯拿进来以后,我们对炮捻儿窝就非常满意了,认为全世界也没有哪个姑娘住得像我们这样舒服。

"做'迷人的庄园小姐'还真挺开心的,对吧,夏士婷?"我说,她对此表示赞成。

第四章

啊，确实很开心！但是蛮辛苦。然而谁也不如爸爸辛苦。他上了年纪还要改学一种全新的职业技能，他满怀激情地投入工作，令人极为感动。他一坐就是大半夜，阅读饲草、排水和家畜常见疾病方面的书籍。他怀着孩子般对知识的渴求到本地区的农民那里讨教，特别值得一提的是，他对我们的近邻布鲁姆古拉的法院陪审员①萨默尔松表现出了求贤若渴的精神。每次他到我们这边来，爸爸就像鹰一样扑向他，把他生拉硬扯让进家里喝咖啡，一旦把他按在自己房间里的太师椅上，就借机让他给自己上课，讲土地使用各种化肥的最佳配制等等。当我进去送咖啡的时候，总是听到"氮、磷、钾"之类的词，没有别的。化学肥料还能在空气中挥发，爸爸睁大眼睛看着这位法院陪审员，就像一个小学生敬佩地看着自己的老师。

甚至约汉都尽其所能帮助爸爸了解神秘的农业。爸爸脑子

---

① 这类人一般都是乡绅或名人。

里有很多发疯的工程,当他说给约汉听的时候,总是得到一成不变的回答:

"我认为您不能那样做!"

最后爸爸的耐心到头了,他吼叫道:

"到底谁是这里的庄园主,是我还是你?"

而约汉总是慢条斯理地回答:

"当然是少校您,但我还是认为您的计划行不通。"

约汉说完这话以后,事情的讨论也就结束了。

不时有教区的农民来看我们,而且越来越多。我觉得,他们可能认为,帮助来里尔哈姆拉的一位可怜的无知少校是一件真正令人高兴的事。为聚精会神听讲的人传播知识一定很开心。爸爸在教区的各种聚会中肯定会讲错话和闹笑话,特别是在小镇的奶制品厂。所有农民都要把自己的牛奶送到那里去,每天早晨大家都会在那里见面。夏士婷和我也把牛奶从里尔哈姆拉送到那里。一开始约汉跟着我们,因为没有人相信我们会赶马车。但我们毕竟是一位骑兵的女儿,慢慢就掌握了送牛奶的全部细节。我们要起得很早,隔天往返一次。每两天我们睡一次懒觉。赶车送牛奶很有意思,在奶制品厂的院子里我们认识了这个地区的很多农民。我睁大眼睛看着他们,竖起耳朵听他们讲话,我长这么大从来没有遇见过这么多有意思的人,他们是那么幽默,还有点儿狡猾。他们都很友善、乐于助人,但

不是百分之百!有一天我把拉车的马布拉根停在奶制品厂的院子里,听见背对着我的来自吕沃胡尔特的那个农民用极高傲的口气说:

"一个绅士派头的农学家!他对农业的了解比我的母猪还少,他要是不倒闭才怪呢。"

我知道他说的是爸爸,一下子差点儿被气炸了,心想,我不会请这位行家里手帮助我把奶桶从车上搬下来。我一定要争口气,直到我用力用得血管都要裂开了。这时候那位吕沃胡尔特人走过来,带着轻蔑的嘲笑帮我搬下奶桶,我没有来得及阻止。帮我的也恰恰是他!

"谢谢。"我极为傲慢地说,同时尽量装作我和我们全家人上周才从阿尔纳普农学院①毕业。随后我们快速赶回家,直接走到爸爸跟前,发泄我心中的愤怒,但爸爸只是笑了笑,并说那位吕沃胡尔特人完全有理由高傲,因为他确实是内行,而爸爸不是。

"但是,"爸爸说,"如果我能坚持下去,我至少可以掌握与那位吕沃胡尔特人一样多的农业知识,这是我长远的奋斗目标。"

如前面说的,我喜欢赶马车送牛奶。去的时候是下坡,速

---

① 此地位于瑞典马尔默城以北,原址为王家园林,后改为农学院,培养园林工程师、农学家等。

度很快。牛奶在桶里晃荡晃荡的，听着真是一种享受，但我真担心，在我们送到之前牛奶早变成了黄油。今年春天来得早，布拉根拉着车慢慢爬坡道的时候，我陷入快乐的沉思。我坐在车上，信马由缰，让春天的太阳温暖我的脊背，金翅雀和小燕雀在树冠上鸣叫，空气中散发着松塔、潮湿的地衣和马的气味。我感到自己以某种方式亲近大地，内心有一种从未有过的幸福感，我觉得我应该回报善待我的生活。我做了各种不同的文雅决定，我尽量做到善良、文雅，不在爸爸、妈妈面前发脾气、耍小性，不再与夏士婷或者其他人斤斤计较，当我在车上颠来颠去地通过林荫道、拐进畜院时，我为自己的高尚感动得差点儿哭起来。

如果在约汉下地干活儿之前抓到他，那真是太幸运了。可爱的约汉，你只要和他交谈一会儿，差不多就可以得到你需要的一切。教区里发生的所有事情约汉以某种奇特的方式立即就能知道。他了解每一个人，特别是那个地区方圆几十公里内所有的马，马是他的宠物，他凭声音就能知道是哪匹马拉车经过。夏士婷和我只要有时间就会像两只小狗跟着他，这样我们立即就能知道附近的村庄发生了什么事，除此以外还可以把很多有用的知识装进我们无知的脑袋里。约汉非常忠诚于爸爸，他无法掩盖对妈妈的崇拜。当她走近他时，他会欣喜地呼吸她周围散发的淡淡的香水味儿，随后用赞赏的语气对夏士婷和我

说：

"她散发着纯洁的圣女味道！"

有一次他把手指砍伤了，妈妈把他拉进自己的小房间给他包扎伤口。他站在门槛上，深深地吸了一口气说：

"啊啊，这里有焚香味道，啊啊！"

尽管约汉 50 岁了，但仍然是一个光棍儿汉，他说他想继续打光棍儿下去，只要他的理智能支撑下去。

"我的格言是这样，"约汉说，"男人打光棍儿不好，但也不是最坏。"他对也是光棍儿汉的奥勒说，即使结了婚人们还是会有烦恼，但是后者一分钟也不想再当光棍儿汉。他立即去说服艾迪特跟他去找牧师办理结婚手续。很遗憾，艾迪特非常不愿意。她不想匆忙结婚，眼下除了奥勒，她还有好几个可选择的对象。布鲁姆古拉有一个长工，是奥勒最厉害的对手。奥勒对他说，他一旦有时间就会把他弄死。可能运气不错，奥勒像里尔哈姆拉其他长工一样，手里总是有一大堆要干的活儿，总会有这事那事的。这一天母马西根生了一个小马驹，一个可爱、黄棕色的小宝贝，长着灯芯绒一样软的鼻子，当我们早晨来到马厩时，突然看见它摇晃着双腿站在西根旁边。而另一天，母牛奥德赫姆布拉——夏士婷和我把它重新命名为啤酒花——乳头发炎了，发生的不都是开心的事。这回需要立即去请兽医。兽医说必须马上割掉啤酒花的一个奶头。费尔姆和约汉要帮助

按着母牛,夏士婷和我站在远处瞧。但就在关键时刻约汉松了一下手,兽医愤怒了。他使劲骂约汉,我很心疼他,约汉这回一定很伤心。兽医作完手术以后,沉默了一会儿。但约汉转过身来,平静而有礼貌地问费尔姆:"你听见他说什么了?我没听见!"

夏士婷和我一直为家畜患上某些疾病而担心,因为一出现这种情况爸爸就忧心忡忡。我相信他有一个想法,只要动物健康,他本人得什么传染病都乐意。但事与愿违。我们有好几只小牛犊相继在产下不久后死亡,这让爸爸很伤心,好像失去的是他的亲骨肉。为了防止更多小牛犊死于这种神秘的病,兽医为所有新生的小牛犊开了两种不同的药,一种是在小牛犊出生一两个小时之后把它灌进小牛犊肚子里;另一种是外用药,涂在小牛犊身上。实践证明这是一种好办法,爸爸高兴得欢呼起来。但是过了一段时间我们发现,善良优于头脑反应的费尔姆把两种药弄混了,把应该灌到小牛犊肚子里的药涂在了身上,把应该涂在身上的灌到牛肚子里去了。这次教训以后,童年时产生的对兽药的不信任感一直挥之不去。

我们有一只又大又肥的母猪,它很想多多繁殖后代以占据整个地球。然而它很不光彩,有过残忍地咬死自己孩子的前科,因此它生小猪时一定要有人日夜监视。在它产仔前的几个夜晚,约汉、费尔姆和奥勒要轮流守在它旁边,但是他们白天

已经很劳累，所以夏士婷和我自告奋勇照看母猪。我们在猪圈坐了一整夜，而它确实不会选时间，就在我们刚刚开始热烈讨论是染指甲漂亮还是不染漂亮的时候，它生了12只粉红色小猪仔。为了防止万一，我们一个接一个地把小猪仔从母猪身边抱走，放到一个木栅栏后边去，随后那位失望的母亲趴在旁边睡着了。

除了爸爸有很多缺钱的烦恼，一切都运行得不错。不难看出，经营农庄要花很多钱，什么东西都得花钱买，尽管里尔哈姆拉是个小型农庄。它曾经是教区里最大的，但是祖父和他的先辈们把大片的土地卖给了周围的农民。如今在这个可怜的疏于管理的里尔哈姆拉小庄园周围，都是实力强大的大庄园，他们拥有挤奶机、拖拉机、自动收割机和其他各种我们没有和买不起的机械设备。

我们当然总是听到爸爸抱怨花钱太多，但是最后我们都习以为常，不再拿他的抱怨当回事。因为春天来了，夏士婷和我都觉得衣柜里缺少当季的衣服。我赶车送牛奶的时候，每天都看见吕沃贝里纺织品与时装商店里摆的一款漂亮的、深蓝色灯芯绒工装裤，很适合在凉爽的夏季晚上穿。我还为上下身衣服的新搭配费了很多脑筋。为了不让爸爸感到太突然，我们决定先从工装裤说起。有一天晚上我们大胆地走到他的身边，直截了当地说，现在正是购买两条上等灯芯绒工装裤的绝佳时机，

很便宜,每条才 28 克朗。爸爸呆呆地看着我们,就像哈姆雷特[①]面临死亡的那场戏。他翻动着眼珠,举起一张购买化肥的账单。那是一笔数目很大的账单,谁看了都会吓坏。本来人家好端端地要求买一条工装裤,却被购买七千公斤化肥的账单砸在脸上。我们满怀委屈地退出来,感觉受到了伤害,随后几天我们非常沮丧,没心思做任何事情。但是有一天晚上,当我们在炮捻儿窝夏士婷的房间聊天的时候,有人敲门,妈妈进来了。她给我们送来了牛奶和三明治,我们突然感到饿了。就在我们吃的时候,妈妈说:"夏士婷和巴布鲁,你们觉得我们重新搬回城里怎么样?"

我们停止咀嚼,真的被吓坏了。搬回城里!她是什么意思?我们绝对不赞成。

"宁愿去死!"夏士婷说。

"好,但是,如果我们在这里经营里尔哈姆拉庄园,你们要的东西我们没钱给你们买呀,比如工装裤。"

夏士婷和我不好意思地看着她。

"你们一定要明白,"妈妈继续说,"要干好我们已经全身心投入的这个事业,每个铜板都要掂量着花。"

夏士婷和我缩在椅子上。我们的头脑里从来没有出现过我们不得不离开里尔哈姆拉的可怕想法。

[①] 指英国戏剧作家莎士比亚的悲剧《哈姆雷特》中的主人公。

但是妈妈还不肯就此罢休。她说，我们还可能一辈子也得不到我们想要的所有东西。人必须学会正确取舍：放弃次要的东西，选择必不可少的东西，此时此刻里尔哈姆拉对我们大家来说就是最最必不可少的东西。

夏士婷和我默默地点头。她继续对我们穷追不舍，说她和爸爸已经发现我们最近几天闹情绪、懒散、不爱干活儿。对此她说，消极、无所事事于事无补，只有工作和学会热爱工作的人任何时候都会感到幸福。

"除此以外，"妈妈说，"你们作为劳动力是里尔哈姆拉的一项重要资源，绝对不可以逃避。只要我们齐心协力，就能保住里尔哈姆拉，请记住这一点。"

她讲话的最后落脚点令我们相当吃惊。

"不过你们一定会得到工装裤"，她说，"因为前一段时间你们是那么能干。那就祝你们晚安吧！"

过了好一会儿夏士婷和我才缓过神来。我们坐着，用阴郁的目光从牛奶杯上方互相看着，尽管妈妈已经保证给我们买工装裤。我们感到很丢脸，至少我有这种感觉。不过想到妈妈刚才说我们很能干，作为劳动力对里尔哈姆拉非常重要时，还是感到很欣慰。我对夏士婷说："真见鬼，不管怎么说我们还是拼死拼活为老爸挣钱吧！"

这时候夏士婷眼睛亮了，阴影从我们的额头消失。

第五章

有一天我们没事,骑自行车到那个小镇上去买前边说的工装裤,也想借机彻底放松一下。我们在点心铺里坐了近两个小时,吃下的蛋糕和其他点心把肚子撑得圆圆的。我们进出各种商店,打听我们根本不想买的各种布的价钱,在大街上逛(那里一共就两条像样儿的大街),把所有的橱窗都看了一遍。

"快,"夏士婷突然说,"快看一看我们的衬裙耷拉下来没有,看看我们的衣着有什么不合体的地方没有。"

我看了看,没发现什么异常。

"那好,"夏士婷说,"我们要漂漂亮亮的,好让人们都回头看我们。"

我们精神抖擞,简直到了趾高气扬的地步。但是就在我们凯旋似的经过邮电局时,从里边走出一位年轻男人,令我们睁大了眼睛。他脸色黝黑,像南欧人,皮肤是棕色的。他没戴帽子,露出一头鬈发。除此以外,他穿着一件颜色很浅的有腰带

的风衣,脖子上随意系一条黄色围巾。

"哇哇,我第一个先看见的。"夏士婷小声说。

"对,"我用挖苦的语气说,"没错儿,是你先看见的。你的年龄也比我大十分钟。但是,如果他违背人的常理对你这样的老姑娘不屑一顾,你怎么样才能结识他呢?我希望,亲爱的夏士婷"——说到这里我用一种对任何年龄的女士都使用的尊敬口气说——"我希望,你不属于那种在大街和广场上随便勾搭外国男人的好孩子。"

"你放心好了,"夏士婷恶狠狠地说,"不过,如果他住在这个地区,肯定还会有机会碰面,慢慢来。"

"他不会住在这个地区,"我说,"你肯定看得出来,那个人不像小地方人。他肯定是外国人。"

夏士婷说很遗憾,但我大概是对的,我们取得了一致的看法:这个人身上有一种欧洲大陆人的气质,有一种来自遥远国度、异国首都人的风采。

"如果他来自巴黎,我不会对此感到惊讶,"我说。

当我们看见他消失在书店的时候,深深地叹了口气,随后我们就想别的了。

夏士婷要到牙科医生那里去看牙,我从奶制品厂院子里取了自行车爬坡回家,很费力气。几个小时以后夏士婷回来了。当她大步走进大门的时候,我正在用耙子收拾院子里的枯枝败叶。

"事情搞清楚了,"她说,"我现在认识他了。"

"认识谁了?"我说。

"那个外国人。"她说。

"夏士婷·马卡列达·伊丽莎白,你怎么会做出这样的事?"我愤怒地喊叫起来,"你辱没了门风,知道吗?你怎么能不顾我的警告在大街上勾搭一个野蛮的外国人呢?"

"你先别发火,"夏士婷缓缓地说,"你知道吗,是这么回事。我推着自行车爬了300米坡路,在马路对面有一个小伙子也推着自行车,很自然就会交谈几句天气之类的事,尽管彼此并不认识。就这样,我们结伴走,知道吧。"

"结伴?"我严厉地说,"你不知道,他在尾随你。一个不明不白的外国人,这就是事情的真相!你搞清了吗,他是不是在巴黎待过?"

"不对,"夏士婷带着一点儿嘲讽的口气说,"不过他在延雪平①待过很长时间。他在那里上过学。你能猜出他是谁吗?他是布鲁姆古拉的萨默尔松的公子,这回你还有什么可说的!"

生活中竟有这等事!我们与一位货真价实的酋长是近邻,而我们对此却一无所知。当然事出有因,在我们来到里尔哈姆拉的绝大部分时间里,他都不在家,但毕竟有点儿那个。应该有人跟我们说一声。

---

① 延雪平是瑞典南部当时比较发达的中等工业城市,离作者的家乡不远。

在爬坡的那段路上,他可没少向夏士婷显摆自己。说他在延雪平上过学,后来毕业于农业学校,此时他在家帮助父亲管理布鲁姆古拉庄园,白天在地里干活儿,晚上通过函授读植物变异学和农业会计学,我不知道是真是假!从夏士婷的讲述看,他似乎是一个充满好奇、精力充沛的家伙。

夏士婷坐在草地上,而我继续收拾院子。

"这是命中注定,"沉默一会儿以后她说,"我要和他结婚,把布鲁姆古拉和里尔哈姆拉合成一个庄园。"

"你说要把什么合起来?"我一边问一边威胁性地举起耙子。她恬不知耻地把刚才的胡思乱想重复了一遍。

"收起你的合并计划吧,"我加重语气说,"如果你铁了心,就跟那个美男子结婚吧。不过我会保住里尔哈姆拉。我自己一定去读农业学校,成为一个杰出的、终身不嫁的农民,用铁腕手段管理里尔哈姆拉和整个教区,让爸爸、妈妈安度晚年。"

"终身不嫁!看你那副样子。"夏士婷说。这个自恋的傻瓜!她长得不是跟我完全一样吗?

不过布鲁姆古拉那位司法陪审员下一次到我们家来的时候,把儿子埃里克带来了。夏士婷和我请他们在凉棚喝果汁,坐在那里跟他谈了好几个小时。事后妈妈说,看他的举止像是一位品德高尚、有教养的年轻人。

"哎呀,'有教养'!"夏士婷说。

我也认为,埃里克品德高尚、有教养,但是转眼之间我对他产生了一点儿忌妒,因为他正在把夏士婷从我身边抢走。当然她说她要跟他结婚只是开玩笑,但还是无法阻止她每天晚上或隔一天晚上就去同他一起散步,大多数情况下肯定为了去接受函授教育。她很慷慨地邀请我一起去,但是为了我的面子我肯定会说,我知道我是多余的。她回来时我都上床睡觉了,她把埃里克向她灌输的一切都要宣扬一顿,里边当然都是他学过的东西。他知道的东西真是太多太多了,最后我都听烦了,所以我就学韦姆兰省有位老头儿对前来开导他的牧师讲的那句略带友好的话说:

"亲爱的,您能讲点儿别的吗?我已经厌烦了!"

不过我马上就后悔了,我向夏士婷保证,如果我不知道埃里克对高尔夫暖流①的看法,我真不想再活下去了。

最后爸爸当然认为,夏士婷晚上在外边待的时间太长。有一天晚上夏士婷像平时那样准备出门的时候,他很不高兴地说:

"我不喜欢你老是这么瞎跑。"

"哎呀,亲爱的尼尔斯,"妈妈反对说,"孩子干了一整天的活儿啦,也该让她出去玩一两个小时了。"

---

① 一股从大西洋进入波罗的海的暖流名字,使瑞典大部分地区冬季不是很冷。

夏士婷认为这话说得聪明。她拧了拧爸爸的脸颊,并激动地背诵来自一首歌里的歌词:"他们为了金银财宝,也为她年轻的爱情而对她怒气冲冲……"

随后她披上自己的红色上衣,蹦蹦跳跳地出门了。在门口她转过身来,用责备的眼睛看了爸爸一下。

"对此她很生气……"她继续背诵着,然后就走了。

看样子她没怎么生气,说生气只是为了夸张,因为我听见她高兴地哼了一句英语歌词"这不是说再见",便急匆匆地朝大门走去,埃里克正站在那里等她。

我一个人在家里尽情消遣、玩乐。费尔姆的小孩子喜欢晚上围着我转。我坐在他们家小门厅的台阶上给他们讲故事。有时候费尔姆也出来听,约汉和奥勒也多次坐在附近的长工屋台阶上。奥勒兴致好的时候经常弹吉他给我们听,过不了多久艾迪特就会在墙角处露出笑脸。约汉是讲鬼怪故事的高手,当他讲到没有脑袋的骷髅在好端端人家的住房里咚咚地走来走去,而那些不能不为富人赶车的长工被吓得一下子白了头的时候,听的人被吓得脊梁直冒凉气,尽管晚上外边很明亮。费尔姆的小孩子显得很害怕,我赶紧讲一个不太恐怖的故事,讲一匹奇异的马,只要有人拉三次它的尾巴并且说"噼里啪啦,噼里啪啦",它就能在空中奔驰。但是第二天,小卡莱,他是费尔姆倒数第二小的孩子,就跑到马厩用力拉了公马布拉根的尾巴三

次，想让它飞上天空。然而布拉根这一天没有去天空奔驰的心情。它使劲尥蹶子，小卡莱自己飞上了天空，几乎丧了命。费尔姆夫人直朝我发火，说骗小孩子做这种事什么时候都不光彩，我只得保证再也不讲故事了。

这是一个非常美丽的5月夜晚，谁也不想坐在家里。我独自在林间草地上漫步，想了很多深层次的问题。那里有一片小树林，地上长满报春花，稠李散发着芳香，让人眩晕陶醉。那里也长着桦树，其中一棵树形奇特，树干变成一个舒适的座位。我在那里坐了一个晚上，有好几个小时，我想了很多生和死以及整个人生的意义，我觉得，如果自己能把握好，我肯定能将人类的事业向前推进几步。

有一只忧伤的小杜鹃，站在远处布鲁姆古拉牧场的什么地方鸣叫。"人生好苦，人生好苦"，对，我想，除了苦以外，还能有什么呢？它的叫声充满了最黑暗的忧郁。我为妈妈采了几枝报春花，又想起了很多深层次的问题，但是仔细想想后发现都是一些婆婆妈妈的琐碎事情，我十分渴望能找到一位同龄人倾诉和发泄。但是，所有人家都黑着灯，大家都在睡觉，我在朦胧中朝家走，路上荒凉空旷，就像我此时的心境。我走进储藏室，吃了一大块火腿肉。我需要它。

第六章

  自治县是在周围制造业发展起来以后诞生的。这里的小型工业已有百年历史,而自治县成立不会超过 50 年。前者很有名,在那里能制造各种机械,也能生产桑拿炉子。爸爸的一位好朋友是高级工程师,便在他那里定做了一台桑拿炉子。我们家那个坐落在美丽白桦树之中的老酿造室已经变成了一个特别温馨的芬兰式桑拿室。周末我们烧起桑拿室的炉子,大家轮流洗桑拿浴,先是爸爸和妈妈,随后是夏士婷、我、艾迪特,可能还有费尔姆夫人和她家的女孩子,最后是所有的男人,从约汉到小卡莱。这种大清洗是周末夜晚的一大亮点。一边舒舒服服地躺在长椅上,一边听费尔姆夫人用别人不懂的语言数落男人,特别是费尔姆,真是一种享受,浑身流着汗,酥软、舒服的感觉传遍每个关节。

  然而使用中发现炉子有些毛病。爸爸打电话给那位高级工程师,他答应派一位师傅来看看。时间慢慢过去,但是师傅一

直没来。爸爸再一次打电话，接电话的是绥德尔隆德师傅本人，但他还是没来。这时候爸爸生气了。一天下午，我要骑自行车到自治县所在的小镇上去办事，他对我说：

"到那家工厂去，顺便把绥德尔隆德师傅带回家看看那台炉了。"

"遵命，少校！"我说，"如果我能设圈套捉住他的话，一定把他弄到这里来。"

当我走进那家工厂时，看见几个工人站在那里，我问能不能见绥德尔隆德师傅。

"他在车间里"，他们说，并指了指一扇门。我走了进去。一个男人单独站在那里，穿着一件脏兮兮的工作服，脸上沾着机油。

"你好，"我大大方方地说，因为我想，这地方用不着温文尔雅，"您答应的事现在该兑现了吧！"

"什么事？"他显得有点儿好奇。

"我是从里尔哈姆拉来的，您早应该到那里去一趟了，如果您还有点儿良心的话！"

"对，不过……"他说。

"没什么可狡辩的，"我一边说一边扬手制止他，"您现在跟我走吧，否则我不得不先给您打麻醉针。因为您很清楚，我周末想洗澡，而这件事要由您去安排。"

对此他什么也没说,而是顺从地跳上自己的自行车。我们并肩骑着,一句话也没说。上坡的时候只能推着自行车,这时候我偷偷地看了看他。天啊,他是位十分年轻的师傅,看样子十分友善。一路上他自始至终微笑着,最后我生气了。

"我能知道到底什么事让您这么开心吗?"我说,"我也需要春天的微笑。"

"没什么。"他说完便严肃起来。随后他问了问我们在里尔哈姆拉生活得习惯不习惯之类的问题,我说,如果不是那台气人的桑拿浴炉子,那里是一个很理想的地方。我们到家的时候,爸爸正站在大门口。

"我抓来一个!我抓来一个!"我从很远的地方就对他喊。

"如果你们想抓一个男人,就去找巴布鲁,绝对没错。给她一个小时左右的时间事情就妥了。"爸爸说着话,来到我们跟前。

"他就是那个小骗子。"我说,有点儿不礼貌,我承认,不过他的确很年轻。

我介绍说:

"这是绥德尔隆德先生,这是我的父亲。"

爸爸把眼睛睁得大大地说:"这是绥德尔隆德师傅?如果我没看错的话,你是瓦尔德马的公子。"

瓦尔德马就是那家工厂的高级工程师。我张着大嘴呆呆地

站在那里，就像一条鱼。但是当我从趾高气扬变得无地自容的时候，我恼羞成怒了。人家辛辛苦苦，好不容易把师傅拖到家里，来的却不是什么修理工程师！

"为什么不早说呢？"我冲着他发火。

"我本来想说，但是我插不上嘴，"他温和地回答，"不过我还是先看看桑拿浴炉子吧。"他补充说。

爸爸十分开心，拍着他的后背，想留下他吃晚饭。但是他请求说下次吧，因为他还要见其他客户。他用很短的时间就把那个桑拿浴炉子修好了。

他骑自行车回家的时候，我坐在远处林荫道旁边的围栏上。他停下来说再见。

"再见，"我说，"不管怎么说，我相信你就是绥德尔隆德师傅，尽管您小的时候被妖魔掉换过[①]。"

周末，一周的劳动结束了，我们洗得干干净净、漂漂亮亮，夏士婷像往常那样抛下我找埃里克去了，我走到外边试穿我的工装裤。我沿路朝小镇走去，当我走到被爸爸小时候剥掉树皮的那棵白杨树时，碰到一个骑自行车的年轻男子。他长着浅色头发、蓝眼睛，看着挺眼熟的，不过看了一会儿我才认出是那位师傅。

"晚上好，"他说，"是您还是您的双胞胎姐姐？"

[①] 根据民间传说，妖魔把自己的孩子与人类的孩子调换。

"这取决于一点,"我说,"你看到我左脸颊上一个棕色的小点没有?"

"对,您有。"他仔细地看了看我才回答。

"完全正确,"我说,"如果有,那就是我。顺便说一句,我认为这一点很重要。"

随后我们默默地站了一会儿。

"哎呀,绥德尔隆德先生在外面骑车玩。"我没话找话说。

"您一定要叫我绥德尔隆德①吗?"他问。

"那我称呼您什么呢?"

"叫比约恩。我认为这个名字不错。"

"那好吧,"我附和着说,"那比约恩骑车到这边来有何贵干?"

"啊,我到这儿来就是为了核实一下一位年轻的女士澡洗得好不好,我已经严格履行合同了。"他说。

这时候我们俩都忍不住大笑起来,笑了好半天才止住。随后他把自行车放在水渠旁边,我们继续聊天。我把我的情况大体上向他作了介绍,他告诉我,他正在工厂里实习,希望将来有机会就读于斯德哥尔摩皇家理工学院②。他说他对机械和汽车制造特别有兴趣,希望将来像他父亲一样能在工厂里谋得一

---

① 绥德尔隆德是姓。按照习惯,熟人之间叫名字,陌生人之间叫姓,与中国相同。
② 瑞典著名理工类高等学校,相当于北京的清华大学。

份好工作。如果可能,他不想住在地球的其他地方。他出生在这里。

随后他送我回家,正好赶上爸爸、妈妈享受周末小型茶宴。当他被邀请时,这次他没有谢绝。夏士婷和埃里克进来时,我们正准备吃沙拉,结果又添了两份。埃里克和比约恩很早就认识。爸爸那天晚上特别高兴,他本来想卖掉一头小公牛。当爸爸问他,一头八个月大的小公牛要卖多少钱时,埃里克受宠若惊。爸爸明显相信,这样的公牛买卖将来能够扭转他的财务状况。他又笑又唱,还时不时朗诵诗歌。

就在妈妈请大家吃葡萄干糕点的时候,她说:"比约恩照顾一下巴布鲁真是太适时了。最近一段时间她感到很孤单。"

哎呀,天下的妈妈千万别提这类可怕的事情!

"谢谢,"我一边说一边用不服气的目光瞥了比约恩一眼,"这你应该知道,妈妈,我相信我完全有能力照顾好自己。"

他别有什么非分之想。顺便说一句,他确实也没有。当我续完茶比约恩要加糖的时候,他不小心碰倒了自己的茶杯。他请求原谅时,脸有点儿红,一副狼狈样。他弯下腰,帮助妈妈拿开泡在茶水中的糕点盘子,这时候一缕漂亮的头发飘散在他的前额上。啊,就在这时,我突然觉得自己确确实实很喜欢他。我受同情心驱使,赶忙也把自己的杯子碰倒,不管怎么说,那块桌布倒霉了,糕点也都彻底泡湿了。

分手之前我们约定,夏士婷、我、埃里克和比约恩星期天去野游。两个小伙子将带我们去看自殉峭壁①,峭壁下边是一个深渊,我们的祖先跳下去,到奥丁神大厅②聚会,实际上那里过去是劫匪居住的山洞。夏士婷和我负责带三明治,小伙子们带饮料。

那天晚上我没有到储藏室去吃火腿肉,我躺在床上无法入睡。我睁大眼睛,从窗子朝外看。窗帘随着晚风慢慢飘动,室外那棵樱桃树盛开着雪白的花朵。

---

① 根据北欧传说,老年人为了减轻子女负担,跳下深渊自殉。
② 根据北欧传说,战争中的懦夫在那里聚会。

第七章

我们的那次野游特别美好。我真的相信,里尔哈姆拉是被大地遗忘的美丽之地。这里既有粗犷之美,又有细腻之处。巨大、布满苔藓的滚石,看起来就像来自冰河时代,情况也确实如此,高高的山脉,幽暗的针叶林,人们在那里漫游好像踏在软绵绵的苔藓地毯上,我以为世界上最美丽的大自然就在这里,直到森林突然在眼前变得开阔起来,我才明白自己错了。上帝创造的任何地方都比不上开满鲜花的草地漂亮,林地上的桦树、白杨和山梨树郁郁葱葱。落叶树林把整个原野裹进一块柔软的薄纱里,迫使那些争强好胜的古老滚石不得不退后,清澈的湖水闪闪发亮,它们的存在使得大自然千姿百态,不再有人抱怨景色单一乏味。这正是我喜欢的那种大自然。

我们看着那个自殉峭壁,趴到边上往下看,证实一下是否会眩晕。我们钻进那个洞,里边很大,足可容纳十个人,看来那是盗匪在逃避追捕期间的舒服住所。

我们在湖边的一座山上躺了整整一个下午晒太阳。我们吃呀，喝呀，聊呀。混熟了以后我才发现，埃里克比我预想的还要随和，而比约恩跟我预想的一模一样。有时候我偷偷地看他，有时候他也偷偷地看我。他带来了钓鱼竿，钓上来五条鲈鱼，夏士婷和我也试了试。我的收获不大，只钓上来一条鲤鱼，但是夏士婷钓上来一条大鲈鱼，我有生以来从来没看见过那么大的鱼。

我们在那里一直待到太阳落山。夕阳把天空染成红色，湖水一平如镜，偶尔有一条鱼跳出水面，击起层层涟漪。在湖对岸的一棵杉树顶上，有一只鸟发疯似的歌唱，其实我并不知道那只鸟叫什么名字，埃里克说了以后我才知道它叫画眉。最后画眉不叫了，这时候也到了我们该回家的时间。

"再见吧——"夏士婷对着群山呼喊，她从湖对岸的群山得到"再见吧——"的回声。

我们坐上船。我感到晕乎乎的，可能是因为太阳、空气或者我不确切知道的原因造成的。

过了星期天就是星期一，顺理成章，夏士婷和我要给我们整个菜园除草，那里的卷耳菜、藜草等杂草威胁着我们所有的萝卜和甜菜的生长。我们还得给它们浇水，因为每天晴空万里，日照充足，我们眼巴巴地望着天空祈雨。人们不能全身心地盼望每天有太阳和好天气，这是从事农业生产的缺点之一。

相反，放弃享受阳光是一种义务，比如刚从小镇的理发店烫完头发正骑自行车回家，突然来了一阵小雨。雨点啪啪地打在头上，鬈发很可能立即就消失了，新熨好的棉布连衣裙一下子就变成了湿漉漉的保护膜裹在身上，在这种情况下只得豪爽地对自己喊："好极了！这对甜菜生长太好了，我敢保证！但愿白天下点儿雨别影响晚上比约恩和我约会！"

有一件事我很快就弄明白了：每年雨不是下得太少就是下得太多。我从来没有听说过雨下得正好，不多也不少。但是我经常想，当久旱之后出现一次大洪水的时候，一定在什么地方会有一个雨下得不多也不少的美妙、仁慈的瞬间。啊，我多么渴望知道这一瞬间的来临，以便我能以某种方式庆祝一番。

但是此时我们这里很干旱，夏士婷和我拔起藜草的时候，土壤直冒烟。我们午饭吃红烧鲈鱼，上面加了很多香菜，鱼就是夏士婷上次钓的那条。就在我们坐着吃的时候，费尔姆目光惊恐地跑进来。

"公牛……"他喊叫着，"公牛死了！"

爸爸当的一声放下手中的刀叉，脸色变得刷白。我们像救火队一样立即冲到室外，爸爸、妈妈、艾迪特、夏士婷、我和费多姆。

在畜院后面的一块苜蓿地里，我们找到了可怜的亚当·恩格尔布列克特，它痛苦地叫着，肚子胀得比平时大一倍，显然

它肚子疼。我事后得知，如果家畜苜蓿吃得过多，就会在它们的胃里生成气体。这种病叫肚胀症，有生命危险。

我不知道最应该同情谁，爸爸站在那里，不停地搓手，而亚当·恩格尔布列克特肚子疼得嗷嗷惨叫。

"难道我们不可以往它的肠子里灌点儿药吗？"夏士婷忧心忡忡地建议。

就在这个时候，约汉以百米运动员的速度跑来了。

"别说蠢话，"爸爸一边说一边露出绝望的神情，"我回家找来一把左轮手枪把它打死算了。我不忍心看它遭受折磨。"

不过这时候约汉像平时那样说：

"我认为您不能那样做！"

他从口袋里掏出一个东西，后来我才知道这个东西叫导管。他用尽全身力气把导管从公牛的侧面扎进去，扎了一个洞。公牛肚子里的气就神不知鬼不觉地从那个洞跑了出来，公牛得救了。那一时刻我太爱约汉了，他在我面前俨然是能处理突发事件的高级的神灵。爸爸高兴得既拥抱了约汉也拥抱了亚当·恩格尔布列克特，随后我们重新回到餐桌前吃烧鲈鱼。

"我不知道，在保证健康和理智的情况下，人到底能承受多少次这类突发事件。"爸爸说。

他总是有点儿担心，有什么灾难降临到家畜身上，所以每天晚上他都要在庄园里走一圈，看看是不是一切安好。在多数

情况下都是我们全家一起去。我喜欢这种晚间散步。散步的时候便于交谈，爸爸兴致勃勃地向我们介绍经过变异得到的优良黑麦品种和优良的苜蓿。我们围绕林地、田野和草地散步，看奶牛有没有吃盐，羊羔是否都很安全地关在圈里。爸爸把所有绵羊和羊羔通通数一遍，然后我们走到下一个牧场，他数自己的四匹马，其中一匹母马怀着马驹，然后再到另一个牧场数自己的奶牛、小母牛和小公牛。

"你难道不需要回家把母猪也数一数吗？"妈妈问。

当你看到奶牛躺在桦树林中的草地上反刍、听到领头奶牛啤酒花轻轻走过来时的铃铛声，会情不自禁地产生一种祥和、平静的心态。我经常想，自己要是一位画家该多好啊，把捕捉到的奶牛、晚霞和青纱帐等景象统统画进画布里，然后取名为《田园诗》或者《啤酒花在桦树林里反刍》，也可以取名为《宁静黄昏中的瑞典红白两色奶牛》。

"夏士婷和巴布鲁绝对有必要学会挤奶，"有一次爸爸在这种散步中说，"如果艾迪特和费尔姆夫人因故不能去挤奶，有两个后备人员是必要的。在我们暂时还没有挤奶机的情况下，这是……"他补充说，并叹了口气，语气有些无奈。

为了使爸爸不再受挤奶机的困扰，夏士婷和我立即决定成为后备挤奶员。前一天晚上他曾到布鲁姆古拉的地方法院陪审员家做客，现在他清楚地看到里尔哈姆拉的不足之处，心里很难过。

"我们也没有 AIV①。"他闷闷不乐地说。我们当中没有一个人知道 AIV 是什么东西,但是我想,这个东西可以作为生日礼物送给他。爸爸解释说,AIV 可能是一种设施,可以在整个冬天向奶牛提供新鲜的饲料。其做法是,把苜蓿之类的东西放进水缸或者井里,再往里边注入氧气。我们都认为,我们的家畜太亏了,真令人伤心,空气中弥漫着难以言表的自责气氛。我绝对不敢看啤酒花的眼睛,但是为了减轻歉疚,我愤怒地喊了一声:"奶牛们,如今你们也有这样的权利!谁敢不相信,你们也可以终年都吃上新鲜蔬菜呢!"

爸爸很快摆脱了忧愁,兴致勃勃地去寻找他童年时采野草莓的地点。其中一两个最好的就在奶牛草场。但是野草莓生长的地方似乎有一种每年都要移动的天性。最后他总算找到一个,而且是最好的一个,在一大堆石头缝里,长着很多野花、野果和一颗果实成熟的野草莓。我看了看爸爸,他的眼睛里含着泪水,千真万确。

"有一个星期天早晨我采了整整一筐野草莓,我拿回家送给奶奶,"他用颤抖的声音说。

就在旁边长着一棵挺拔的老桦树,爸爸肯定会爬,因为他小的时候经常爬树。他立即脱掉鞋袜,成功地爬了上去,尽管

---

① 一种使饲料保鲜的方法,其发明者是芬兰生物化学家维尔塔宁(1895—1973),他因此荣获 1945 年的诺贝尔化学奖。AIV 是其名字的缩写。

有些费力。他很快爬到树顶,像一只得胜的公鸡叫了起来。夏士婷和我也跟着爬了上去,而妈妈则靠在畜院的围栏上,看着自己欢叫的女儿和丈夫,并且说,真幸运,这家子至少还有一个人经过深思熟虑之后留在了地上。

我们在树上看到了非常漂亮的风景。里尔哈姆拉地势很高,我们可以看到几十公里内的庄园和村落。散落在各处的湖泊闪闪发亮,远处的森林郁郁葱葱。广阔的视野让爸爸兴奋起来。

"瑞典,瑞典,瑞典,祖国……"①他一边往上爬一边用浑厚的声音唱。

"……我们向往的农村,我们在地球上的家——园。"

他继续往上爬。

"此时牛铃铛……铛……"

这时咚的一声巨响,阻止了我们继续听下去。是那位少校、庄园主、获得过国王颁发的宝剑勋章的骑士像一块快速坠落的陨石穿过树叶噼啪啦掉了下来。他掉在紧靠妈妈双脚的地上,但嘴里还在说着什么顺口溜。我们不敢笑,只是轻轻地哼了一声。妈妈说,这真是奇迹,他没有造成什么严重的伤害。爸爸一边看自己身上发紫的地方一边说:

"不过这根树杈过去很结实。"

"对,亲爱的尼尔斯,"妈妈说,"不过你那个时候比现

---

① 此处和下边几句引自瑞典国歌《你古老,你自由》。

在至少轻 70 公斤。"

第二天早晨我们便开始学习挤牛奶。我们心甘情愿早起，每天早晨五点钟。这个时间从温暖的被窝爬出来可不是特别舒服。天气很凉，我们跑进厨房找艾迪特要一点儿热的东西暖肚子。然后费尔姆夫人、艾迪特、夏士婷和我带着奶桶和其他用具上路。这是一个清新、晴朗的早晨，名为美丽草场的地方笼罩着一层薄雾，人们可以饶有兴趣地把自己看做是跳舞的月光仙女①。我们花了一点儿时间找奶牛，因为它们不喜欢离挤奶的围栏太近。不过没关系，我喜欢在牧场转一转，看阳光照耀着树干，听千姿百态的小鸟们唧唧欢叫。

"乖乖奶牛，乖乖奶牛，"艾迪特叫着，我们立即得到一声嗷的回答，这时候以啤酒花为首的整群牛都走了过来。把它们关进围栏以后，我们每个人从栅栏上拿下一个绑在那里挤奶用的板凳，在自己要挤奶的那只母牛旁边坐好。我赶上给一只名叫蒙娜丽莎的奶牛挤，按艾迪特的说法，它应该最容易挤。我小心翼翼地动手挤，本指望看到热乎乎的牛奶滴进奶壶里，但一滴也没出来。我仔细看了看艾迪特的动作，又开始挤起来。结果一样，还是没有。我开始怀疑，是不是那家伙有意要破坏我制订的第一天要为三头奶牛挤奶的伟大计划。我不想接受它的做法，它应该知道自己在跟谁打交道。我重新动手挤，

---

① 传说在河边的月光下，经常有仙女跳舞。

指关节都发白了。这时候蒙娜丽莎摇起了尾巴,像一条小小的暖和围巾围在我的脖子上,但就是不出奶!艾迪特笑了,笑得差点儿从挤牛奶坐的凳子上摔下来。我推了推蒙娜丽莎说,现在它只有最后一次机会显示自己是大户人家有教养的奶牛。但真是难以想象它根本不想要这个机会!它只是转过头来看着我。我敢保证,巴黎那张画上的真蒙娜丽莎看起来大概没有此时此刻我这头据说容易挤奶的奶牛的目光神秘。如果它能笑,肯定会笑起来,这一点我敢保证。在这种情况下我声明,如果这是一头容易挤奶的牛,那我宁愿找一头不容易挤奶的牛打一打交道,不管怎么说,如今我已经习惯了家畜的各种脾气秉性,什么都能经得住。然而爸爸买的奶牛当中也许有一些个别的劣等品种,因此将来还会有麻烦。最让我生气的是,夏士婷却掌握了挤奶的技巧。即便她真的学会了坐在自己脑袋上、用大脚拇指掏鼻子,也用不着那么趾高气扬。

"做这类事情一定要有天赋。"她得意地说。

我说,我坚信自己有更高的天赋,只要我看一看她怎么样操作,我的劳动激情足以完成这种工作。

费尔姆夫人有高超的挤奶技巧,那头奶牛生来就不敢向她隐瞒一滴奶。艾迪特唱歌——她总是一边挤奶一边唱歌——唱一首她特有的歌。那是一首爱情歌曲,内容令人悲伤,曲调却豪爽、有力,像进行曲,牛奶伴随着有力的曲调喷出:

作为骑兵他离开战场回家,

因为他想远离战争自由生活。

他的第一个问题是这样问的:

"我的情人活着没有?"

啊,她当然活着,还活得相当好,

因为就在今天她要举行婚礼。

这时候他快马加鞭,比天上的飞鸟还快,

因为他想亲眼看一看自己的情人。

她唱呀唱呀,直到这位战士和他的情人倒在血泊中,那头奶牛被挤完奶。

我没有变成后备挤奶员,当夏士婷和我推着奶车回家的时候,我发表了关于挤牛奶机优越性的高论,充满火药味。我认为,国家应该给瑞典农业强有力的支持,给所有的畜牧场安装挤奶机,改变类似马其顿的状况①,使任何有点儿固执的奶牛都对自己的主宰、造物主,更确切地说是对我,要恭恭敬敬。

但是夏士婷说,瑞典农业唯一需要的是,我要从挤奶的所有事情中摆脱出来,做某种要求低的工作。

---

① 19世纪和20世纪巴尔干各国之间在马其顿领土问题上争论不休并发生多次战争,人们以此来形容问题的复杂性。

第八章

最近一个时期我与比约恩在一起的时间很多。我们在明亮的6月夜晚散步，看这个地区能看的所有地方。我觉得，有时候我们能走十几公里。真奇怪，在大自然里散步，怎么走都不累。我们走在林间草地上，或者踏在由松树和杉树落叶铺成的像地毯一样的地面时，完全没有累的感觉。如果在城里走这么远的路十个脚指甲都会变形的。那个晚上比约恩拉我去看一个废弃的古老水轮磨房，后来我们还去相反的方向看一个峡谷，我们高兴地从上面下去之后有了很多最迷人的发现，至少对我这个可怜的城市穷孩子来说是非常迷人的，我还没有适应大自然的慷慨施舍。当我们找到一个长满浅红色小报春花的水渠时，我高兴得叫了起来。有一次我们无意中碰到一只带着小狐狸的母狐狸，它很快消失在一大堆石头缝里，对我来讲这可是一件新鲜事儿，一连几天我逢人必讲。里尔哈姆拉周围的森林里有很多鸟儿，我学会从声音上辨别被我们吓跑的一只雷鸟。比约

恩向我保证，下一个春天我们找一个早晨，早早地起床听雄黑琴鸡叫。我努力学会从外形和声音尽可能多地认识各种小鸟，我真的不理解，在学校时我怎么会觉得生物课枯燥得要死。

我还认识了很多人。有一个长工屋，过去属于里尔哈姆拉，我们经常到那里去。那里住着长工斯文·斯文松和他的妻子，那是打着灯笼都难找的一对可爱的老夫妻。他们是看着爸爸长大的，所以有充分理由请我们喝果汁和吃面包。这种长工屋就是移居美国的瑞典人[①]一想起来就心酸流泪的房子，一个低矮的红色小房子，室外长着荷包牡丹和香堇菜，周围有一个管理得很好的小菜园。我在那里亲眼看到了怎么样才能把菜园管理好。想到夏士婷和我要不停地跟家里菜园的猪耳草作斗争，我心里非常惭愧。

在离长工屋不远的地方有一个小湖，叫水轮磨房湖，湖里鱼很多，晚上比约恩和我经常到那儿钓鱼。我买了一个渔竿，比约恩帮我装上线、网坠和鱼钩。他还帮我放上鱼饵——虫子，因为我天性胆小。我们每个人坐一块石头，看着自己的鱼漂，然后我们互诉衷情。为了不把鱼吓跑，我们讲话的声音都很小。我坐在那里把自己、自己的感情和思想一桩接一桩地毫无保留地讲了出来，这些事情我做梦也没有想过要对除夏士婷

[①] 19世纪末20世纪初，有大约100万瑞典贫苦农民离乡背井移居美洲，当时的瑞典被称为"欧洲的穷汉"。

以外的任何人讲,他也对我敞开心扉。

我们当然也经常和夏士婷、埃里克在一起,绝大多数情况下气氛都很活跃,除非埃里克讲国际政治、农村住房情况和其他他认为有必要向我们作介绍的话题。因为他一讲这些,我们就搭不上话,不过听一听也让我大开眼界。比约恩在所有讨论中寡言少语,只是不时地搞一点儿幽默。埃里克有时候邀请我们到他们家的布鲁姆古拉庄园去,当他向我们展示布鲁姆古拉装备的高技术宝贝时,夏士婷和我都看呆了。那里有整套设备:拖拉机、挤奶机、两个青贮饲料罐、自动收割机和一些我不知道名字的东西,一切都保持最佳状态。顺便说一句,整个布鲁姆古拉庄园管理得非常好,难怪当埃里克向我们展示他们家油光闪亮的奶牛、肥胖的猪和绿油油的庄稼时显得那么自豪,这些都是他们家几代人不断积累起来的最好管理知识结出的硕果。不过夏士婷和我一致认为,有朝一日里尔哈姆拉也会变得这么好。

我们四个人都有自行车,很快整个农业区没有一条道路我们没到过。通常这些路都是一些蜿蜒和高低不平的小路,在地图上很难找到。这里到处都是富有的古老庄园,好像自古就存在,到处都能碰到友善的人们。很多我们在奶制品厂认识的熟人,我们现在找到了他们家所在的庄园,他们的好客和友善令人感动。可能是因为埃里克带着我们,整个教区都知道他从小

就是家里的好孩子。

6月中旬的一个闷热夜晚，比约恩和埃里克来到我们家。夏士婷和我正躺在炮捻儿窝外边的草地上，像被抛在岸上的两条鱼喘着粗气。夏士婷无力地摇着手小声说："别过来说我们一定得出去走一走，那样会热死的。"

"对，我想我们可以去打羽毛球，"那个倒霉的埃里克白天刚刚架起一个羽毛球网，就在布鲁姆古拉牧场一块平坦的草地上。夏士婷没好气地看着他，没有说话。她用胳膊肘支起身体，看着比约恩说："你一定很爱巴布鲁！"

"何以见得？"比约恩心平气和地问。

"啊，不然的话你不会冒中暑的危险，推着自行车爬那么多的坡到这里来。"

我看着天空，装作什么也没听见。

"我喜欢运动运动，"比约恩一边说一边带着嘲笑的表情看着我。但是过了一会儿，当埃里克和夏士婷忙着看埃里克的手表是不是停了的时候，他抓起我的手，迅速地亲了一下。带着与生俱来的幻想爱好，我马上开始考虑结婚时我怎么打扮最好，是戴一个小型桃金娘①花冠，还是戴教区饰有无色水晶的金质新娘花冠。

埃里克打断了我的思考，他建议我们骑一会儿自行车。骑

---

① 一种植物的名字。

自行车会凉快一些。大家七嘴八舌地讨论一会儿以后上路了。

如果沿着始于小镇的路前行5公里，经过布鲁姆古拉和里尔哈姆拉，就来到一座很气派的贵族庄园——莫斯托普。它的主体建筑是一座宏伟的白色两层楼房，英式花园，令人喜爱的庭院建筑和一个有70头奶牛的牧场，每天用卡车把牛奶运到奶制品厂。庄园主家的人乘坐帕卡德牌汽车①，不过从来没经过里尔哈姆拉。他们知道通向小镇的另一条更宽更近的路。夏士婷和我多次经过莫斯托普，但是我们看到住在那里唯一的居民是一个顽皮的10岁小男孩，他曾对着我们伸舌头。然而我们知道那里有一对年龄与我们差不多大的姑娘，但是没看见过她们。

那天晚上我们骑自行车朝莫斯托普方向行进。埃里克说的骑自行车带起风可以凉快一些的乐观看法完全没有根据。已经有好长时间没下雨了，一点儿风也没有，人们感到周身好像被一层又湿又热的东西包裹着。过了莫斯托普一段路以后，我们突然发现身后的天空布满厚厚的可怕乌云。很明显，一场雷雨离我们不远了，我们决定赶紧掉头回家，但为时已晚。就在我们处在莫斯托普那段宽敞的下坡路时，雷声大作。我过去从来没有经历过这种事。大雨如注，连眼前的路都看不见。天空呈

---

① 20世纪初美国底特律市一家工业公司生产的汽车，公司创始人之一为帕卡德。

铅灰色，但不停地被闪电照亮，紧跟着震耳欲聋的雷鸣。一阵惊天动地的雷响，吓得夏士婷大叫起来，她连同自行车一起滑倒，真的融入大自然了。我们立即刹住自行车，转过身把她扶起来。她伤得不像预想的那样严重。一个胳膊肘划破了，有一两处淤血。自行车摔得比较厉害，前轱辘成了一个"8"字，后瓦圈也坏了。

"几乎总是这么开心。"夏士婷说，她一会儿看看那辆自行车，一会儿看看自己的伤，一会儿看看向我们身上倾泻瓢泼大雨的天空。

"这雨对我们地里的甜菜非常有益。"我本来想说，但是又传来一阵雷声，把我说话的兴致全赶走了。

"走，到莫斯托普里边避一避雨吧，"比约恩说，"安和维薇卡对有客人来一定很高兴。"

我们确实没有其他选择，如果不想在大雨中走 5 公里路的话。五分钟以后，我们这个有些异样的小型队伍就踏上了通向莫斯托普的台阶。一缕一缕的湿发垂在我们冻得发紫的脸上，浑身上下没有一丝干的地方。当我们站在前廊的时候，在我们脚的周围形成一片水网。一条狗发疯似的叫着，这时候又传来一声惊雷，窗子被震得叮叮当当响，夏士婷被吓得又叫了起来，门开了，走出来一位穿红毛衣的姑娘，身后跟着一只愤怒的大狗，她长着一双我从来没有见过的明亮的灰眼睛。

"心肝宝贝。"她只是说了这么一句。

"你好,维薇卡,"比约恩说,"来了四个流浪汉,需要你大发慈悲。"

看来我们真的遇到了名副其实的慈善家。她冲到夏士婷身边,怜悯地看着她的胳膊肘,说:

"我们必须马上处理一下。"

然后她把我们推进大厅,高声喊道:

"安,安,有情况!快来帮忙!"

在通向二楼的楼梯上出现了一位同样年轻的姑娘,她就是安。哎呀,哎呀,她别提多漂亮了!她长的样子正是我理想中的样子。温柔、蓝眼睛、造型漂亮的鼻子、一头浅色的秀发就像笼罩在她周边的一道光环。

转眼间有人从楼梯的扶手上滑下来,是我们过去看到过的那个顽皮的小男孩。他立即冲到我们面前,说:"你们要干什么?爸爸和妈妈可没在家!"

他的样子很无礼,我真想立即掐他一把。不过安和维薇卡还是充满善意,她们给夏士婷包扎伤口。我们扔掉自己带的已经湿透的硬面包,穿上从她们那里借来的睡衣和浴衣,然后裹着毯子舒舒服服地坐在她们家的前廊喝热茶。我们僵硬的四肢又恢复了生机,饶有兴致地看着室外大自然的高超表演。

雷雨天气渐渐远去,雷鸣已经变得沉闷,但是雨还在下,

闪电在地平线交叉闪亮。我们安全地坐在那里,隆隆的雷声、哗哗的雨幕包围着我们,屋顶排水槽欢快的流水声营造了一种温馨,让我们彼此更加亲近,让我们感到高兴和重新活跃起来。

就在这个时候楼梯上又出现了一个被雨水浇透的人。他叫陶科尔,是一位大学生,靠给那个小坏蛋克拉斯当家庭教师的微薄收入生活。这位家庭教师跟我们一样也遭遇了雷雨,没过多久他也进入我们这个穿浴衣、披毯子人的圈子,玩起了"炸春卷"①的游戏。大家很快就混熟了,我确信,夏士婷和我一定很快就会与安和维薇卡成为真正的好朋友。有很多事情是不能跟男孩子们说的,但有时候可以在女孩子之间谈一谈,这让我感到很高兴。顺便说一句,妈妈经常向夏士婷和我灌输:

"对于一个女孩来说,最重要的不是让男孩子们喜欢,而是让女孩子喜欢。"

因此当我看到安和维薇卡喜欢我们就像我们喜欢她们那样时,心里非常高兴。

雨渐渐停了,太阳露出了笑脸。水滴在所有的花瓣和树叶上闪闪发亮,想到土地终于喝饱了雨水,我心里特别舒畅。那个把自己打扮成土匪的男孩穿着游泳裤、佩带着弓箭,在花园的树丛中跑来跑去。他高喊着战斗口号,把头伸到我的椅子后

---

① 原意为炸用菜叶包肉馅的春卷,此处指他们披着毯子,像春卷一样。

边高叫：

"礼拜六不杀生，这是大草原的法律。"

从他脸上的表情判断，我还真够幸运的，多亏遇到了礼拜六，不然我必死无疑。我不羡慕这位家庭教师陶科尔的工作。

安和维薇卡制订了我们近期接触的宏大计划。作为起步，她们建议夏士婷和我每天下午骑自行车到她们这里来打一两个小时网球。很遗憾，我们做不到，因为下星期一我们要间甜菜苗，她们听了大吃一惊，甚至认为把我们驱赶到甜菜地里干活儿是某种奇怪、近乎病态的想法。

当我们向她们说明，不管我们愿不愿意都得去的时候，她们非常可怜我们，抱怨我们怎么会有这么残忍和非人道的父母。我思考了片刻。必须劳动的要求对我们来说真的可怜吗？我们大家都得劳动。在我们当中埃里克可能工作最繁重，比约恩在充满烟尘的田间每天要从早晨七点工作到下午五点，夏士婷和我虽然不像他们那么辛苦，但也累得够呛。我看了看夏士婷，她没有丝毫被强迫劳动和被奴役的表情。相反，我看见她从来没有像现在这么黝黑和健康。我知道自己也一样。顺便说一句：这个夏天不是比我们过去所有的夏天都开心吗？我们过去经常到西海岸去，躺在岩石上享受日光浴，直到浑身像蛇一样蜕掉一层皮，但是这一切归根到底不是生活的最高幸福。

"生活的最高幸福，"夏士婷说，并接过我要说的"是劳

动，然后才是其他！"

她确实很激动，一字不差地重复了我们要求买工装裤时妈妈的教诲。她讲完以后，在场的人没有一个不明白，我们是多么能干，我们的劳动对里尔哈姆拉至关重要。当我想到，每一个小时我能创造多少价值的时候，心里几乎不安起来，像懒汉一样坐在这里得浪费多少金钱啊！

晚上，她们的爸爸、妈妈乘坐帕卡德牌汽车回来了，他们在前廊找到了自己的女儿和几个"炸春卷"，然后赶紧催我们换上在此期间已经晾干的自己的衣服。我们千恩万谢一番，还被鼓励以后再来。夏士婷的自行车第二天被运牛奶的汽车拉到小镇的修理厂。埃里克让她坐在自行车的后座上带着她。我们在习习的晚风中骑着自行车往家里赶。

第九章

星期一那天我们都到地里给甜菜间苗。这会儿是生长旺季。甜菜苗已经长得很大，牧草丰收在望。约汉、奥勒和斯文·斯文松在前边间甜菜窝，就是把其中一部分甜菜窝除掉，留下间隔均衡的"独窝"。每一窝只留下一棵苗，小心翼翼地把其他的苗都除掉，以便让它得到充足的阳光、空气和养分，到秋天长一个很重的甜菜头。艾迪特、夏士婷、我和费尔姆的四个孩子就负责后边这件事。我觉得甜菜地大得让人头晕。约汉给我们大家划出20行，夏士婷和我合伙一起干。我们俩自始至终紧挨着干活儿，还不停地说话。我向夏士婷挑战，看谁先间到远方的水渠——它就像朝觐者的麦加。我觉得我需要报挤牛奶不如她的一箭之仇。我们俩立即动手，速度极快，但是很明显，一向最棒的夏士婷把我甩在后面，尽管我拼命地又拔又拉，弄得甜菜苗和杂草在空中乱飞。不过我得到了平反。约汉走过来验收时，发现夏士婷在一些窝里留下了两棵或三棵苗。

夏士婷认为约汉太小气。"约汉不明白一小棵甜菜苗会感到很孤独,"她说,"我觉得,让它们一对一对地站在一起显得更好看。"

"废话!"约汉说,她不得不全部返工,第一行间完以后我得胜。后来我们逐渐失去了间苗比赛的兴趣,速度大大放慢,就在这个时候夏士婷仰面朝天地躺在地上。

"我真想躺在这儿。"她说。但是约汉不容忍任何人偷懒。

"要坚持!不能停!"他督促我们。我们说他很适合到处巡视,用鞭子抽打战船上的奴隶,如果现如今还有这种奴隶的话。对此他只是满意地一笑。

"要坚持"——这是他取得的唯一成果。地里有很多杂草,最讨厌的那种是茅草,它们的样子很可爱,但根系特别发达,伸向四面八方。

"依我看,"我说,"我相信这些根可以横穿地球,从地球的另一头长出来。"

"对,"夏士婷说,"那里坐着一个顽皮的南部非洲祖鲁族黑人小孩,用手抓住它们,就是为了互相打斗好玩。"

这一天总算过去了。太阳酷热无情,我们膝盖酸疼,双手被茅草根勒红了,眼睛、耳朵和鼻子里弄进了土,口干舌燥,那感觉跟斯文·赫定[①]在塔克拉玛干渴得四处爬着找水喝一模一样。

---

① 斯文·赫定 (1865—1952),瑞典著名探险家,曾在中国新疆发现古楼兰遗址等。

但是也有愉快的时刻,比如中间休息喝咖啡。这时候我们大家集中在水渠旁边,拿出我们带的暖水瓶和三明治,用沾满泥土的手把三明治放到咖啡里蘸着吃,伴随着喝咖啡快乐的吸溜声还带出很多话来。仅一次休息喝咖啡时间斯文·斯文松和奥勒从嘴里冒出来的生活智慧就抵得上一位教授讲十二次大课。

喝完咖啡以后,我们又干了一阵子活儿。平时总是很乐观和充满幽默的奥勒这一天情绪有些低沉。

"做人真是一场灾难,"他一边说一边用抱怨的目光看了看艾迪特,"活着真不如死了好。不过死了也不会有人为他哭。"

我们大家都知道,吞噬奥勒生活勇气的是什么。我们大家都看到了,布鲁姆古拉庄园的长工伊瓦尔这个周末的晚上偷偷地在墙角那边转来转去。我很同情奥勒,但是当我躺在向日葵和杏花中间、仰望天空朵朵白云的时候,不能同意他说的"做人是一场灾难"的说法。相反!尽管要间甜菜苗和除杂草,我还是为能降生在这个星球上而高兴。多幸运啊,我没有变成一个脚趾间长着蹼、额头正中间长着一双金鱼眼的火星小姐[①]!他的抱怨产生了一点儿效果。艾迪特满面春风地强迫奥勒又喝下一杯咖啡。

但是这一天很漫长很劳累。走在回家的路上我们显得很疲

---

① 青蛙的戏称。

倦，特别是夏士婷。她也很沮丧，厌恶地看着脏兮兮的身体，炭一样黑的双手，指甲里塞满祖先留下的泥土。

"我想当贵妇人，"她说，"穿尼龙长筒袜、高跟鞋，美艳而魅力无穷，散发着'梵香味儿'，我不想间甜菜苗！"

"生活的最大幸福是劳动，"我提醒她，"我记得，就在最近这个周末我听到过对这个内容所作的精辟的宣教。"

"对，但是我从来没有说过，必须像现在这样趴在地上干活儿。我设想的是某种轻微的劳动，不至于连指甲都被弄成灾难性后果。"

现在轮到我发火了。我说她必须放下大小姐派头，各种劳动都是光荣的。我的火气越来越大，用魔鬼逻辑加以推论，说毫无疑问，生活的最大幸福就是间甜菜苗——准确无误。

在此期间我们已经走到公路上。正当我使劲挥着手想让夏士婷多想一想劳动、少想一点儿自己漂不漂亮的时候，拐弯处驶来一辆红色小型跑车，我迅速忘记夏士婷漂亮还是不漂亮，而马上考虑自己现在是什么样子，因为在我们前面急速停下的汽车里坐着两个穿飞行员制服的小伙子。我们过去从来没有见过他们。促使他们停下完全是因为好奇心。从某些方面看，他们似乎对里尔哈姆拉有所了解，因为他们很想听一听这两位年轻农妇对于自己新来的庄园主的看法。

"那位疯疯癫癫的少校到底属于哪种男人？"其中一个问。

"啊,是一个声名狼藉的儿童虐待狂,"夏士婷说,"他连自己的亲骨肉都不保护。从早到晚让她们辛辛苦苦干活儿!"

说完我们就走了,过了很长时间他们才开始发动汽车。

谢天谢地,爸爸已经升起桑拿炉子,如果说哪一次洗澡最舒服,就算这次了。正当我们坐着吃晚饭的时候,莫斯托普那边给我们打来电话。安和维薇卡问我们想不想骑自行车过去,问候一下她们回家休假的哥哥,他还带了一位同事。

"啊哈,亲爱的华生①,"我对夏士婷说,"跑车之谜解开啦!"

一吃完饭,我们马上回到自己的房间,进行一次前所未有的大扫除。洗脸、梳头、刷牙,把每个手指甲都磨光,差点儿把每个脚指甲也都磨光,在间过甜菜苗的双手上涂上有香味儿的药膏,在洗过桑拿浴的光亮鼻子上抹上香粉,那盒香粉只有在特别隆重的场合才舍得用,这次就属于隆重场合。我们有意想让飞行员小伙子知道,尽管我们在田野里干了一整天的活儿,但还是有模有样的。夏士婷走得更远,甚至建议我们穿上白色凸花连衣裙,但是我说:

"你觉得值得吗?想想看,如果用我们无穷的魔力晃他们,会不会让他们失去理智?"

---

① 这是英国侦探小说家柯南道尔的《福尔摩斯探案》中的一句话,华生是主人公福尔摩斯的助手。

为了安全,我们还是决定适可而止。夏士婷借了艾迪特的自行车,随后我们就上路了。爸爸在我们身后发出警告:

"按时回家睡觉,明天早晨六点半响铃,别忘了这回事!"

不过他说的时候我们已经到了去莫斯托普的半路,刚到门口就碰到了那个像穿山甲一样吐着舌头的顽皮孩子。

"我可爱的有教养的小朋友,"夏士婷说,"你愿意把舌头收起来告诉我们你姐姐在什么地方吗?"

"坐在花园里,跟男人卖弄风情呢,"他提示说,"托赛①也在那里。还有我的老师陶科尔。托赛是尖(见)习②飞机驾驶员。我也要成为一名尖(见)习飞机驾驶员,有一架属于我自己的战斗机。真厉害!托赛是我哥哥。他是尖(见)习飞机驾驶员。"

"我们相信你。"夏士婷说。

"那里还有一个小伙子,他也是尖(见)习飞机驾驶员。"

"我最想知道的是,"夏士婷说,"朝哪个方向走我们才能找到飞机驾驶员。"

"那边,"他不情愿地朝花园那边指了指。随后我们互有礼貌地告别,即他向我们伸出舌头,我们也向他伸出舌头。我们朝他指的方向走去,但是连飞行员的影子也没看见。

---

① 托赛是托尔的爱称。
② 男孩把"见习"这个词读错了一个字母,如同中文里念别字了。

"好像见习飞行员已经带着安和维薇卡升空飞走了。"夏士婷说。

"飞走躲清静去了。"我说。

"见习飞行员已经升空飞走了。"我们听见维薇卡兴奋地喊叫着。声音来自一棵巨大的枫树,这时候我看到五张笑脸从树枝当中伸出来。

"请从楼梯走上来吧,"安说,"你们上来喝点儿咖啡。"

实际上没有真正意义上的木质楼梯通向那棵大枫树。在离地面一两米高的地方,那棵枫树树干分成了四个粗大的枝杈,那里铺着一块木地板,地板上放一张桌子,周围摆着靠背椅。这是一个令人非常快乐的枫树大厅,非常适合喝咖啡和聊天。

安向我们介绍她的哥哥托尔和他的同事克里斯特。

"哎呀,这就是那位声名狼藉的儿童虐待狂饱受折磨的女儿们。"托尔说。

"正是,"夏士婷说,"你就是那位见习飞行员吧?"

"完全正确。"托尔说。

克里斯特一开始没有说话,只是坐在那里,用一双深沉的蓝色大眼睛看着我们。我以为他是一个少言寡语的人,但这是一个错觉。过了十分钟他打开了话匣子,和托尔竞相把谈话推向高潮,妙语连珠、诙谐幽默。夏士婷、我和维薇卡勉强应付着。陶科尔和安只满足于听。我们的表现就像参演一部极富情

趣的美国电影，最后我感到快要累死了，最多还能坚持五分钟。在托尔和克里斯特唱军歌的时候，我喝了一点儿浓咖啡，休息了一会儿，总算坚持下来了，实际上我们玩得很开心。就在玩得最高兴的时候，我突然想到了比约恩。我在出来之前没有给他打电话，没有告诉他我们外出有事，我感到良心受到责备。不难想象，今天晚上他骑自行车无畏地爬了那么多大坡到我们家去找我。不过我还没来得及细想，因为就在托尔讲故事的时候，克里斯特小声问我愿意不愿意在这个星期找个晚上跟他坐汽车去兜风。他说他过去没到过这个地区，需要一位向导。我反问他身边不是有安和维薇卡吗，为什么请我？但是他说我似乎更合适，我是一个可靠的小向导。这时候我想，那好吧，既然我那么可靠，坐汽车兜一会儿风不会有什么害处。我本来应该问一问妈妈是否可行。顺便说一句，坐汽车还是很开心的。天知道，克里斯特是不是也让人觉得开心呢？我们决定星期四去。

第十章

整个一周我们都忙于间甜菜苗,整个一周比约恩都在生病。我觉得他太可怜了,所以天天给他的妈妈打电话,问他的情况,并送去问候。啊,我甚至走得更远。我翻出了一本他想看的书,还派了费尔姆的一个孩子把书给他送到工厂去。不过说真心话,他不能来里尔哈姆拉对我来说真是太好了,至少对星期四晚上来说是这样。我承认,我的想法很残忍,因为我要出去,跟克里斯特乘红色跑车去兜风。星期三晚上莫斯托普那帮人都来到了里尔哈姆拉,认识了爸爸和妈妈,妈妈犹豫了一下以后,同意我坐在汽车里给克里斯特当向导。

星期六安满18岁了。为庆祝她的生日,举办了一次极为风光的宴会。夏士婷和我受到邀请。埃里克和比约恩也受到邀请,但是比约恩患黏膜炎还没康复。

约汉赶着马车把夏士婷和我送到5公里之外的莫斯托普,因为我们都穿着长裙无法骑自行车。我们坐的那辆马车属于爸

爸继承的财产清单中的一件。从爷爷那个时代起，里尔哈姆拉就有这辆马车，它的样子过时了，但马车终归还是马车，当我们坐着它穿过莫斯托普的林荫大道拐进那里的大门时，我们觉得很有派头。

"啊，青春，你太美丽了，"当我们走下马车时约汉感慨道，"祝你们玩得尽兴！"

"这一点约汉放心吧，我们肯定会的。"我说。他赶车上路了，友善的脸上带着满意的微笑。

我们问候站在前厅台阶上迎接我们的主人，然后和其他二十几个青年一起跑进花园里，他们是从小镇和这个地区的其他庄园来的。人们完全可以把眼前的景象称作一幅漂亮的风景画：花园里绿草如茵，姑娘们白色的长裙映衬在盛开的金银花和山楂花丛中。我发现，所有的女孩子都穿着花连衣裙，只有夏士婷和我例外。我们的舞裙是红白花格子棉布做的，为此我产生了一点儿自卑感，幸亏安的妈妈走过来，摸着我的裙子说：

"啊，多么漂亮的连衣裙！我一定要给安和维薇卡做这样的。"

后来其他姑娘的裙子多么花哨我都不在乎了。

夏士婷在花园里转来转去找埃里克的时候，碰到了克里斯特，这是她后来讲给我听的。克里斯特用力抓住她的手说：

"小妞,今晚上每支舞我都想跟你跳!"

"恕我冒昧,"夏士婷冰冷地说,"我是夏士婷,还有一位脾气特别不好的强壮汉子,他叫埃里克,在附近的树丛后边,随时都可能跳出来。不过你可以去找一找左脸颊上有一个棕色小点、样子十分幼稚的姑娘,你可以找她碰一碰运气。"

宽敞的前厅里摆着一张餐桌,上面插着红色的山楂花和白色的丁香花。

可以说这是夏士婷和我第一次参加的正式宴会。也就是说我们过去参加过,那是爸爸、妈妈举行的宴会,那个时候我们只是招待别人,跟自己坐在这里接受别人的招待完全不是一回事。我们有了一种成年人的美妙感受。饭菜很好吃:先是三明治,然后是鸡,最后是热巧克力糖汁冰激凌。当我们吃冰激凌时,我为比约恩感到惋惜,因为我知道,他一定会喜欢吃这种冰激凌。整个晚上我只有这么一次想到他,啊,是真的!

小寿星端坐在餐桌的一头,她确实很漂亮,让人百看不厌。吃冰激凌的时候,她的爸爸为她致辞,说她一向是个又懂事又可爱的女儿。其实这一点用不着他多说,因为大家都看得出来。

"我是异类,"维薇卡说,她坐在克里斯特、我,还有一个和气、脸上长满雀斑的男孩子对面,"我既不漂亮也不懂事。但是我聪明得就像一只狮子狗。现在我也想为安讲几句话。"

她讲得既得体又幽默，真的，惹得我们哈哈大笑。然后我们为安唱《祝你生日快乐》和四呼"乌拉"。咖啡端上来了，我们坐在餐桌旁边喝咖啡，随后又端上来一个很大的生日蛋糕，上边插着18支蜡烛。但是我刚才已经吃了一大份冰激凌，再也吃不下蛋糕，女人大概天生如此。

我本来打算就一些事与夏士婷交换思想，但是我们彼此坐的距离很远，只能用眼神示意。

我对她眨右眼皮，意思是说：

"我很开心，你呢？"

她眨右眼皮回应，表示她也如此。埃里克坐在维薇卡的对面，正和一个长着黑头发的美人激烈地争论着，我记得过去在小镇上见过她。

"多好啊，最近的天气真是美妙极了。"她说。

"我可没觉得，"埃里克说，"天旱得有点儿出奇了。"

"哎呀，你们农民总是抱怨天气。"她一边说一边撇了撇嘴。

"对，除了农民别人谁会关心下不下雨呢。"埃里克平静地说，"除非每月最后一天，你们的工资需要随着瓢泼大雨从天而降，在这种情况下你们大概会关心，过了这一天你们就会又喜欢阳光和万里无云了。"

我以最积极的方式支持他。平时我不太喜欢听埃里克长篇大论地讲话，但此时我们俩和维薇卡结成了一个坚固的农民小

团体,向我们餐桌这边的其他人发起了进攻,我们责怪他们对农业的困难缺乏了解、对确实值得知道的各种事情缺乏认识。

"你们坐在这里心安理得地吃着三明治,但是你们连黑麦麦穗是什么样子都不知道,活见鬼吧。"

我说的这句话就像约汉挖苦我时说的。不久前我们经过一块黑麦麦地,我把黑麦误认为是燕麦。

"整个晚上我们非得讲农业问题吗?还是我们可以分出十分钟时间谈一点儿别的东西?"克里斯特最后问。不过这个时候我们已经准备离开餐桌。

随后我们搬开桌子、椅子,开始放唱片。我们在前厅跳舞,休息的时候我们靠在前厅的栏杆上或在花园里活动活动。克里斯特的舞跳得无可挑剔。我们一连跳了三支曲子以后,走上那棵枫树,坐在那里聊了一会儿。跟他谈正经事当然不行,但是要想找一个人开开心,你找不到比他更好的人选。

爸爸将在十一点半来接夏士婷和我,我们怀着不安的心情看着那个可怕的钟点渐渐接近。在没有享受完整个晚上所有的娱乐项目以前就要离场,让人觉得特别不舒服。夏士婷和我在墙角不安地嘀咕着。

安看到了,她走过来问:

"你们难道不愿意在这里过夜吗?你们可以穿维薇卡和我的睡衣,用一个棉花棍蘸上点儿牙膏刷牙。"

夏士婷和我互相看了看。与安的建议相比，这个哥伦布鸡蛋①在我们看来是一个十分简单的问题。我们作了礼节上应该有的推托，但是我们确实想留下。我们越想越觉得有意思，越想越觉得爸爸可怜，他不需要深更半夜地来接我们。我冲到电话机旁边，给家里打电话。接电话的是爸爸。

"你好，"我说，"你大概正巧已经睡着了吧？"

"没有，我正巧没有睡着。"他说。

"真遗憾！"我说，"那就赶快去睡吧！"

"你在说什么蠢话？"

"啊，是这样，你知道夏士婷和我无论如何都不是那种深更半夜把自己的老爸驱赶到马路上冒险、挨冻的女孩子。我们可没有那种坏心肠。"

"你讲一点儿让我能明白的话好不好！到底是怎么回事？你们在搞什么恶作剧？"

"别发火，"我说，"我们今天夜里想睡在这儿。安和维薇卡想让我们这样做。阿姨和叔叔也有这个想法。我们睡在这里是大家共同的愿望。请你问一问妈妈，我们能不能？"

他发了几句火，但声音不大，我听见他在跟妈妈商量。一

---

① 比喻一件表面上很难其实很容易办到的事。怎么样才能把鸡蛋立起来呢？把鸡蛋的尖头磕破一点儿，马上就能立起来。据传这个故事出自航海家哥伦布，其实是出于意大利文艺复兴时期的建筑学家F.布鲁内莱斯基（1377—1446）。

分钟以后我又回到舞场上。最后一支华尔兹完了,舞会结束。埃里克自告奋勇,要让夏士婷坐在自行车后架上把她带回家,当然没有可能了。

安和维薇卡在二楼有一间很大很漂亮的靠山墙屋子,我们将睡在那里。她们的妈妈恳求我们,千万别大声吵嚷。她正处于失眠期,她的卧室就在旁边。我们警告住在我们上面的托尔和克里斯特不要大声吵嚷。他们就住在姑娘房即前边提到的靠山墙房子①上面的一间小阁楼里。

我们一边小声说笑一边脱衣服,决心信守约定不打扰阿姨睡觉。夏士婷先脱完衣服,一头扑到她要睡的那张折叠床上。不过很明显,那张折叠床不适应这种唐突的上床方式。嘎巴一声,折叠床趴下了,那声音肯定连地下室都能听到。我们笑得前仰后合,只得咬住枕头止笑。平静下来以后,我们重新把折叠床支起来,爬上去睡觉。我们躺着,天南海北地聊天。就在说到安可能有点儿爱上陶科尔的时候,我无意间朝窗外看了一眼,转瞬间一声可怕的尖叫打破了沉静。尖叫是我发出的。因为窗子外边有一个可怕的白色人影挥动着双臂。我的血管绷起老高,头发竖了起来,眼珠快要从眼眶里蹦出来,就跟听了令人毛骨悚然的鬼怪故事时的表现完全一样。别人看到魔鬼肯定也是这样。但是当那个可怕的人影继续单调地挥动双臂的时

---

① 在一般的瑞典家庭里,女孩子住在这样的房子里,男孩子住更小的阁楼。

候，我们决定去看一看。原来是一个绑在消防绳①上的大玩偶，是用被套和绳子扎的。那个消防绳摆来摆去是由托尔和克里斯特操控的，当我们朝他们的窗子看时，看到了他们在得意地冷笑。

"啊，如今年轻的女士胆子那么小。"托尔高傲地说。

"啊，如今年轻的男人是那么幼稚，竟然玩起了玩偶。"夏士婷说。

"你们为什么不睡觉？"克里斯特边说边把大玩偶拉起来。

"你自己去睡吧，睡了就知道会有多么开心。"维薇卡说。

我们退回到房间里，但是太平并没有持续多久。

"我只想看一看你们睡得好不好，"我们听到窗外有个声音，是托尔悬在消防绳上。他不时地用手掌推墙，以便能舒舒服服地在空中摆来摆去，他穿着蓝花格子睡衣显得很酷。这时候我伸出食指轻轻地挠他的脚心。我真不敢相信，他是那么怕痒！他真的是。他拼命叫喊，好像我图谋要对他掏心掏肺。他像蛇一样从绳子上往下出溜，同时对我发出可怕的威胁。然而他落地以后很快恢复了平静，并开始为我们唱小夜曲。他假装自弹琵琶，忧伤地唱起来：

---

① 过去瑞典农村在楼房旁边设有这类消防设备，遇有火灾可以从楼上边抓住绳子逃生。

你拥有钻石和珍珠,

你拥有一个女人渴望得到的一切……

就在这个时候维薇卡拿起一个水壶,朝他张开的大嘴浇了一点儿水,结果优美的歌声变成了含混不清的咕噜声。我们立即大笑起来。

"人猿泰山①来啦!"我们突然听见楼上有人喊,是克里斯特沿着消防绳子优美地滑过来,他只用一只手抓住绳子。他落在我们的窗台上,但是我们挠他的脚趾,他只好朝下滑向托尔。

一个划时代的伟大思想同时出现在两个不同人的大脑里,世界历史少见。但此时真的发生了。维薇卡和我同时跑出房间,沿着通向阁楼的楼梯往上爬,跑进男孩子们睡觉的房间,兴奋地把拴在铁钩子上的消防绳子剪断,并把它扔到楼下的花园里。我们听到一阵愤怒的叫喊并迅速回到安和夏士婷那里,然后我们四个人一齐从窗子伸出头,看着可怜的男孩子们穿着睡衣站在那里,光着脚,被残酷地关在室外的黑夜中。我们尽情地欢笑。

"别站在那里干瞪眼。"安说,"你们可以在草地上跑动一下,这样会觉得黑夜过得快一些。"

---

① 丛林探险小说《人猿泰山》中的主人公,戏称身材魁梧、动作敏捷的男子。

"这个季节的夜里经常会出现霜冻。"我幸灾乐祸地说。

"对,如果所有的预报不出偏差的话,早上的树上会有雾凇。"维薇卡说。

"如果真是那样,最好的办法就是生一堆熊熊的篝火,这样保持身体温暖非常有效。"夏士婷说,"脚趾冻紫了的时候,用嘴往上边哈气,多少能减轻一点儿痛苦。"

"哈哈,"克里斯特说,"你们还没有看到人猿之子泰山的全部本事。"

他一边说话一边攀上了在山墙外边的那棵高大的枫树,肩膀上挂着那根消防绳爬到伸向屋顶上方的一个树枝上。他在一个合适的地方拴紧消防绳,然后纵身一跳,那动作不亚于任何马戏团里的杂技演员,转瞬间他就站到了房脊上。我们表面上嘴硬,但心里非常佩服他的勇敢。消防绳能使托尔爬上树并在那里喘口气,因为他不能永远坐在枫树上纪念胜利。随后我们胆战心惊地见证了克里斯特怎么从房脊慢慢下去。他用双手抓住墙,双腿令人不安地往下伸,当他平安地落在男孩子房间外面的窗台上时,我们深深地松了口气。

但是托尔仍然被关在室外,他不能用同样办法下去,因为这个时候消防绳还拴在树上,好像还在诉说夜里的冒险活动。

"把消防绳扔给我,知道吧?"克里斯特向他建议。

托尔小心翼翼地作了尝试。消防绳的一头有一个铁钩子,

但是尽管有一定重量,还是无法到达阁楼的高度,只能达到我们所在的二楼的高度。

"抓住,消防绳现在来了。"他喊叫着。

消防绳真的来了!直接进了窗子。哗啦一声,水杯碎了。我们叫了起来,里边的水流出来。

"出了什么事?"托尔喊。

"啊,没什么,"维薇卡说,"一个微不足道的水杯,没别的!千万别泄气!灯还是完整的。"

不过在此期间克里斯特想出了一个好办法。一根长长的绳子,很可能就是他们用来捆被套的那根,从我们眼前耷拉下来,托尔用它绑住铁钩。我们只剪断过它一次,没再多剪,因为我们当时很困,想睡觉。克里斯特把消防绳拉上去,随后消失在窗子里。

"晚安,小妞,"他高喊着,"别以为你们可以轻而易举地欺骗瑞典王家空军的两个健壮的见习飞行员!没门儿!"

我们爬到床上睡觉。

"可怜的妈妈,"安说,"她肯定连眼皮也合不上一会儿。"

哎呀,我们怎么把这件事全忘了!第二天阿姨会怎么说呢?我们怀着极度的不安渐渐进入了梦乡。

星期天早晨十点钟,太阳把柔和的光芒投向莫斯托普,也照耀着我们已经悔罪和饥肠辘辘的这群人。大家集中在阳台

上,阿姨和叔叔请我们坐在桌子旁边喝咖啡。沉重的悔罪感丝毫没有妨碍我们狼吞虎咽地吃面包和果酱卷。

"啊,我今天觉得浑身有劲儿,"阿姨说,"谢谢,谢谢你们,昨天夜里你们那么安静。在我的记忆中,昨天夜里睡得最好。"

我们没有说话,只用眼睛意味深长地互相看了看。我想,在她失眠期间如果我们这样大吵大闹她都能睡着,那么在正常情况下就是用足了力量往她耳朵里吹耶利哥长号①她也不会被吵醒。但是不知什么原因在庄园庆祝活动中一直没露面的小坏蛋(他肯定被反绑着手关在什么地方)走过来站在克里斯特面前,狡猾地笑了起来。

"泰山!"他加重语气说。这时候克里斯特拿出25厄尔给了他。

后来约汉来了,他用马车来接我们,我们懒洋洋地靠在靠垫上晃晃悠悠地坐在马车上回家。鸟儿唧唧喳喳地叫,阳光明媚,教区教堂的钟声在大地上空回响,我们沉浸在星期日早晨的安宁之中。这是一个美好的早晨。

"啊,你们玩得开心吧?"约汉从驾驶座上转过身来问。

"放心吧,肯定的。"我说。

---

① 耶利哥是古代城市,位于西亚死海以北。据《圣经》载,祭司吹响长号该城城墙即神奇塌陷。

第十一章

毕竟后边还有更开心的事。仲夏节突然到来，就像收割牧草高潮的一声嘹亮的迎宾号，在阳光灿烂的早晨，爸爸在里尔哈姆拉的旗杆上升起了国旗。约汉穿着深蓝色的毛料西服很不自然地走来走去，蘸水梳过的头发亮亮的。他难得有一个完整的休息日，在庄园里很少有这样的事，因为不论礼拜天还是平时动物们都要有人照看。接近中午的时候，他给两匹马布拉根和蒙德套上了一辆牧草车，我们把费尔姆家所有的孩子都带在车上，然后沿着穿过森林的高低不平的小路驶向泉水坡草地，在那里折嫩树枝和采野花。

下午的时候，里尔哈姆拉的所有人，还有位于美丽坡草地下边的布鲁姆古拉的一部分佃农的孩子聚集在一起，竖起仲夏节花环柱。埃里克也来了，他们家那里没有仲夏节花环柱。艾迪特、夏士婷和我扎好带绿叶的嫩树枝花环，男人们竖起柱子，孩子们就像在绿草地上吃草的小牛犊那样，在周围蹦来蹦

去。妈妈在绿草地上请大家喝果汁和吃蛋糕,爸爸走来走去显得很满意。然后我们围着花环柱跳舞,大家边跳边唱"有一天晚上我走到一块碧绿碧绿的草场"和"七位漂亮的姑娘围成一圈,法列啦啦,法列啦啦",还有一些我叫不上名字的歌曲。我们还玩对歌"最后一对出局"和"两个对第三个",玩完以后我们累得正喘气的时候,爸爸来了,他向孩子们介绍了一种背口袋的比赛。

我刚刚坐在一块石头上准备喝一杯果汁解渴的时候,比约恩出现在我身边。我高兴得差点儿跳了起来。我觉得好像已经很久很久没见到他了。他的脸色很苍白,我内心有些感到惭愧,好像是因为我才使他变成了这样,而不是黏膜炎。

妈妈请埃里克和比约恩与我们共进晚餐,饭菜很简单。随后我们到仓房里跳舞①。伊瓦尔,就是布鲁姆古拉那位长工,带着六排键的手风琴来了,四面八方来的人开始小心翼翼地聚集在仓房里。没有人发出邀请,但是大家都受欢迎。那辆红色跑车也风驰电掣而来。这回是安开的,维薇卡坐在旁边,托尔和克里斯特挤在后备箱里。

伊瓦尔稍微试了试音以后就拉起了《火钩子华尔兹》,爸爸、妈妈首先上场,意味着舞会正式开始。整个仓房地板上顿

---

① 旧时为长工、女仆和庄园里其他下等人安排的仲夏节舞会都在仓房里举行,主人一般不参加。这里有些例外,显示出从城里来的这个少校家庭有一定的民主思想。

时挤满了跳舞的人。

我先后跟爸爸、约汉、奥勒、埃里克、托尔、比约恩和克里斯特跳过了。不过跟克里斯特跳的次数最多。他有着非凡的眼观六路、耳听八方的能力,出尽了风头。他不停地唱呀、笑呀,理所当然地认为自己是核心人物。有几次他和比约恩同时邀请我跳舞,我不知道该怎么办好,但最后总是克里斯特胜利。啊,我当然知道其中的奥妙!我更愿意和克里斯特跳,道理就这么简单。

"我的月光仙女,你跳得那么专注。"他唱道,而我觉得自己就是仙女,早已经不在意比约恩脸色多么难看、精神多么疲惫。

这是一个闷热的晚上,邻近教区说不定正经历雷雨天气,因为远方的地平线阴沉沉的,我们能听到阵阵闷雷声。突然来了一阵短暂的雷雨,空气立即变得清新起来。克里斯特认为,我们应该借机呼吸一点芳香的新鲜空气,他把我拉到一处围栏,我们在那里坐下。

"我觉得从远处听手风琴演奏特别有味道,"他说,"你难道不觉得吗?"

当然,我当然觉得是。但是这时候比约恩突然出现在我们面前,并且说:

"我能请你跳舞吗?"

我真的不知道应该怎么办。比约恩眼巴巴地看着我,克里斯特拉着我的手。

"大好人比约恩,我们下一支曲子再跳好吗?"我说,"我太累了。"

他的目光闪了一下。

"随你的便吧。"他说。随后转身咚咚地走了。我,不懂事的笨蛋,就这样让他走了,还继续心安理得地坐在那里,我真是一个不折不扣的坏女人。下一支舞曲奏响时,我们回到仓房。但是已经不见比约恩的踪影,后来他一直没有回来。他走了,可我连想也没再想这件事。我和克里斯特跳舞,直到爸爸拍了拍手说,今晚舞会到此结束。

莫斯托普来的人都坐车回家了,夏士婷和我准备去睡觉。

"啊,我们差点儿把那件事忘了。"夏士婷突然说。

"忘了什么事?"我问。

"跳九个围栏、采九种鲜花,夜里把花放在枕头底下,梦里就能见到自己未来的心上人,知道吧。"

她说得对。千万不能错过这个机会。我们跳过第一道围栏,进入桦树林。我采了一小朵威灵仙,夏士婷跑到远处去找自己要的花,什么花我不知道。我靠在这个围栏上,深深地吸了口气。一切都是那么平静!啊,多香啊,我从来没有感受过白桦树像今夜这么芳香。雨后的青草湿漉漉的,大地静静的,

绝对没有一点儿声音,连附近黑麦地里一只长脚秧鸡令人愉快的吱吱声都能听到。这是一种我过去从未感受过的寂静,好像夏季本身一下子停止了呼吸。一切都难以置信的美好:夏天,我 16 岁,将来变成 17 岁、18 岁、19 岁,夏士婷在我不远处,桦树的香味儿让人陶醉。我已经忘乎所以。在我身边有一棵小桦树散发着清香,我发疯似的搂住树干亲吻它,啊,我真的这样做了,如果被夏士婷看到,我会把她立即掐死。

我们采了九种野花后回到了炮捻儿窝,这时候天开始亮了。我躺在床上难以入睡,躺着自言自语。"夏夜,"我说,"夏夜!"我说的声音很高,因为我想知道听起来是什么样子。听起来很美。我从来没听到过这么动听的一个词。我想到了比约恩,内心火辣辣的,因为我做了可怕的事情。我怎么会做这种事,我的天啊,我怎么会做出这种事!

我沮丧地把手伸到枕头底下,让雏菊和仲夏节花在我手中枯萎。

那么我在夜里梦见谁啦?我梦见了约汉。哈哈!

第十二章

收割牧草的工作如火如荼地进行着,由布拉根和蒙德两匹马拉的牧草机在牧草地里刷刷地割着牧草。约汉开着牧草机,奥勒和费尔姆攒堆儿,我赶着叫西根的马拉耙子,夏士婷赶着叫布伦达的马用车把牧草运走,放到晒草架子上。

当一个人坐在马拉耙子上的时候,有很多思考问题的时间。这是干这种农活儿唯一可以做的。如果你不跟约汉吵架,或者不听奥勒和费尔姆争论的话。他俩争论的话题是:是一位很美的姑娘漂亮,还是一头很美的奶牛漂亮?费尔姆坚持是奶牛。这时候艾迪特送下午喝的咖啡来了,她坐在牧草垛上,身着蓝色棉布连衣裙,卷着袖子,头发上烫着大卷花。

奥勒指着她,并且用威胁的口气问费尔姆:

"你说啤酒花是不是更漂亮?"

这时候费尔姆的处境有些尴尬。他当然不愿意直接冒犯艾迪特,所以他说:"啤酒花外表可能不是很漂亮,但是它的额头更

有气质。"这话说得模棱两可,艾迪特一点儿也没有受到伤害。

我确实有很多思考的时间,真的!我比任何时候都更加思念比约恩。每天晚上,当一天的劳动结束时,我都要到林荫道上看看,希望看到他那熟悉的身影。但是他一直没有来,而我一天比一天感到无聊。

克里斯特来了,是他!每天或者每两天那辆红色的跑车都会停在我们大门口。如果这时候夏士婷跟埃里克出去玩了,而比约恩又不在我身边跟我一起骑自行车,我当然愿意跟克里斯特坐汽车去兜一兜风。但是很奇怪,每次我都不是很开心,每天晚上躺在床上,心里总是很难过。

白天有事做,所以心情好一些。约汉说,今年的牧草收成特别不好,因为夏初天太旱,但是我认为大雨一定会来的!当我们把所有的牧草放到架子上准备晒干的时候,天确实下起了大雨。

"跟我预想的完全一样。"爸爸一边说一边沮丧地看着天空。但是约汉说,对牧草来说这场雨来得尽管不太合适,但对于黑麦的生长却极为有利。地里的黑麦长得绿油油的,那是爸爸的骄傲。就在这个时候,太阳又出来了,还刮了一天风,爸爸把大拇指插进背心里说:

"现在牧草也可以晒干了!"

整个里尔哈姆拉都高兴起来。

庄园里的工具和农业机械确实很缺乏,有一天约汉来到爸

爸身边，问爸爸想过这个问题没有，秋收时怎么样脱粒。

"那个时候难道麦粒不会自动掉下来吗？"爸爸疑惑地说。

"不会，上帝保佑，永远不会。"约汉说，"很早以前就不用自动脱粒的方法了。我们需要一台自动收割机。如今到处都使用这种机器，我们这里也不能掉价。"

爸爸抓了抓头发，说他不知道怎么样才能筹集到这笔几千克朗的额外款子。

"不过我保证，无论如何也要买一台。"他叹了口气说。

"不，我认为您的计划行不通。"约汉又说出了那句口头禅。随后他把一个剪报举到爸爸鼻子底下，剪报上写着"由于先人去世，下周六将在林德沃克拉庄园举行公开拍卖会，拍卖农庄用的交通和农业工具，如一台麦考密克①自动收割机"（约汉在底下用红色粉笔画了一道）等等。

按照约汉的说法，在收割牧草的大忙季节，安排这样的拍卖是违背常理的——"过去从来没有过"——但是庄园的主人已经死了，遗孀想去住在美国的女儿那里，很明显继承者要麦考密克自动收割机没什么用处。

"但是我要它有用处，"爸爸满意地说。他知道拍卖是最好的机会，尽管到目前为止他从来没有拍进过农具，只是从拍卖会上买了一些破烂椅子和柜子、没有价值的小提琴和小型的粗

---

① Y.麦考密克（1809—1884）是美国工业家、发明家，1831年发明收割机。

糙瓷瓶,当他把这些破烂儿弄回家时,愁得妈妈直摇头。

星期六下午约汉套上马车,约汉、爸爸、夏士婷和我驶向林德沃克拉,走的时候妈妈千叮咛万嘱咐,千万别把自动收割机以外的东西弄回家。爸爸早高兴得像个孩子,约汉和他轻松地互相开着玩笑。约汉不时地要让马停下来,因为爸爸要把我们经过的每一块地里的黑麦与里尔哈姆拉的黑麦进行比较,以便证实他的更好。有的时候夏士婷和我要到路边去采野草莓,他也不得不把车停下来。

林德沃克拉实际上是一个小巧的庄园,那里已经聚集了很多人,尽管现在是收割牧草的大忙季节,但是星期六下午人们都很高兴很自由,拍卖会是人们不能错过的娱乐好机会。我们遇到很多熟人,在第一批人当中,我看到了经常在奶制品厂内碰到的吕沃胡尔特来的那位农民。他总是招人讨厌,问一些可笑的问题,比如我们里尔哈姆拉的人能不能看出条播播种机与打谷机的区别以及很多类似的事。

"啊,谢天谢地,我们能。"有一次当我的忍耐过了极限的时候,我这样回答他,"我们能看出很多东西之间的区别,我甚至能看出干净牛奶和脏牛奶之间的区别,而这一点不是所有人都能做到。"我说。这次他总算闭嘴了——他因为提供的牛奶不干净有杂质而多次受到斥责。

此时这位吕沃胡尔特农民正瞪着眼睛站在那里。

"哎呀，这么漂亮的小姐怎么风吹日晒地坐马车呢！"他说，"你们要做什么？"

"我们要拍进一台自动收割机。"夏士婷说。

"是这么回事，"吕沃胡尔特的农民说，"好，好，不过要当心，可别把一辆大粪车带回家。这种事很容易搞错。"

当拍卖师开始拍卖各种不同的物件时，看爸爸的表现挺有意思。没有一件东西他不想买，他求助于约汉。不把这个或者那个买下太不聪明了吧？约汉还是坚持那句老话："我认为您不能那样做！"

后来逐渐轮到拍卖那台自动收割机。

"先出价500。"约汉小声说，爸爸照办了。

"550！"是吕沃胡尔特农民出的价。这个坏蛋！我们知道他有一台新买的自动收割机，这是他在奶制品厂讲的。此时他有意抬高价钱，让我们多付钱。

没有其他人竞标。

"600。"爸爸说。

"650。"吕沃胡尔特农民说。我紧张得直跳脚。

"700。"爸爸说。而我双手合十祈祷。

拍卖场沉默了很长时间。

"700，第一次，第二次，第三次……"拍卖师高声数着。

但是就在拍卖槌要落下时，吕沃胡尔特农民说：

"750。"

我真想用手掐死他。

爸爸显得压力很大,他犹豫了一下后说:

"775。"

我瞪着吕沃胡尔特农民的眼睛。心想,如果他再加价,我真不想活了,我死了以后变成鬼,只要这个不幸的家伙活着,我就缠在他身上,还有……

当他转瞬间喊出"800!"的时候,我完全失去了理智,在纯粹神经质状态下,我使劲抓一个非常陌生、老实巴交的矮个子农民的胳膊,指甲都抓进肉里了。据我所知,他从来没有伤害过我。这时候我听到一声尖叫:

"850!"

这句话是我自己喊出来的,立即引起一阵骚动。老农们转过身来朝我看,拍卖师疑惑地看着爸爸。

"是我女儿喊的!"爸爸说,"她的报价我负责。"

吕沃胡尔特农民似乎愣了一下。

"850,第一次,第二次,第三次!"拍卖师说。我用眼睛瞪着吕沃胡尔特农民,我的样子大概很凶,他没敢再加价,也可能他认为再竞拍下去没意思了,所以没再吭声。拍卖槌落下。自动收割机是我们的了。夏士婷和我互相拥抱,高兴得跳了起来。

"信誉好的买主可以享受六个月付款期。"广告上是这样登

的，爸爸站在那里，露出从未有过的自信，在卖主催款之前，我们肯定能把钱凑齐。约汉认为，不管怎么说，这么好的一台自动收割机花这个价钱还是很合算的，爸爸既高兴又满意。

几天后我们把这台自动收割机运回家里。我们把它放在畜圈院子里，全家人围着它转来转去，几乎把它视为曾经的诺亚方舟。

爸爸想立即试机，但约汉说："少校无论如何要耐心点儿，要等到黑麦成熟了。"

爸爸固执己见。他让约汉套上马，到黑麦地里试机，只在很小很小的一块地里进行。

约汉听了真的很愤慨。

"我现在完全相信，少校已经失去理智。黑麦还没有成熟，您就一定要到那里去收割！我真的认为您不能那样做！"

不过夏士婷说："约汉用不着太认真。大人把一个小火车作为圣诞礼物送给一个小男孩，然后要求他一定要等到复活节才能玩，难道约汉不明白，这其实是一码事。"

约汉很不情愿地为自动收割机套上布拉根、西根和布伦达三匹马，感人的一幕在黑麦地里上演了。里尔哈姆拉所有会出气儿的都到场去看了。自动收割机启动了，它顺畅地把捆得漂漂亮亮的麦捆吐出来，爸爸显得很自豪，好像是他而不是麦考密克发明的这种宝贵机器在收割。

"哎呀，现在跟我小的时候多么不同呀。"他说，"我记

得,当时要有四个身强力壮的汉子拿着镰刀在前边割,每把镰刀后边要有一个女人把割下的黑麦拾起来,后边还要跟着四个女人负责打捆。如今只需要约汉一个人舒服地坐在自动收割机上就能完成过去 12 个人的工作!他在黑麦地里转来转去,就像一位伯爵。"

"对,不过要看一看当时瑞典农村有多少人愿意从事农业生产。"约汉说,"如今他们都跑到城市里去了,不得不用机器代替。"

这个话题让爸爸和约汉说得越来越投机,他们凭自己的想象描绘着农村未来的景象。爸爸认为,那个时候根本不需要任何劳动力。农民早晨醒来只要按一系列开关就行了,各种机器就会立即运转起来。门开了,各种饲料自动传送到奶牛和马的嘴边,转眼之间长臂刷毛机从房顶上伸下来为马刷毛,牛奶通过长长的管道从奶牛身上直接流向奶制品厂,由自动割草机割下的牧草通过一种风道直接吹进草棚里,在这个过程中牧草已经被吹干了。约汉听得两眼放光,我能够理解,他和爸爸的手指都在发痒,他们多么想按那种开关,看一看所有的机器怎么样一下子都开动起来。

"啊,如果有一台能自动施肥的魔鬼大机器就好了。"约汉激动地说,"能把粪肥从奶牛身边通过畜场的门直接吹到地里。"

这时候夏士婷说,她预约了,到了一按开关就行的那天,她将拿一本好书待在屋里,一边看书一边按开关。

就在我们展望这些技术发明杰作时,让我们真正感到高兴的还是我们那台自动收割机。不过约汉说,少校在一个黑麦还没成熟的夏天就去割黑麦的疯狂举动在教区里会流传到第三代、第四代。

拉收割机的几匹马晚上吃了一顿美餐。确实需要这样或者那样一些举措才能使我振作起来。我的情绪差不多已经降到冰点,跟任何喘气的人都不说话,连夏士婷也不例外。但是有一天晚上,正当我换衣服准备和克里斯特出去的时候,坐在床边看着我的夏士婷突然说:"真见鬼,你最近的行为多反常啊!"

"跟病人讲话客气点儿。"我用颤抖的声音说,因为她对我的不满大大超过我当时的容忍度,"啊,你多年长懂事啊!"

我无法控制自己的情绪,眼泪顺着脸颊往下流。这时候夏士婷心软了,我靠在她的肩上,泪如雨下。

"你难道不认为,"我哽咽着说,"你难道不认为我们不是三胞胎很可惜吗?如果是三胞胎的话就不会发生这样的事情,我们可以满足他们所有人的要求。"

"可能吧,"夏士婷说,"好吧,不过谁跟比约恩在一起,谁跟克里斯特坐车去兜风呢?"

"当然是我和比约恩在一起!其他人我才不管呢!"

我突然对那位没出生的三胞胎妹妹产生了反感。她来这里瞎掺和什么?我宁愿她坐着那辆红色跑车到处去兜风,也不能动

比约恩一根指头！如果她是那种打比约恩算盘的人，那干脆就别出生了。

但是我没那么多时间跟她赌气。那种熟悉的汽车喇叭声正在大门口响起，我迅速往脸上浇了点儿冷水，戴上贝雷帽，一直把它压到一只耳朵上。

"再见吧，小疯子，"夏士婷一边说一边往我的横膈膜上打了一拳，以示安慰。

克里斯特像往常一样兴高采烈，而我尽量应付着。我们要到几十公里外的地方看风景。我们还没有到达那里汽车就停了，克里斯特盯着我的眼睛说："我非常爱你，巴布鲁！你不同于其他的人。你和我见过的其他女孩子都不一样。"

"哎呀，伯爵说话信誓旦旦！你用这样的话哄骗了多少小姑娘？"我问。

这时候他说，我过于年轻才这么幼稚可笑，我说被他称之为幼稚可笑的话正是农民的理智。

我们长时间地看着那些风景。到最后我对一切都感到厌烦了。暗暗想，这大概是我今生最后一次这样的经历。

当他把我放在家门口时，我说了好多话，让他寻找一位其他的女孩子，带着她到处去看风景吧。

"不过请注意，你要找一位坚强的，"我说，"性格和身体都要如此。因为你需要。"

第十三章

里尔哈姆拉的生活按部就班地过着，完全不受我心情好坏的影响。牧草一定要装进草棚，尽管我当时已经得了肺病。夏士婷和我各自赶着两匹马运牧草，尽管约汉一直反对，认为让小姑娘赶车运牧草太危险。他说得也对，有一天我把车赶到一块石头上，车翻了，如果真出了大事，我未来的人生道路就永远毁掉了。过去爸爸一点儿也不反对我们赶车运牧草，还认为约汉担心过度。那天他在酷热的阳光下脸色煞白，一反常态，连我们赶车送牛奶都被他禁止了。但是约汉说，赶车运牧草和赶车送牛奶有很大区别。约汉总是对的。后来约汉和奥勒接替我们运牧草，费尔姆待在地里装车。夏士婷和我站在牧草棚里帮助卸车。卸车的活儿别提多麻烦了，但是没有危险。

对费尔姆的孩子来说，收割牧草的季节是他们最开心的时刻，他们来回跟着坐车，像雨燕一样在草棚里转来转去。他们爬到草棚高处的梁上，然后一松手从上面直接跳进下面的牧草

垛里。每一次我都把眼睛闭起来,心想,如果他们的五脏六腑还待在原处的话,那纯粹是奇迹。

有时候一连下几天雨,收割牧草的工作就要停下来,直到地里的雨水蒸发掉。但是永远别想没有事情做!你可能不相信,世界上有多少工作,一个庄园里就有多少。夏士婷和我负责菜园的拔草工作,那要占我们很多业余时间,真的。当我们付出汗水和劳动以后,菜园里的草拔干净了,我们还是挺满意的,过了两天我们又回到那里去欣赏我们的杰作,这时候杂草又长起来了,多得我们下不去脚。我从来没看到过如此茂盛的杂草。

"这里的土壤一定惊人的肥沃,"夏士婷说,"这样长下去,我们无法走过去,只得像在巴西的原始森林里一样手拿斧子开路前进。"

我们在里尔哈姆拉有很多棵樱桃树,樱桃熟了的时候,夏士婷和我忙着去采樱桃。当然不仅仅是我们俩,爸爸、妈妈和艾迪特也来帮忙,但是夏士婷和我最喜欢爬到高高的树顶上去。只要我活着,就认为这是人生一大享受:高高地坐在一棵樱桃树上,胸前挂一个篮子,让又大又红的樱桃不时地掉进篮子里,也不时地掉进自己干渴的嘴里。我相信,我们里尔哈姆拉的樱桃树比这个地区任何别的庄园都多。一部分我们自己吃,一部分送人,一部分晒成干儿,还有一部分拿出去卖。每

隔一天我们就用送牛奶的马车拉上几箱樱桃,到火车站去卖。那里有一个收购商,他买下以后再贩运到大城市去卖。大城市人要花天价买,而我们这里樱桃多得发愁。但是我们可没有卖出天价,我们能够理解,收购商也得生存。有一天夏士婷和我决定不经过中间商直接卖樱桃。我们每个人在自行车后架上捎一箱,到小镇上去卖。我们在那里的市场上站了整整一个上午,卖的速度很慢。我们卖得很便宜,如果有一个小孩子走过来,看样子他很想吃,但是没有钱,我们就给他一包。回家时,我们还是收回了26克朗50厄尔。我们把钱举到爸爸鼻子底下,但是他说我们可以自己留着用。

"你可不能说大话,到时候后悔可不行。"我对他说。

"不过你至少可以和我们平分。"夏士婷慷慨地建议。

但是他坚持让我们自己留着钱。我们给他一个响吻表示谢意,然后带着黄金似的钱迅速跑回炮捻儿窝,把钱放在一个空烟盒里,那感觉就像拥有了瑞典国家银行的储备。但是最大的后果是,这笔财富让我们滋生了可怕的贪心,变得贪得无厌。我们决定成立一家贸易公司,经营范围从卖樱桃到收集废品无所不包。我们把目光投向所有的旧铧犁和其他铁器,立即订下了里尔哈姆拉淘汰下来的所有工具。但是约汉说,我们别着急,要等到有了买新工具的钱再说。

"买新工具的钱,"夏士婷口气很大地说,"我们卖一些

废铁就有了。顺便说一句，我们还可以到各个庄园去唱歌、表演节目。巴布鲁和我翻跟头至少也会值25厄尔呢！"

不过这时候我说，在农村没有必要用这种粗俗的形式克服困难，仔细考虑以后她同意了我的想法。另外，我们也没有时间收集废弃物。我们每一刻都在忙，很辛苦，但是这样的生活给我们很大的满足感。我们知道这是必不可少的，如果有一天突然游手好闲、无所事事，情况就大不一样了。里尔哈姆拉的工作由大家共同完成，是全家人的共同劳动，因此我认为我们是相依为命的。

如果我不是特别思念比约恩，不是过于自责，本来应该很幸福。最后我实在支持不住了，我必须要找一个理智的灵魂谈一谈。

一天晚上，妈妈一个人坐在厨房里剥大黄根菜的皮，准备放到瓶子里腌。

我坐在木柴箱上说：

"妈妈，不停地干活儿真没意思。"

"怎么回事，你是什么意思！"她问。

"劳动能获得幸福。你记得吗，这是你说的。我每天像一个小黑奴一样劳动，但是我幸福吗？没有！一定还有获得幸福的其他办法，但是我还没有找到，也可能早被我忘掉了。"

妈妈静静地剥了一会儿大黄根菜的皮，她看着我，胸有成

竹地说：

"我相信，我差不多知道你忘记的那个方法是什么。它是和一大批我们称之为办法的其他好办法连在一起的。在《圣经〈新约〉》里是这样说的，'你想得到的一切，也是其他人想得到的，你和他们都想得到。'换句话说就是，如果你希望某个人对你忠诚，你自己也必须要忠诚。你认为你做到了吗？"

"没有，你完全可以相信我没有做到！不过现在应该怎么办？继续让后悔把我折磨到死，永远也不会再获得幸福了吗？"

"别夸大其词，亲爱的！作好思想准备吧，你还会被爱很多次，至少还有半打男人。如果你认为你对某个人造成了伤害，最好的办法就是请求原谅，如果无济于事，你也要继续生活下去，继续善待你希望善待的那些人。请你喜欢他们吧，如果你希望他们喜欢你的话！顺便说一句，喜欢自己所有的同类是自己获得幸福的最佳办法之一。"

"不对，正是因为你带来的这类好建议，"我说，"才造成了我的不幸，因为我过于喜欢我自己的同类了。我试图同时喜欢他们当中的两个，事实证明，连两个都多余。而现在你却希望我喜欢20亿。"

妈妈耐心向我解释，喜欢跟喜欢是有区别的，她绝对坚持我一定要喜欢我自己所有的同类。

"好吧，母亲，"我顺从地说，"我能不能把那位吕沃胡尔

特农民作为例外呢?"

她说她会考虑这件事,随后我就走了,因为夏士婷在外边喊我,她希望我们到湖里游个晚泳。

"别游得时间太久!游完泳把身上擦干。"妈妈说。

"遵命,母亲!别游得时间太久。遵命,母亲!游完泳把身上擦干,"我顺从地说,"顺便说一句,你聪明得像一只猫头鹰!"我补充说,因为人们需要不时地夸赞父母几句好话。

我们游完泳回家,把站在畜院后边叫的公牛亚当·恩格尔布列克特牵进畜棚里。自从上次它得了鼓胀病以后,爸爸不敢让它在外边过夜,担心它第二天早晨已经死了。亚当走进畜棚以后舒舒服服地在木框上蹭毛,我去找刷毛工具,想进一步提高它的享受程度。和妈妈谈过话以后,我打开了心结,这时候我一边给它刷毛,一边继续宣泄我的不幸。

"亚当·恩格尔布列克特,"我说,"你想看一个比你大的傻瓜吗?打起精神快看我一眼。我是一个魔鬼,你知道吧,一个大傻瓜,一个笨蛋!啊,绝对,别对我说不!我估计,你早已经知道我做的事了吧?我无疑是整个里尔哈姆拉的一个笑柄。

"哎呀,亚当·恩格尔布列克特,别跟我说那些套话,什么失去一个,还有上千个等着呢。你当然可以说,这里的整个畜院住满了多情的奶牛,虽然它们现在正在草场上吃草,但是

秋天来的时候，它们会回到这里，还会跟往常一样对你顺从和忠诚。你知道吧，我就不同了。我特别在意的唯一的一个人已经走了，一去不复返了。都是我的错误！我难道就不能保证有第二个男人追求我吗，你说呢？哎呀，亚当·恩格尔布列克特，你现在已经具备了男人的所有幼稚！你告诉那头叫啤酒花的奶牛，就说我说的，一位姑娘永远可以作这样的'保证'，如果布鲁姆古拉那头公牛要离开它的话。如果你能看到我当时有多么得意就好了！开怀大笑、恶作剧式的目光等等。这可是我们之间的私房话，尽管我很不好意思承认这些。当时坐漂亮的汽车！看着那漂亮的制服！想起来真可怕，但这是事实。不过现在我已经改邪归正，这点你放心。即使是身着礼服、佩带绶带的少将在我身前身后转来转去我也不会转过头去看他一眼。妈妈说要请求原谅，你觉得这个建议到底好不好？只要我相信他能有一丝一毫的兴趣，我就愿意去做。不过你大概知道，他可能没有！他跑掉了！永远！"

我放下刷子，从畜院的门跑出去。我绝对不想让亚当·恩格尔布列克特看见我哭了。

第十四章

7月的一天,费尔姆夫人肚子痛得厉害,因为她属于那种人,宁愿忍受各种痛苦也不愿去看医生,尽管看医生并不麻烦,所以她躺在家里,直到盲肠破裂。孩子们又哭又喊闹翻了天,而费尔姆被吓得精神都崩溃了。然而更糟糕的是,就在第二天他便思考,如果他的妻子希尔达遭遇不幸他将与谁再婚。到那个时候他要娶一个年轻、漂亮的,他把这个想法如实告诉了妈妈。妈妈瞪了费尔姆一眼,他自己那副邋遢样比美的最低标准还差好几米远。妈妈说找一个愿意和他结婚的人可能不那么容易,但是费尔姆对自己的想法坚信不疑。尽管他补充说,他当然还想跟希尔达在一起,但做些展望也无妨。

"大概费尔姆先要能找个人帮助料理一下家务和照看孩子们。"妈妈说。

费尔姆答应尽快去办,但结果很糟糕。在农村无论如何不能生病躺下,否则立即就会乱了套,因为几乎找不到能替代的

人。夏士婷可以代替挤奶女工，她为自己熟练的挤奶技术沾沾自喜，但是一连几个早晨都要五点钟起床时，她泄了气，她也开始让挤奶机代替大部分手工劳动。

但是费尔姆对那群哭闹的孩子仍然束手无策。年龄大的孩子已经离开家，为度过夏天去自谋生路。有几个在乡镇工厂找到了工作，因为工业劳动无论如何要比在农村干活儿好得多。最小的孩子由费尔姆夫人自己在医院里带着，但是还剩下五个 4 岁至 10 岁的孩子。

"签订一份信任委托书怎么样？"我问妈妈，"这样的话就用不着过分担心出事。"

"你真的相信你能帮助带这些孩子吗？"妈妈怀疑地说，不过看得出来她松了一口气。顺便说一句，现在已经没有其他出路。艾迪特无法脱身。一方面她必须给奶牛挤奶、伺候鸡和猪；另一方面她要洗衣服、熨衣服、擦地板、烤面包和洗碗。夏士婷挤牛奶、采樱桃、给菜园除草，还要帮助做其他随时会有的室外工作。

我带着慈母的表情、穿着一个大围裙走上新的工作岗位。在费尔姆房前的台阶上坐着一群没娘的孩子，他们都长着棕色的头发和蓝色的眼睛，老老实实地等待着我的到来。我尽力装出一副得体、慈爱的样子。

"我亲爱的孩子们，"我冰冷地说，"你们现在看到了，

最近一段时间由阿姨来照顾你们。但是你们要记住,"——我带有威胁性地扬起一个指头——"我要求你们绝对服从!"

"真傻!"小卡莱说。

然后我先把孩子放到一边,走进厨房。我有好长时间一动不动地站在门槛上。我闭上了眼睛,然后又迅速地睁开往上看。哎呀,简直不堪入目,真糟糕。吃饭用过的餐具还没有洗。洗碗池里放着一大摞没洗的盘子和碗,一点儿空地方也找不到。整个厨房的景象迫使我只好自己给自己讲几句鼓励的话,以便能振作精神开始干活儿。说干就干!把烧水的锅放在炉子上。两个大一点儿的男孩子本特和瓦尔特被我派去抱劈柴和打水。我哐当哐当洗了差不多一个小时的盘子和碗。两个小姑娘露特和安娜,帮助我把洗过的盘子和碗擦干。然后我打扫卫生、清理垃圾,炸猪肉和烤土豆,直到费尔姆从畜院回来。随后又剩下我和孩子们单独在一起,此时我的工作热情已经到达疯狂的程度。我烧了更多的热水,倒进门前台阶上的一个大桶里,然后拿着刷子和肥皂给可怜的孩子们洗澡。费尔姆夫人病了以后,他们肯定没沾过水和肥皂,在此之前可能有很长时间也如此。我没有多说什么,他们需要洗一洗。当我给他们每个人搓了十分钟以后,开始看到了他们的真模样儿,粉红色的底色重见天日。他们大声抱怨,特别是男孩子们,但是我一意孤行,不手软,不同情。然后我用花园里的水管给他们冲洗,

他们觉得开心多了。我们做游戏,我装作是女妖,手执可怕的喷火器,孩子们想办法逃走,他们在我周围躲来躲去,大喊大叫,还笑个不停,那劲头好像真的生死攸关一样。小卡莱绝对相信,他的最后时刻到了,如果他被喷火器喷中的话,所以他害怕得要死。我自己也处于极度兴奋状态,开心劲儿一点儿不亚于孩子们。当孩子们冻得浑身发紫的时候,我们停止了游戏,我赶紧把他们轰到床上睡觉。

这个家有三个睡觉的地方,厨房里有一个拉开可当床的沙发,唯一的一个房间里有两张床,本特和瓦尔特睡一个,露特、安娜和小卡莱睡另一个。我用充满爱心的手给他们盖被子、哄他们睡觉。我立即决定,将来我至少要生十个孩子,每天晚上把他们塞到床上,因为有一大堆孩子确实很开心。在小卡莱反复要求下,我讲了一个小男孩的故事。他走在森林里,在一块大石头的后边捡到一百万金币。在这种情况下我们开始讨论,我们有了一百万金币以后去做什么。本特和瓦尔特要去买飞机、汽车和糖果,露特和安娜要去买玩具娃娃、漂亮的衣服、项链和自行车。小卡莱一开始没有说话,但是他想了一会儿以后开口了:

"如果我有一百万,我会给自己买一张床。"

我看了看他,他躺在床上,被两个姐姐紧紧地挤在中间,像个小可怜,我勉勉强强能看到他的鼻尖。我立即决定,小家

伙一定得有一张自己的床,即使去偷,我也要给他偷来。我当然用不着那样做。我打电话给安,跟她商量这件事,随后我套上送牛奶的车,到莫斯托普拉回来一张床,是那个小坏蛋小时候用的。床还挺不错,只是床架子上留下了几个小坏蛋的牙印,很可能是床主人发脾气时咬的。我从安好心的妈妈那里还得到一块地毯和床上用的一块毯子。拿了东西以后我赶车回家,向我挥手告别的还有同一天晚上就要离去的托尔和克里斯特。我对我的收获很满意。我从妈妈那里要了几条旧被单,把这些东西偷偷拿到费尔姆家的阁楼里,目的是给他们一个惊喜。

确实变成了一个惊喜。我把事情已经告诉了其他孩子,只有小卡莱被蒙在鼓里,他不知道有一个大好事在等着他。第二天睡觉的时候,床已经整理好,地板上铺着漂亮的地毯,我们大家都紧张地等待着,当小卡莱看见这一切时,会说什么呢。其他的孩子早已经上床等待这一时刻。他们过去从来没这么快就上床过。

白天小卡莱跟父亲待在畜院里,八点钟他疲惫地走进家,饥肠辘辘,满身脏兮兮的。他吃完饭,我在厨房里把他身上洗干净。

"其他的孩子都已经上床睡觉了,"我对他说,"你快一点儿吧,如果你还想听故事的话。"

他一步跳进房间里,迷惑不解地盯着那张床看。

"那是你的,小卡莱!"哥哥、姐姐们一齐欢呼起来。小卡莱疑惑地看着我,我两次向他保证他才相信这床确实是他的。他狡黠一笑,走过去小心翼翼地拍了拍床。先是轻轻地抚摩着,然后带着难以言表的满足感钻进被窝。那个晚上我也讲了一个故事,但是小卡莱没有听。他只是躺着,不时地捏一捏被单,摸一摸床架。

第二天我动手大扫除,一方面是因为我天性爱玩水,另一方面确实需要。我猜测,费尔姆夫人要做的事情实在太多,对于打扫卫生这类的事情无暇顾及。她要挤牛奶、清洗奶桶、做饭和为一大家子人洗洗涮涮,对于苍蝇屎这类事情只能睁一眼闭一眼。那些苍蝇屎真像从19世纪中叶就一直留在那里。墙壁和屋顶布满黑点儿,窗帘也急需有人洗一洗。我特别喜欢做这类事情,所到之处我都希望干干净净。我又刷又擦,想方设法除掉苍蝇屎,擦玻璃、洗窗帘,弄得费尔姆最后真想搬到畜院去住。我在柜子上罩上一层干净纸,把被褥拿出去晒,把锅擦得锃亮,连炉子都收拾得干干净净。虽然干活儿把手弄痛了,但是这有益于我那颗受伤的心。收拾完以后,我带着小卡莱和姑娘们去采野花,把房子好好美化一下。我们采了一大把蓝铃花、黄白花、罂粟花和很多其他的花。我把采来的花插进餐桌上的一个花瓶里,阳光透过明亮的玻璃照射进来,满屋子干净生辉,我对自己的劳动成果很得意。

当夏士婷过了一会儿来看望我时,我迫不及待地问:

"你没闻出来,这里有多么香啊!"

她顺口挖苦说:

"这里散发着瑞典红白奶牛畜粪味儿,这味儿真够浓的!"

她说得对,因为刚才费尔姆回来了一会儿,在家喝了一杯咖啡。在这个世界上有很多东西可以让它们去死、让它们消失、让它们灭绝,但是一个养奶牛长工身上那股亲切的畜粪味儿永远去不掉。

我没下过工夫学做饭,只得读烹调方面的书,读得眼睛都斜了,什么"用少量热水烫一下"和"做普通浇汁"之类的奇怪事情。我费了九牛二虎之力试图做一个普通白色浇汁,但书上写的全是假话!我从来没见过我做出来的浇汁如此不普通,可以说是空前绝后。我也做过一次牛奶米粥,是按常规方法做的。一开始我对孩子们的饭量作了一次快速估计,我想这些小生命自始至终需要吃饱。我往锅里放了足足半锅水,然后倒进牛奶。随后我去给小卡莱梳头。梳得正起劲的时候,我听见厨房里有噗噗的响声,是锅里的粥正迅速地往炉子上溢。我赶紧找来一个更大的锅,把剩下的粥倒进去。我继续为小卡莱梳头,但被新的噗噗声打断。更多的粥溢到了炉子上!我又拿来一个新锅。这次是做果酱用的大锅,这回是够了。我看了看烹调书,刚才把什么东西忘记了,书上写着,用一杯半咖啡杯的

米做成粥可供六个人吃。我想我大概用了八九杯咖啡杯的米,我借用九九表算出,我做的粥可供 30 个人吃。我相信 30 个人吃还会有富余!费尔姆家最近几天一直都吃粥。粥第四次放到餐桌上时,出现了一些抱怨声,但是我强行压下去了这种造反的苗头,并指出,全世界有很多小孩子,如果他们能吃上这么好吃的粥,一定会非常高兴。

"那就让他们来吃吧。"瓦尔特边说边厌恶地看着盘子。

同一天,妈妈问我怎么处理我的家务烦恼。

"你给孩子们吃什么?"她问。

"哎呀!基本上……都是粥。"我说。

但是我也做一些拿手的别的东西。水果羹和冰激凌是我的专利,我炸鲱鱼和猪肉的技巧可以得高分。尽管如此,如果有的时候晚饭不怎么成功,我就用更重要的精神食粮安慰自己。没有比讲故事更能让孩子们上床睡觉的好办法。萨姆波·拉佩里尔[1]和拇指人[2]的故事有使他们晚上匆忙洗澡的非凡魔力。安娜更喜欢听《圣经》里的故事,当我讲到约瑟和那个把他扔到井里并把他卖到埃及去的狠心哥哥时,她爬到被子底下哭得浑身发抖,我不得不让法老来,提前给约瑟戴一个戒指。安

---

[1] 萨姆波是芬兰民间故事中能给人类带来好运的神物,它的原意为擎天柱,在芬兰民族史诗《卡勒瓦拉》中有所描写。
[2] 拇指人最早出现在民间故事中,他是七兄弟中最小的,只有拇指大。丹麦的安徒生由此获得灵感,创作了《拇指姑娘》那篇童话。

娜和小卡莱也喜欢听耶稣小时候的故事。我从家里拿来一本旧的插图《圣经》，给他们看里边的图，当我讲到耶稣怎么样和自己的父母在有着美丽神庙的耶路撒冷作复活节旅行时，安娜经过仔细考虑以后说：

"太幸运了，那次是他最后一年坐火车买半票。"

安娜确实有节省的天性，她最近完成了自己第一次乘火车旅行的经历，所以她知道是怎么回事。

我真的喜欢上了费尔姆家的孩子，这段时间我确实很开心。但是从长远来看，我没有经过磨炼的工作能力不足以照料好这个家，我也有厌烦的时候。所以，有一天费尔姆告诉我，他已经成功说服自己的妹妹来帮助他料理家务和挤牛奶的时候，我听了如释重负。

我想将这个家尽可能完美地体面地交给我的后继者，为了做到井井有条，我在最后几天格外尽责，因此我对孩子们唠叨和发脾气。特别是有一天，我做的一切都被毁了。我彻底失败了，孩子们出奇地捣蛋，也可能这仅仅是我的看法。晚饭我想给他们烤蛋糕吃，他们坐在餐桌周围，像小乌鸦一样喊叫着要吃，而且越喊越厉害。蛋糕烤砸了，生面蛋糕沾到了铁箅子上，我气得咬牙切齿，千方百计想把它们从烤炉上弄下来，结果最后都变成了可怜的一小团面卷。就在这个时候，小卡莱走进来让我看，他的裤子后边撕了一个大口子，因为这是他唯一

的一条裤子,所以他说:

"你一定要马上给我缝好,不然我明天没办法出门了。"

这要求对我来说太过分了。我真想在地板上跺脚对谁发火了,我使劲抓住小卡莱的胳膊,使劲摇他,并说谁的裤子我也补不了。"谁没裤子穿,谁就光着屁股!"我恶狠狠地扬言,他的哥哥姐姐随声附和。他们跟我一唱一和,弄得小卡莱号啕大哭,转瞬间我又把自己的愤怒转向他的哥哥、姐姐。我说,谁要对这件事再敢吭一声,我就暴打他一顿,让他到老也忘不掉。随后我把他们都赶到床上去睡觉,我的样子很厉害,拒绝讲任何故事。

小卡莱抱怨说:

"你生气的时候,一点儿也不可爱。"

"人不可能总是让人喜爱!"我吼叫着。我越吼叫,就越讨厌自己,越讨厌自己,就越吼叫。最后我把他们都哄着了,烟消云散,我走出房间,随手关上门。

我停在门厅前的台阶上,看了一下自己的样子。我很疲倦,腿直打战。我穿着肮脏的棉布连衣裙站在那里,头发上还带着蛋糕味儿,感到自己是一个被上帝和人类抛弃的人。爸爸和妈妈正在教区的另一端参加一场50岁生日宴会,夏士婷与埃里克出去玩了,连艾迪特也不在家。而那个比约恩,比约恩,比约恩正在远离我的大路上散步呢。

我本来想直接回炮捻儿窝，带着我的忧伤和疲惫把自己埋到床上睡觉，但这是一个美丽异常的夜晚，我拖着两条腿来到那片小树林。那棵大桦树上有一个座位，比约恩和我去过那里无数次，驱使我到那里去是出于一种自我折磨的心理。我坐在那里，把头靠在桦树干上，我讨厌自己，真不如死了好。

"晚上好！"我突然听到一个声音说。我抬起头看，是比约恩站在那边！比约恩站在那边！

"晚上好！"我说，"晚安，绥德尔隆德，"我补充说，虽然伤痛，但我还是设法使这一切朝轻松的方向发展。随后我笑了，我相信我笑得很有魔力。但是这种笑仅仅变成了一副可怜的鬼脸，大大出乎我自己的预料，我反而哇的一声哭了起来。我还大声地喊叫，把比约恩吓坏了。

"别这样，可爱的巴布鲁，到底是怎么回事？"他不安地说。我只是一个劲儿地哭。

"巴布鲁，你为什么哭呢？"他问。

"我哭是因为……是因为小卡莱把自己的裤子撕破了。"我哽咽着说。

"啊，这肯定不是天大的不幸，我的上帝。"比约恩说。

"当……当……当然是。"我哭着说，"再说了，我自己就是一个天大的不幸。别管我，甭跟我说话！赶快去找另外一位姑娘吧，千万别找一个十足的白痴。"

"我当然不想找其他姑娘。"比约恩说,"我只想问一问,你是不是有兴趣跟我到磨房湖去钓鱼。你大概没力气去吧?还是想去?"

这时候我从桦树上跳下来。

"那还用问,"我喊叫着,"那还用问!我愿意跟你周游整个约达兰地区①,如果可能的话。"

然后我从他身边跑开,跑开,不,确切地说是飞奔,飞奔到我住的炮捻儿窝。然后从门飞进去,跳到镜子跟前,当我看到自己红肿的鼻子和像干树枝一样蓬乱的头发时,吓得直后退。我甩掉连衣裙,洗一把脸,换上一件干净的白色上衣,穿上一条绣花裤子,那速度没有任何消防队员比得上。之后,我用粉扑在脸上扑了一点儿香粉,梳了梳头,然后跌跌撞撞跑到在大门口等我的比约恩身边,我保证,我创造了快速换衣服的新纪录。

"我知道,我本来应该穿上表示懊悔和忧伤的衣服,"我一边说一边挎上比约恩,"但是我没有,我穿上了绣花裤子。"

我所有的疲倦都已经烟消云散。相反,我浑身有了使不完的力气,我已经不满足于通常的散步方式,而是漫无目的地在大自然里蹦来蹦去。我坐在磨房湖我通常坐的那块石头上,看

---

① 瑞典由南向北分为三个地区:约达兰地区、斯维亚兰地区和诺尔兰地区,近似中国的东北、华北、华南等词语。

着昔日的浮标,还是原来那个比约恩,他坐在离我两米远的一块石头上,我高兴得直想大声叫起来。但是我们在钓鱼,别把鱼吓跑了。不管怎么说,我还是应该跟他说,我对自己行为方式的看法,我已经吸取教训。

我开始勇敢起来:"比约恩,你肯定认为……"

就在这个时候,鱼上钩了。我钓上来一条特别漂亮的小鲈鱼。过了一会儿,比约恩帮我把鱼取下来,给鱼钩换上新鱼饵。

我把鱼钩抛出去,旧话重提:

"比约恩,如我刚才说的……"

这时候鱼再一次上了钩了——一条新鲈鱼。

在我第三次抛出鱼钩时,我第三次说起:"比约恩,我只是想对你说……"

我停了好长时间。

"好吧,有话就说吧。"比约恩说。

"是这样,"我说,"我想,又该有新的鱼上钩了,我不说了,因为太困难了,你知道。"

"那你就别再想它了!我认为,我们又能重新坐在各自那块石头上就足够了。"

"对我来说也足够了,"我说,"但是,在一条新鲈鱼来打扰我们谈话之前,我大概应该真诚地说一句'对不起'。你注

意到,我现在已经说了吧?"

"好,我注意到了,"比约恩说,"但是你注意到了吗?你那里鱼又上钩了。真见鬼,赶快起钓,别再唠叨了!一切都不错,我已经说了。"

在回家的路上,我们像通常那样,把钓鱼竿放在磨房长工屋里的木柴棚里。磨房长工斯文·斯文松在晚霞中坐在跷跷板上,抽着烟斗,这是他晚上的习惯。当他的妻子马利亚听见他跟我们说话时,也从屋里跑出来,惊喜地双手合十:"宝贝儿,是你们!你们走后这里空荡荡的!我以为你们永远也不会再到这湖边来了。"

"不会的,谁会有这个想法呀,"我说。

马利亚采了一大朵粉色牡丹送给我。我们跟他们道晚安。

回到家以后,我偷偷地走进费尔姆家。小卡莱躺在床上,是那么安静,脸颊上还留有泪渍。当我亲吻他时,他在睡梦中动了一下,还轻轻地嘟囔了几声。我拿起他的裤子,回到炮捻儿窝,把裤子后边的口子精心打上一块补丁。

第十五章

8月初夏士婷和我有14天假。我们痛痛快快地享受了两周阳光灿烂的天堂般生活。每天早晨我们都能坐在床上喝巧克力热饮料①,由艾迪特或者妈妈送来,确切地说不是每天,但经常是这样。

然后我们躺在床上,让房间之间的门开着,互相大声喊:"快起床,你这个懒家伙!"或者"一天之计在于晨!"直到我们最后磨磨蹭蹭从床上爬起来,穿着泳衣通过花园跑向湖边,在湖水里来个晨浴。

那里的湖底有一个很长的斜坡,不是特别理想的游泳地点。不过沿着湖岸可以找到很多优良的跳水峭壁——其中一个叫维克森——如果我们心情好想潜泳,就穿过自己家奶牛牧场跑到我们专有的跳水峭壁,峭壁下边是一个深渊。上午我们经

---

① 过去瑞典有这样一种习惯,贵妇人在起床之前先坐在床上喝一杯女仆送来的咖啡之类的饮料。

常骑自行车到莫斯托普去，在那里与安和维薇卡打一两个小时网球，下午她们到我们家来，在多数情况下，她们的弟弟小坏蛋克拉斯也一起来，如果上午他把淘气的科目都做完了的话。

和我们一样，比约恩也借机休息几天。他每天一大早就推着自行车爬坡而来，跟我们一起玩，风雨无阻。夏士婷对于埃里克不能休假感到很沮丧，但是这完全没有可能，因为黑麦已经熟了，等待着收割，而伊瓦尔，就是布鲁姆古拉那位长工，他被应征入伍，这让奥勒非常高兴。然而事实证明，奥勒高兴得太早了。就在这个时候伊瓦尔因为重度平足被退了回来，有一天晚上他突然出现在里尔哈姆拉，比过去更平足，更有吸引力，他把艾迪特带到美丽湾去参加"健康迷"体育协会组织的夏季联欢会。

多亏伊瓦尔被辞退，埃里克才有一两个闲暇上午与我们在一起玩。我们躺在维克森旁边的游泳峭壁上，一群无所事事的年轻人在那里晒太阳，晒完后背晒前胸。我们聊天、喝咖啡，组织自由泳、蛙泳和"跳冰棍"比赛，尽情享受一个人在地球上能享受的一切。

为了增加对假期的感受，夏士婷和我有意在大忙的时候到田地里去看望约汉，同时去看一看我亲手拍卖进来的自动收割机，看着它满负荷地收割黑麦和小麦心里真高兴。约汉驾驶收割机，而奥勒和费尔姆跟在后边打捆。当我们出现在田地里

时，约汉停下马拉收割机，轻蔑地看了我们一眼。

"懒小姐，"他说，"无事会生非。你们至少能拿耙子把丢下的麦穗耙起来！"

"啊，啦啦啦，啦啦啦，"我们说，"我们在休假，你知道吧，约汉，休假！"

"从来没听说过有这种蠢事。"约汉一边说一边赶马继续收割。

就在我们度假的时候，有一天我们从电话里得知，我们的表哥卡尔-亨利克要来里尔哈姆拉做客。他23岁，是装甲兵新提拔的少尉，要在我们家待几天。

"哎呀，"我说，"我可不稀罕再看见一个穿军服的。赶跑他！拿枪打死他！"

不过我的抗议不起任何作用。当第二天下午三点十五分快车突突突驶进站台时，从火车上真的跳下来一位少尉，谁看见他都不会怀疑他就是那位新提拔的少尉。明显可以看出，他自己认为这个提拔是世界历史上最伟大的时刻，至少是卡尔·马特[①]732年成功赶走阿拉伯人以来可以这么说。

夏士婷和我把马车停在车站大厅后面，他大踏步径直朝我们走来。他马上认出了我们，尽管我们已经很久没见面了。最

[①] 卡尔·马特（约688—741）即查理·马特，法兰克王国墨洛温王朝宫相和统治者（714—741），732年在普瓦蒂埃打败阿拉伯人，继而征服勃艮第，重新统一法兰克王国。

后一次见面时夏士婷和我还是舔棒棒糖的年龄,而他还是一个正经历可怕的青春变声期的瘦高个儿高中生。

"哈哈,我亲爱的小表妹,"他高声说,"你们长这么大了,你们长这么大了!再过两三年就可以和你们一起玩了。你们实际多大了?"

"16岁,快34岁①了,"夏士婷一边说一边啪地抽了一下鞭子。他跳上马车,带着好像一位君主要去加冕的表情下命令说:"走吧!"

夏士婷赶起马车。卡尔-亨利克饶有兴趣地看着美丽的田园风光,感慨地说:"这里真是太好了,知道吧!我对决定到这里来一点儿都不后悔。接触一下粗犷的农民一定很有意思。而我亲爱的小表妹也需要一点儿令人鼓舞的社交活动。"

"你的好意让我们受宠若惊,"我说,"不过你真的相信军队没有你行吗?国防战备削减到如此程度真的合适吗?我不敢保证你会安然无恙地返回基地。我们乡下有很多野蛮的公牛,这里粗犷的农民有时候也很粗暴。"

"小孩子,小孩子,"卡尔-亨利克说,"你们哪里学的对大人这么厉害?"

实际情况是,卡尔-亨利克暴风雨似的征服了粗犷的农民。他快乐的笑声很快传遍了整个里尔哈姆拉。有一天,他在费尔

---

① 夏士婷瞎编的岁数。

姆家那群小孩子惊奇的目光下把自己的金表吞到肚子里,然后又把表从小卡莱的裤兜里变出来。从那以后,他们就像一群小狗一样整天追着他。他在一个危机时刻帮助修好了自动收割机,从而取得了约汉完全的信任和好感。而艾迪特就用不着说了!她爽朗的笑声和飘逸的鬈发是个完美的配搭,她每天一大早就穿过草地迅速地把咖啡托盘送到左厢房去,如今那里有两个客房。卡尔-亨利克在费尔姆家里交到了费尔姆夫人这位终生的好朋友,起因是他们一见面前者就跟后者讲起了盲肠炎方面的知识。费尔姆夫人已经出院了,她强烈要求人们把她看做全县最高的医学权威。我敢保证,一定有人拿她开玩笑,说里尔哈姆拉谁也不会再得病了,有她就可以开处方。她胡诌了一些瑞典文和拉丁文的各种病名,以便让人相信她随时都有可能拿到博士学位。有一天小卡莱抱怨自己肚子痛,这位自豪的母亲说,他大概有一点儿胃膜炎。但是费尔姆得意地吐了一口鼻烟丝说:

"就是一点儿小毛病!这明摆着呢!"

卡尔-亨利克自然也被介绍到经常在游泳峭壁玩的我们这群懒鬼里来,比约恩和他成了特别要好的朋友,尽管两个人有天壤之别。妈妈和爸爸自始至终都很喜欢他,妈妈喜欢他是因为他是自己姐姐的孩子,爸爸可能是因为卡尔-亨利克和他自己一样乐观、好动。当爸爸长时间细致地介绍自己的农业计划

时,卡尔-亨利克听得津津有味,这促使爸爸把他看做是一位现代青年的杰出代表。夏士婷和我在这方面远远没有达到那个程度,不过我们也还算喜欢他。但是我们要治他唯我独尊的态度可不是一件容易的工作。最后我们制作了一个小纸条,上面写着:"不要太神气!"需要的时候,我们就把它举到他的鼻子底下。你别说,还经常需要。不过总的来说这老兄有很多可用之处。妈妈坐在很远的凉棚里择甜豌豆,他能立即递过去一把小刀,并且帮助收拾。当约汉需要做别的工作时,他开了一整天自动收割机。

看起来他好像很适应我们乡下人的生活状态,但是有一个晚上,当我们大家聚在起居室的时候,他突然说:

"这难道就是人们津津乐道的田园诗生活吗?我真要问一问!五光十色的宴会在哪里?定音鼓和铙在哪里?美丽、温柔得像小松鼠一样的女人在哪里?她们应该搂着男人的脖子跳醉人的华尔兹,这才正常。"

这种可怕的责怪让夏士婷和我刻骨铭心。我们绞尽脑汁思索着,突然夏士婷把手指伸到空中说:

"我有主意了!我们安排一次小龙虾宴[①]!"

[①] 瑞典大小湖泊中盛产小龙虾,每年8月中旬人们举行小龙虾宴,大家提着灯笼、戴着各种奇怪的帽子。甚至住在外国的瑞典人也举行这类活动。

这个计划得到卡尔-亨利克和我的热烈赞同。在征得妈妈的同意以后,夏士婷和我急忙发放请柬送给安、维薇卡、陶科尔、埃里克和比约恩,上面写着:

"这是一个有条件赴里尔哈姆拉小龙虾宴请柬,时间为下个星期六晚八点。条件是:客人们要帮助捉小龙虾,因为小龙虾不会自动送上门来,我们又没有那么多钱去买。捉小龙虾地点:磨房湖。时间:星期五晚八点。服装:短裤和厚毛衣,旧鞋子或胶靴子,带手电筒。在炮捻儿窝集合时间:晚上七点。女主人将携带装小龙虾的笼子,饥渴时需要的三明治和咖啡。还有一位顽皮的少尉,提醒大家注意安全。敬请注意!没有危险,绝对没有危险,如果不惹他生气的话。衷心欢迎大家!"

第十六章

星期五晚上，炮捻儿窝窗外是一幅热热闹闹的景象。光着腿、有说有笑的一群人朝磨房湖方向拥去，爸爸、妈妈、约汉、艾迪特和费尔姆家的孩子向他们挥手告别。那天傍晚天阴沉沉的，有些闷热，磨房湖安静地坐落在那里，在杉树和松树之间的夕阳余晖中做着美梦。这不是一个适合游泳的湖，湖底上有很厚的淤泥，但却是得天独厚的鱼虾繁衍的好地方。

卡尔-亨利克第一个下到湖里去，他当然以为，他身后跟着一整团装甲兵，所以他又喊又叫。

"你能不能把声音放低一点儿？"比约恩心平气和地问。

"还是你想把小龙虾都吓死？"夏士婷说，"就我而言，我还是坚持煮活虾的老办法。"

天很快就黑了下来，我们大家都开了手电筒，看起来特别漂亮。我们分散在湖的沿岸。湖底有的地方布满石头，有的地方是稀泥。有时候我们陷入一个坑里，水没过膝盖，但是很温

暖。我自始至终都在比约恩旁边,因为我有点儿怕小龙虾,这是实话。我们打着手电,湖底上趴着成群的黑色怪物。比约恩敏捷地抓住它们,并给我作示范,我胆子逐渐大起来,勇敢地伸出手,一个接一个地把它们抓起来,放进笼子里。我突然听到"扑通"一声。是卡尔-亨利克一不小心踏进一个坑里,坑很深,他强悍的身躯很快就淹没在水里。

"很正确,"当他重新露出水面时埃里克说,"潜到水底去抓它们!不能有任何漏网之鱼!"

卡尔-亨利克浑身都湿透了,我们很可怜他,所以暂停捕捉,在岸上生起一堆火。我跑到磨房长工屋为他借了一件毛衣。然后我们围着火堆坐下,喝我们带来的咖啡,为了使身体暖和起来,我们还使劲跳舞。

后来我们带着满笼活蹦乱跳的小龙虾回家。到家以后,我们在厨房里数了数,一共有240多只。看来足够明天虾宴用了。当第二天早晨夏士婷和我从我们的游泳峭壁穿过奶牛牧场回家时,她突然叫了起来,并朝一个草坡指了指。我的第一个反应是,她可能看到了一条蛇,但不是。整个草坡上长满了肥硕优质的小鸡油蘑。

"啊,难道不好吗?"我说,"今天晚上我们可以做一顿鸡油蘑蛋炒饭。"

"正合我意,"夏士婷说着已经跪在地上,急不可耐地采起

来。我们除了游泳衣没有其他的东西可以盛蘑菇，所以带回家两大包用衣服包的蘑菇。

"你知道我们拿什么做餐后点心吗？"我说，"我们到北牧场大石堆去，那里有很多很多优质野蔗莓。"

我们真的去了，没一会儿工夫就采了三筐蔗莓。

"一定是一次完美的宴会，"夏士婷一边说一边高兴地蹦跳，结果把一部分蔗莓都弄撒了，"一次完美的宴会！而且不用花任何钱！"

我们计算了一下，如果小龙虾、鸡油蘑和蔗莓都在城里买的话要花很多很多钱，想到这一点，我们心里好长时间都乐滋滋的。

"如果再考虑到，"夏士婷说，"我们做鸡油蘑蛋炒饭用的鸡蛋是我们自家的鸡下的，蔗莓上的奶油是出自自己家的肉牛，当农民多么开心啊！"

下午我们骑自行车到小镇上去买彩灯。很遗憾，里尔哈姆拉的土地上不长这类东西。我们带着我们卖樱桃的钱，因为我们曾夸口，爸爸妈妈不用为我们的宴会掏任何钱。

我们曾经想过，宴会在凉棚里举行，如果天气好的话，我们也想过天气肯定不错。卡尔-亨利克帮助我们在凉棚的横竖方向拉了很多钢丝，我们在上面挂彩灯。桌子通常摆在凉棚里，但是这里太小，不够用。我们大家一齐动手把它移到外面

去，在上面铺上一张纸制桌布，装饰上花环。

到最后夏士婷和我还是很紧张。一切都必须搞定。千万不能下雨，最好有月光，需要我们自己动手做的蛋炒饭最后一定得成功，上午由艾迪特事先煮好的小龙虾咸淡要适中，一定要让大家开心。

晚上八点钟一切准备就绪。两大盘小龙虾，上边放着大朵的莳萝花，摆在餐桌中央。第一位客人露面的时候，卡尔-亨利克负责点着彩灯，夏士婷站在厨房里切蘑菇，我搅拌炒饭和切面包，在我得到预先约定的信号后开始烤面包。当莫斯托普来的人骑着自行车出现在远方大路的拐弯处时，卡尔-亨利克就高喊："预备——开始！"蛋炒饭放进烤炉里，夏士婷走到院子里去迎接客人，我兴致勃勃地烤面包，直到从另外的方向来了一位骑自行车的。这时候我请求艾迪特让我离开一会儿，以便我能到院子里去欢迎比约恩。尽管我的部分心思还在蛋炒饭上，但还是不可避免地发现，比约恩看起来格外高兴，被太阳晒成棕色的脸和闪亮的头发，细密的白衬衣一直敞开到脖子。随后埃里克横穿牧场从布鲁姆古拉赶来，最后我们的荣誉嘉宾爸爸、妈妈也到了。妈妈打扮得很漂亮，穿上了那件红色亚麻布连衣裙，夏士婷和我偷偷地交换了一下满意的目光，因为没有哪个做父母的打扮得这么漂亮。我们完全有理由为选择这样的父母而自豪。

然后大家就座。卡尔-亨利克说,蛋炒饭是厨艺的杰作,面包烤得恰到好处,小龙虾煮得咸淡合适,真是太开心了。月亮只出来很短的一会儿,当时它像一个大火球滚上漆黑的8月夜空,大概它想使一切变得完美无缺吧。晚上很温馨,彩灯散发着一种魔幻般的光,照在盘子里的小龙虾虾皮上,凉棚外面黑暗主宰着一切。卡尔-亨利克吃了很多小龙虾,我最后问他,是不是所有装甲兵少尉都有装甲肚子,还是只有他是一个例外。这时候他说,我的说教现在还不能结束,不过等他再吃下20只,就用不着我再说了。

我们吃完蔗莓以后,安建议唱一会儿歌,于是我们就唱了起来。

我们突然听到从凉棚外面的黑暗中传来小声说话声,一看,原来是费尔姆家的孩子们像小麻雀一样坐在草地上听动静。在通向炮捻儿窝的台阶上坐着约汉,好像迷梦般的思索着什么。我们还剩下很多小龙虾,于是我问妈妈,能不能也请费尔姆家的小孩子和约汉吃。妈妈说,龙虾是我们自己的,自己做主。艾迪特在厨房里煮咖啡,我跑到她身边说,把奥勒叫来,如果他还没睡觉的话,请他带上吉他。她顺便也敲了敲费尔姆家的门,因为也想拉他们去热闹热闹。奥勒来了,但是费尔姆夫妇没在家,多亏如此,不然小龙虾肯定不够吃。夏士婷和我摆上新的盘子,我们退到一旁,以便上第二道菜。我们好

像把一群蝗虫放进盘子里,转眼间每个盘子里只剩下一点儿碎渣!很遗憾,我们已经没有蔗莓请大家吃,不过艾迪特煮了很多咖啡,我们大家一同喝咖啡。当然费尔姆家的小孩子除外。

这时候小卡莱来到我身边,低三下四地求我让他也喝点儿咖啡,但是我说:"你以为我会让你无法无天!不行,孩子!不过你可以喝汽水。"

他一个人喝了很多汽水,高兴得不得了。随后奥勒为我们弹吉他,客气了一番之后,他和艾迪特唱了好几首美丽而忧伤的歌曲,充满血腥、爱情、罪恶和死亡的内容。随后我把里尔哈姆拉儿童合唱团及其杰出的指挥——也就是我介绍给大家。我强迫孩子们唱我在吃粥时间让他们练习好的《我想去森林采紫罗兰》这首歌。丝毫看不出来他们想去森林采紫罗兰,但是我严厉的目光创造了奇迹,他们还是唱了,尽管有些不情愿,不过唱得还是很好听。

时间到了,孩子和老人都睡觉去了。奥勒带艾迪特到美丽林地去散步,很可能要交换对大平足伊瓦尔的看法。我们其他人以他们为榜样,去湖边进行月光散步。天气温暖、舒适,明亮的月光洒在水面上,我们只要稍微安静点,就能听见蟋蟀的叫声。在维克森湖中央有一个小岛,名为牛犊岛,我们决定乘船到那里去。渡船正好能容下八个人。船舷几乎和水面一样平,所以我们必须绝对安稳地坐在里边。不过一切顺利,我们

平安登上牛犊岛。坐在一个山脊上,我们看着湖的风景,心旷神怡,天南海北地聊着天,彼此充满友爱。

"你们搬到里尔哈姆拉来我真的很高兴。"维薇卡说。

"你想谁能不高兴呢?"夏士婷说。

"我在这里也很适应,"卡尔-亨利克说。"真让人伤心,我很快就得走了。"

"啊,不错,"我说,"卡尔-亨利克一走,里尔哈姆拉就安静了,针掉在地上都能听到声音。真幸运,我们很快就要收割黑麦了,到那个时候脱粒机一开起来就哗啦哗啦地响,那噪声使我们不会过分想念卡尔-亨利克。"

这时卡尔-亨利克跑过来,说我的话确实是找打。我挨了打,不过他也被拧了几下。

"还有,"他对比约恩说,"你难道不认为双胞胎姐妹对我称'你'不礼貌吗?"

"绝对,"比约恩说,"她们应该叫叔叔。"

太快了,啊,时间过得太快了,我们一定得乘船回家了。莫斯托普人请的假最迟不得超过十二点钟。

"现在可以舒舒服服地睡觉了,"我们的客人走了以后,卡尔-亨利克说,"晚安,炮捻儿们,谢谢你们一整天都忙个不停!"

"晚安,叔叔,"我们说,"难道叔叔不需要个暖水壶或者

别的什么吗？不需要一张猫皮盖在老腿上吗？"

"一边去！"他粗声地说，并消失在左厢房里。

夏士婷和我一点儿睡意也没有，特别想淘点儿气。

"我们给他拉一拉松香小提琴怎么样？老年人也需要一点儿娱乐。"夏士婷说。

说干就干。我们偷偷溜进厨房找了一块松香、一根针和一条线。我们把针固定在卡尔-亨利克屋外的窗子上，然后用那块松香在线上使劲地涂来涂去。只有亲耳听过松香小提琴声音的人，才能真正理解卡尔-亨利克把头从窗子伸出来时，脸上为什么带着那么痛苦的表情。他咬牙切齿地吼叫着说，即使他不在里尔哈姆拉，这里仍然会有能使有着正常神经系统的人毙命的噪音。

第十七章

我们的假期结束了,卡尔-亨利克走了,生活又恢复了老样子。我们这伙人把他送上火车。安和维薇卡扎了夏威夷式矢车菊花环戴在他的脖子上。他没有抗议,他说,他对不得不离开我们大家感到很难过,他很愿意大家把他当做开心果。他要坐一整夜火车,夏士婷和我为他准备了很多三明治。带着无限忧伤的表情,他掏出来一个三明治,当火车突突开起来时,他站在车厢踏板上,夕阳照耀着他,脖子上挂着矢车菊花环,忧伤地嚼着三明治。火车头喷出的浓烟不时地淹没他的身影,当火车隆隆驶过铁路桥并将很快消失在皮革厂后面的时候,他举起那块三明治向我们作最后一次感人的告别,他远去了。

如前所说,生活又恢复了老样子。一件腌菜的大事一直苦苦地困扰着妈妈,而夏士婷和我对于究竟站在哪一边拿不定主意:妈妈希望我们把家里的菜园管好,除草、浇水、收割,然后把青菜放瓶子里腌起来。而爸爸却认为,我们最好跟在收割

机后边用耙子收拾丢下的麦穗。我们只得尽力两边讨好。我们拼命在菜园里干活儿，连夜里做梦都梦见甜豌豆、菜花和黄芙菜豆。当腌菜的瓶瓶罐罐把地下室的架子都压弯了的时候，我们高兴地分享着妈妈的快乐和满足。我们也腌鸡油蘑，夏士婷和我在整个奶牛牧场爬来爬去，连一个鸡油蘑渣儿也绝对不放过。

但是当黑麦收割完准备运回脱粒的时候，我们只能让妈妈自己留在腌菜罐子中间，我们过了几天运黑麦的日子。黑麦沉，赶马车不需要像运牧草那样要坐在高高的牧草上。因此运黑麦不危险，爸爸和约汉都同意我们做这件事。另外也很需要，里尔哈姆拉所有能干活儿的人都在忙，一部分人工作在仓房里的脱粒机和鼓风机旁边，另一部分人在麦田里装车。爸爸本人站在脱粒机旁边，负责剪开麦捆，然后把黑麦填进脱粒机。脱粒机发出隆隆的响声，要高声说话别人才能听见，小小的黑麦粒流进口袋里，那是未来的三明治。

"那不仅是一台脱粒机，那是一个奇迹。"夏士婷说。

鼓风机把麦秸吹向远处，吹到仓房的另一端，费尔姆站在那里接收它们，并用适当的方式把它们摊开。

我一走进仓房，就把马从装满麦捆的车上卸下来，再把它们套在一辆空车上，重新回到麦地里，奥勒站在那里等着装车。在此期间，约汉在仓房里卸下我之前的那辆车上的麦捆，

等夏士婷把运麦捆的马车咚咚地赶进来以后,再把卸完麦捆的那辆空车拉走,去运新的麦捆。她做的跟我完全一样。我们就是这样来来往往运麦捆。当我们在通往麦田的狭窄小路上相遇时,夏士婷和我把马停住片刻说两句话,但是在绝大多数情况下只点一点头,就迅速过去,就像两条船夜里在海上相会一样。

脱粒以及与此相关的工作在某种程度上是一件很开心的事。脱粒机隆隆地响,电机声清脆,当我赶着马车从灰尘弥漫的仓房又回到阳光灿烂的室外时,身不由己地感到神清气爽。阳光明媚、晴空万里,路边的蓬子菜充满生机。

收割完黑麦就轮到收割小麦和大麦。过了8月底就进入9月初,直到9月的最后几天,我们才完成小麦、大麦的收割和仓储工作。这时候爸爸搓着手说,当农民不像预想的那样困难。

9月在里尔哈姆拉掀起了一个腌制苹果的高潮。这是一个水果丰收年,按着我的观点,丰收得太过分了。秋收工作刚一结束,有一天夏士婷和我就迫不及待地爬到苹果树上去摘苹果。摘苹果确实很有意思,但是我不喜欢大张旗鼓地腌制苹果。

"难道腌制苹果就那么必须,不然天就会塌下来吗?"有一天我们站在地下室看着库存的东西时我说。除了天文数字的

蔬菜、蘑菇腌制品，还有上百瓶蔗莓汁、草莓汁、樱桃汁、红醋栗汁，不计其数的蓝莓酱、樱桃酱和酸醋栗酱，还有我叫不上名字的各种酱，此时又堆起了比其他东西更大更多的苹果酱桶。

"一户农民家庭一定要建立在自给自足的基础上，"妈妈坚定地说，"这是完全必要的。"

"可能没有必要让我们未来的几代人在这样的年景都搞这么多苹果酱吧。"我说。

"冬天很漫长，我亲爱的女儿，"妈妈说，"而你并不知道来年的水果会怎么样。"

除了腌制没有别的办法。我们削苹果皮，削好以后放进瓶子里，削苹果片，然后晒干，备做苹果汤用，榨苹果汁，做果酱、果酱、还是果酱！

最后我对妈妈说："下命令吧，我绝对服从！让我揉硬面包、梳羊毛、跳汉布民间舞，或者用嘴舔湿邮票贴到信封上，只要不让我做苹果酱干什么都行。"

"是吗，"妈妈无动于衷地说，"那你改削梨片怎么样？稍微换一换花样吧。"

9月的天气一般都很好，晴空万里，我们平时都坐在凉棚里，妈妈、夏士婷和我前面的桌子上堆着大堆的苹果，我们呼吸着阳光下新鲜、稍有凉意的空气和芳香的苹果味儿。爸爸喜

欢来这里,很有骑士风度地坐在他"三个漂亮的姑娘"身边。

他审视地看着夏士婷和我说:

"炮捻儿的脸晒成了棕色,跟苹果皮一样。"

我们真是这样,他自己也如此,我们来到里尔哈姆拉以后在室内一共待了多少小时,我们几乎数得过来。我不知道妈妈是怎么做的,不管太阳怎么晒,她的皮肤仍然白嫩得像百合花。

爸爸带着明显欣赏的目光看着她,说:

"如果你们的妈妈是一朵花,那她就是一朵铃兰花。"

就这个问题而言,即使妈妈的脸上出现了绿色的道道或者蓝色的点点,他也会欣赏她。

"如果你是一朵花,"夏士婷对爸爸说,"那你肯定是一个肥硕的嫩芽,还肯定不漂亮。"

这时候妈妈严厉地对夏士婷说:"你怎么能这样跟你父亲说话!"

而夏士婷说,她心里怎么想的就怎么说。这时候妈妈对爸爸说,如果他不是一直娇惯自己的女儿,她们怎么敢用这样的口气跟他说话呢。

"我知道,我知道,"爸爸一边说一边无奈地拍打自己的脑门儿,"我是那种除了自卫从来不打自己孩子的父亲。不过很快就会改变!炮捻儿们需要好好管教!严厉和无情地管教!我

正在考虑从哪一天开始,我正在考虑——让我看一看——星期四吧。"

"好极了,"夏士婷说,"能不能安排在11号和12号之间,因为以后我可就没时间了。"

妈妈说得对。他一直都惯着我们,而我们利用自己幼稚的小聪明,很早就看透了这一点,并加以利用。我们还是小孩子的时候,喜欢在自家后院的水泥坑里蹚来蹚去,那时我们还住在城里。当我们的女管家从窗子伸出头说,夏士婷和巴布鲁赶快进屋里来的时候,我们就小心翼翼地问:"谁说的?"因为我们知道,如果是妈妈,最好立即就回去,但是如果是爸爸,那就放心了,再烤一两个泥做的面包也不会出什么事。但是——就像我对妈妈说的——如果他总是惯着我们,反过来我们也会惯着他,谁也不会吃亏。

我们肯定与他有一些争执。比如,我们晚上要不要经常出去玩,在外边玩多长时间就必须回家,在这些问题上我们有不同的观点。夏天即将过去,夏士婷和我充分利用每一分钟。至少我有这种感觉,好像还没享受够空气、阳光、月光、温馨夜晚的散步、树涛以及往返于牛犊岛游泳时冲在身上的凉爽湖水。每天工作结束以后,让我们围着锅台转是完全不可能的。我下决心,要榨出夏天的每一滴甜水。在绝大多数情况下我们都集体行动,夏士婷、我、莫斯托普的人、比约恩和埃里克。

我们在森林和草地上散步，在明亮的9月夜晚，不管路况好坏我们都骑着自行车，到死我都会记得月光下高高的麦垛、漆黑的水上睡莲和沉睡的小屋，正常的人早已经在那里上床睡觉了，我永远会记住路边的萤火虫和凉丝丝的晚风扑面的情形，永远会记住突然把自行车骑进一个有着暖风的地带和我们的说笑声打破周围宁静的情形。

但是爸爸不怎么满意，有一天他对我们说，大家闺秀总喜欢在外边疯。他说他应该叫我们疯丫头。这时候我们就坐到他的膝盖上，揪他的耳朵，起劲鼓动他，因为我们正想建立一个叫C、J、D、J、G、X、Z、B、C、H、X、H的组织。

"这是什么意思？"爸爸问。

"这你都不知道，你这个小笨蛋，"夏士婷说。"促进大家闺秀足不出户协会，知道了吧！"

随后我们走开一会儿，心里特得意，在此期间我们写了如下的文字：

促进大家闺秀足不出户协会章程

1. 大家闺秀晚上必须憋在家里，节假日晚上除外。
2. 晚上都被视为节假日晚上，星期一晚上除外。
3. 必要时星期一晚上也可以视为节假日晚上。

写好以后,我们把它举到爸爸鼻子底下,他大声地吼起来,震得整个屋子直摇晃,并且说:

"老太婆!你为什么给我生下女儿?为什么不给我生儿子,好让我打他们一顿?"

随后他对我们说,他认为我们最好建立一个叫 C、J、B、Y、P、F、Q、Z、D、S、W、X、H 的协会。

"这是什么意思?"我们说。

"这你们都不知道,两个小笨蛋,"他说,"促进被压迫父亲早点儿死亡协会。"

这时候我们真的后悔极了,我们说我们很快很快就会变成最典范的女儿。我们说,你耐心等着吧,等秋天的狂风暴雨把我们赶回家中的锅台。我们会像两只打呼噜的小猫咪,在漫长、漆黑的冬季夜晚坐在这里,用平静的叫声让老爸的生活温馨、愉快。

第十八章

然而建立"促进大家闺秀足不出户协会"的想法已经深深扎根在我们心里。

"我们如果真的建立一个'大家闺秀俱乐部'怎么样?"9月的一个晚上,当我们正脱衣准备睡觉的时候夏士婷问我。

"那还用说,"我说。我们实在忍不住,立即跑去给安和维薇卡打电话,问她们是否愿意参加。这个想法还没有真正成熟,但是维薇卡说,如果成立的目的就是让大家玩得开心,我们可以立即把她列入名单里。

打完电话我们又回到炮捻儿窝,坐在我的床上,很快诞生了下列文件:

大家闺秀俱乐部

发起人及法定成员:安、夏士婷、巴布鲁、维薇卡。

特邀成员:比约恩、埃里克、陶科尔。

除此以外,通过自己的行动作出了名副其实贡献的个别父母可以被选为名誉成员。

俱乐部的宗旨:向成员提供快乐活动的机会。

A 室外　(1) 夏季

　　　　(2) 冬季

说明:　(1) 安排的活动包括:在森林和草地散步、骑自行车、骑马、练习游泳、捕鱼、采蘑菇、抓小龙虾等等。

(2) 安排的活动包括:快乐散步、滑雪、乘雪橇、打雪仗、滑冰和自愿参加水塘冬泳。冷死了!

B 室内　(1) 夏季

　　　　(2) 冬季

说明:　(1) 安排的活动仅限于遇到雷雨天或其他恶劣天气。

(2) 安排的活动包括:补袜子、聊天、喝茶、朗诵、砸核桃、坐在炉子旁边烤火、欣赏音乐、洗桑拿。

法定成员有权安排活动。特邀成员只有受到特邀才可以参加活动,而这种情况只发生在没有他们就会造成危机的时候。因此特邀成员要表现良好,以便使他们的参与受到欢迎。然而

有些事情，他们表现得再好也不能被邀请参加，因为召集人要大家讨论一些妇女特别的事情，而特邀成员对此一窍不通。

特邀成员及时拿到了这个文件，当他们读到最后一条时，比约恩这样说："'妇女特殊的事情'，啊，我知道了。反面打两行，正面打一行，十四道链式针迹、上面一个小裙腰，前边两个箱形褶子，简直漂亮死了！"

而埃里克说："对，不过应该谢谢，我们没被邀请参加这样的活动。"

但是这个时候安说，如果男孩子们不听话，他们什么活动都不会被邀请参加，对此陶科尔表示反对，那样的话小女孩们就太没意思了。

"啊，男人们多自负啊，"维薇卡一边说一边差点儿把陶科尔的领带揪下来，聚会变成了一锅粥。不过我们在菜盘周围渐渐和谐起来，菜盘放在夏士婷房间壁炉前的地板上，大家闺秀俱乐部可以被认定已经成立了。

随着树叶渐渐变黄、天黑得越来越早，夏士婷和我越来越像大家闺秀。争吵过后变得很平静。大家闺秀俱乐部每周聚会两次，大多数情况都在里尔哈姆拉，因为这里离所有成员最近。活动不是安排在我们的起居室，就是在炮捻儿窝的夏士婷房间里，这取决于荣誉成员爸爸和妈妈愿意参加还是图安静不

参加。我们提供的茶点很简单，一点儿茶水或巧克力饮料，有这样或者那样的蛋糕，个别的时候，夏士婷和我想露一手，亲手烤果酱蛋糕给大家吃。我们还把苹果穿在钢丝上，在壁炉上烤，趁热蘸糖吃。

我们女孩子总有补袜子的活儿可干，光着腿不穿长袜的美好时光过去了。男孩子们除了聊天和吃饭没有其他的事可做。

"我真高兴，我不属于男性。"有一次夏士婷说，"一个男人老了退休以后干什么呢？除了咬自己的指甲、玩单人纸牌、坐着胡思乱想以外，没有任何事情可做。我们女人永远有事情可做，"她自豪地说，并把手指伸进一只袜子的一个大洞里，"就看这儿吧！三个大活人干坐着，无事可做。你们至少可以削几个木勺子呀！"

"我们在思考，"比约恩说，"这是合理的分工。任何时候男人都善于思考，而女人只是补袜子。"

"不对吧，"我说，"你要能知道我们补袜子的时候，会考虑多少问题就好了，你现在就看到了，我们把两者结合得多么好。当然有一部分人例外。"

"除此以外，"维薇卡说，"我认为，如果男人自己会补袜子，我们女人也会有更多的时间用于思考这样或那样的问题，我希望我们可别考虑怎么样制造轰炸机和装甲车这类愚蠢的问题。"

"对,"埃里克说,"宁愿考虑发明一种新尿布或者烤一种新面包。"

"很明显,这些东西更有人情味儿。"维薇卡说。

"我认为这个重要问题已经有了圆满答案,"夏士婷说,"我们每个人再吃一个苹果。"

时间一周接一周愉快地过去。但是10月的一天发生了一件让我内心震动的事情。比约恩在大白天上午出人意料地骑自行车来到里尔哈姆拉,告诉我他要到斯德哥尔摩去。我一下子蒙住了,更糟糕的是,他要在那里待两个月。实际上他已经考虑很久,他要完成获得大学物理文凭的课程。

"两个月,哎呀!"我说。

事情很快定下来,不可能再更改。在接下来的一周里,比约恩和我每天晚上都见一下面,直到我们不得不分开的那个可怕的日子。他的火车是第二天早上七点钟开,前一天他来里尔哈姆拉喝下午咖啡,与我们大家正式告别。

我沿着林荫大道送了他一程。他推着自行车,我们心事重重地踏在地毯似的黄色杨树落叶上,脚下发出哗哗的响声。我叹了口气说:

"在法国人们说'离别会让人死去一点儿。'这话不对。"

"不对?"比约恩说。

"不对,"我说,"离别会让人完完全全死去。"

"是啊,不过两个月时间不是很长。"比约恩用安慰的口气说。

"你不知道你在讲什么。"我说,"两个月,那就是5184000秒。我已经算出来了,你放心好了。不过对你来说可能不难。你可以直接进出喧闹的娱乐场所,会见一大群讨厌的斯德哥尔摩小姐,她们会勾走你的魂。"

"可能吧。"比约恩带着成心气我的表情说。

"你大概很快就会把老土巴布鲁忘掉。"我轻描淡写地说。

"我不会忘掉老土巴布鲁,"比约恩说,"我要完完全全记住她500万秒钟,包括棕色雀斑和其他的一切!"

我没有回答,表情大概很得意。我把他一直送到被爸爸剥树皮的那棵白杨树前。

"你要好好照顾自己,"我说,"记住,你有支气管炎。天气潮湿的时候,最好脖子上围一条围巾。"

"当然!下雨的时候穿上胶鞋、打上雨伞。"他用挖苦的口气说。

"你讽刺我?"我说,"我不会让你顶风冒雨外出,不管怎么说,我还是要嘱咐你几句。"

第一段下坡路从那棵白杨树附近开始。我站在那里,看着他飞身骑上自行车,撒开车把往下冲,在路的拐弯处——那是最危险的地段,他转过身来,挥舞着帽子。

"疯子！"我高喊着，"你看看，你怎么骑车的呀！"

随后我回家了，潮湿的杨树叶落在我的头上，我有些伤感。我在大门外边碰到了爸爸和夏士婷，他们想在天黑之前去散步，我挎着爸爸的另一边。我们去察看畜院、马厩、羊圈和猪舍。四处静悄悄的。约汉在北耕园那边犁地。今年的秋收工作已经完了。土豆和根茎类蔬菜已经收好，只剩下犁地的农活儿。爸爸有事情要问约汉，我们朝北耕园拐去。约汉立即把马停住，用他那双永远亲切的蓝眼睛望着我们，爸爸和他像往常那样交谈起来，约汉小心翼翼地进言，在每一点上都是他的意见占上风。随后我们离开他，他继续犁地。

当我们走到大路上时，我转过身，看着他那矮小、结实、友善和忠诚的身影，一种亲切感油然而生。我情不自禁地往回跑，跨过所有的垄沟，当我跑到他身边的时候，已经上气不接下气。

"有什么事吗？"约汉说。

"约汉，"我喘着粗气说，"我喜欢约汉！非常喜欢！"

说完以后我马上想到，他一定认为我疯了。

"还有呢？"他用平常那种神圣而平静的声音说，"没有别的了？"

"没有，没有别的了。"

"哦，那好吧。"约汉说，他准备卸下马收工，因为天已

经开始黑了。我赶紧追上爸爸和夏士婷。我们默默地走着,各人想着各自的心事。我想着比约恩,我想我本来应该特别伤心,我内心可能真是这样。但不完全是。有很多东西让我感到很高兴。树林里露出我们白色的房子,厨房的窗子散发着温馨的灯光,我知道妈妈在那里等着我们,我知道那里有中午剩下的香草酱苹果派,我要拿一大块,仔细从书架上选一本确实有意思的书坐在起居室的炉火前边看。

稍晚的时候,夏士婷和我要跟爸爸下一盘,要让他赢,这样他才开心。

我不知道爸爸和夏士婷在想什么,大概跟我想的差不多。朦胧中的里尔哈姆拉非常漂亮。原野好像披着一层薄雾。光本身就有一种东西让人沉思,抑制人不像平时那样滔滔讲话。爸爸也很安静,但是他突然朗诵起诗歌,事先没有任何征兆,当他想表达自己的感情又苦于找不到恰当的词语时,经常这样做。

他朗诵了一首我特别喜欢的诗,是这样写的:

　　心在梦中萌芽,
　　否则它多么可怜、尴尬。
　　生命,赋予我们丰沛雨露,
　　生命,赐予我们太阳和温暖。

土地终于长出了麦穗,
我们要对一切说声谢谢,
怀着伤感、迎着冬寒
走向收获的季节。

  一团毛状的轻雾从湖上翻滚而来。那是冬天,千真万确。我们灿烂的夏天过去了,秋雨将洗刷里尔哈姆拉的土地,冬雪纷飞,将把整个庄园揽入自己白色的怀抱,但是它会融化,成千上万朵蓝色银莲花将在公园里破土而出,我的报春花将重新开放,爸爸那块草莓地里的草莓还会开花结果,我将永远在里尔哈姆拉生活,年年岁岁、岁岁年年。
  我们一步一步靠近那温馨的灯光。爸爸在台阶上转过身来,眺望着慢慢消失在迷雾和夜幕中自己的土地。
  "真讨厌,夜里大概又要下雨了,不信你们等着瞧。"他说。随后我们走进室内。

~译者后记~

　　我完成了瑞典著名儿童文学作家林格伦作品系列的第八卷《我们都是吵闹村的孩子》的翻译工作后，心里特别高兴，回想起翻译林格伦的作品完全出于偶然。1981年我去瑞典斯德哥尔摩大学留学，主要是研究斯特林堡。斯氏作品的格调阴郁、沉闷，男女人物生死搏斗、爱憎交织，读完以后心情总是很郁闷，再加上远离祖国、想念亲人，情绪非常低落。我吃不好饭，睡不好觉，每天不知道想干什么，想要什么，有时候故意在大雨中走几个小时。几位瑞典朋友发现我经常有意无意地重复斯特林堡作品中的一些话。斯特林堡产生过精神危机，他们对我也有些担心，因为一个人整天埋在斯特林堡的有着多种矛盾和神秘主义色彩的作品中很容易受影响。他们建议我读一些儿童文学作品，换一换心情。我跑到书店，买了一本林格伦的《长袜子皮皮》，我一下子被崭新的艺术风格和极富人物个性的描写所吸引。我一边读一边笑，觉得自己浑身充满了力量。我好像跟皮皮一样，能战胜马戏团的大力士，比世界上最强壮的警察还有力量，愤怒的公牛和咬人的鲨鱼肯定不在话下。由于

职业的关系，我读完一遍以后开始翻译这本书，一个暑假就完成了。从此，翻译林格伦的书几乎成了我的主业。

我第一次见到林格伦是在1981年秋天，是由给我奖学金的瑞典学会安排的。她的家在达拉大街46号，对面是运动场，旁边有森林和草地。当时女作家还算年轻（74岁），亲自给我煮咖啡。我们谈了儿童文学和儿童教育问题。1984年我从瑞典回国，她表示希望到中国看看。这个消息传出以后，瑞典—中国友好协会和瑞典驻中国大使馆立即表示，什么时候都可以安排。不过医生认为，路途太遥远，不宜来华访问，因此未能成行。但是她对我说，由于她的作品被译成中文，她开始关注中国的事情。1997年她已经90岁高龄，并且双目失明，在一般情况下她已经不再接待来访者，但当她听说我到了斯德哥尔摩以后，一定要见一见。当时我和我的夫人都很感动，在友人的帮助下，我们一起合影留念。2000年秋我去斯德哥尔摩的时候，朋友告诉我，她的身体已经很不好，大部分记忆消失，已经认不出人了。但是圣诞节的时候，我仍然收到了以她的名义寄来的贺卡。

不知什么原因，我和林格伦女士一见如故。她曾开玩笑说，可能是我们都出生在农民家庭。1984年我回国以后一直与她保持联系，有时候她还把我写给她的信寄到报社去发表。1994年，当她得知我翻译时还用手写的时候，立即给我寄来

10000克朗，让我买一台电脑。我和她虽然相隔几千公里，但我和我的家人时刻惦记着她，希望她健康长寿。

我已经把林格伦的主要作品和一部分由她的作品改编成的电影译成中文，断断续续用了20年的时间。作品中的故事大都发生在20世纪上半叶，作家笔下的风俗、习惯、传统、民谣、器物等，现代人都比较陌生了。我在翻译中遇到的问题，除了作家本人亲自给我讲解以外，还得到很多瑞典朋友的帮助，如罗多弼和列娜夫妇、林西莉女士、韩安娜小姐、史安佳女士和隆德贝父女等，在此对他们表示深深的感谢。希望我的拙译能给小读者们和他们的父母带来愉悦，并增加对这个北欧国家儿童生活的了解。

永远的皮皮
永远的林格伦

中国少年儿童新闻出版总社隆重推出——
国际安徒生奖获得者
瑞典童话大师林格伦儿童文学全集

长袜子皮皮	淘气包埃米尔	小飞人卡尔松	大侦探小卡莱	米欧，我的米欧
狮心兄弟	吵闹村的孩子	疯丫头马迪根	绿林女儿罗妮娅	海滨乌鸦岛
叮当响的大街	铁哥们儿擒贼记	小小流浪汉	姐妹花	

中国最著名的瑞典文学翻译家李之义先生，曾荣获瑞典国王颁发的"北极星勋章"。他用近30年的时间完成了林格伦儿童文学全集的翻译，其译作准确生动、风趣幽默，深受中国孩子喜欢。